回到過去變成貓

BACK TO THE PAST TO BECOME A CAT NO.2

陳詞懶調 × PieroRabu

社區寵物

黑碳（blackC）

主角貓。本名「鄭歎」，原為人類的他不知為何變成一隻黑貓，穿越到過去年代。為求生存，他開始訓練自己的貓體，展開以貓的角度看世界的貓生歷險。

李元霸

凶悍霸氣的玳瑁貓，個性謹慎，曾是流浪貓，懂得看人類，對自己認可的人類很友善，比如女主人李燕。

牛壯壯

嚴老頭養的小牛頭梗，外貌長得凶悍。從小與貓一起長大，對社區的貓很好。技能是抓小偷、撕咬小偷！

小花

與牛壯壯同齡的聖伯納犬，主人是生科院退休的李教授。牠個性溫和、親近人，經常被四隻貓騎在身上。

人類朋友

郭明義（小郭）

「明明如此」寵物商店店主，個性樂觀開朗有愛心，經常找黑碳拍廣告。與自家兄長的寵物診所合併，成立「明明如此」寵物中心，開始寵物商業之旅。

衛稜

退伍軍人，個性剛硬，卻又會表現出狡黠的一面。心情好的時候像個話癆，經常帶黑碳出去嗨，喜歡吃花生、喝二鍋頭。

易辛

焦爸的第一個研究生，樂觀的好青年，有時會幫忙帶貓和照顧孩子。見識到另類的黑碳後，對於黑碳一連串的「事蹟」已經見怪不怪。

小卓

楚華大學研究生，佛爺手下的三張王牌之一。她對肚裡的孩子是否健康感到恐懼，在收到黑碳的「心意」後，她從絕望的黑暗中看到了一絲希望。

Contents

Back to the past to become a cat

第一章

私貓領地，外貓不得進入

鄭歎搭著小郭的車回到楚華大學，進入東教職員社區，外面的喧囂似乎都沉澱了下來，突然清靜很多。路上見到那些來去匆匆、忙著年底活動或者各種考試的學生，大多未經世事。這個時代的學生，心理比十年後要簡單得多。

讓人成熟的是經歷，而不是年齡。這些沒背景、沒家世的學子們若現在就離開學校，很可能比不上那些已經在社會中摸爬滾打多年的同齡人圓滑。

鄭歎跳下小郭的車，抬眼看去，阿黃躺在草坪那邊曬太陽，這傢伙從來不走出校園範圍，或許對牠來說，這麼大一片區域已經足夠牠折騰。

旁邊還有被拴著的牛壯壯，以及趴在草地上打盹的聖伯納犬小花。

比體型，如今的小花比牛壯壯要大幾倍，可偏偏牛壯壯被拴著，而小花卻沒有，看來還是性格使然。牛壯壯這傢伙對於從小熟悉的幾隻動物還算親和，但對於其他陌生的寵物，衝上去就開打。而且社區的人都記得盜竊案那時候小偷被咬傷的腿，不拴著牠，大家也不放心啊！

至於小花，社區幾個孩子經常和小花玩，大家也都知道小花性子溫和，對牠印象還不錯，除了牠喜歡流口水之外。

見到鄭歎，阿黃側躺著伸了個懶腰，「喵—」的叫了一聲。

叫聲低沉而溫柔的時候，表示牠在打招呼、歡迎你，也表示牠此刻心情不錯，算是與你答話。而大聲一些叫的時候，牠可能是在抱怨，或者有所乞求，比如餓了求餵食之類的意思。

小郭跟在鄭歎身後上樓，每次回來都是這樣，一個急著回家，另一個慢悠悠在後面走。

有時候拍完廣告送鄭歎回來，小郭會拿來一些廣告時拍的照片給焦家的人，這次也是。

進門的時候，焦媽正在做晚飯，客廳裡提前放學回來的焦遠坐在小板凳上，焦爸坐在沙發上，好像在說著什麼，估計又在教他書本以外的東西。小柚子今天有才藝班的課程，在上繪畫課，還要過會兒才回來，玲姨接孩子的時候會順便將小柚子一起接回來，所以用不著焦爸焦媽過去。

見鄭歎和小郭進來，父子兩個的話題中止，等小郭放下東西喝了杯茶、聊了下今天的廣告、告辭離開之後，父子兩個話題繼續。

鄭歎蹲在自己的專用椅子上，聽他們談話。

焦爸正在說「破窗效應」。這個話題起始於焦遠回家後抱怨班上的某些現象，比如抄作業。今天上國語課的時候，老師嚴厲批評了幾個抄作業的同學，在焦遠看來，其他幾門課也有抄作業的現象，為啥就國語老師這麼較真？而焦爸聽到焦遠的抱怨之後，拉過來開始「上課」。

破窗效應是說，如果有人打壞了一棟建築物的窗戶玻璃，又得不到及時修復的話，別人就有可能受到某種暗示性的縱容而去打爛更多的玻璃。其結果是：這種麻木不仁的氛圍中，犯罪就會滋生。

「行為和環境對人有強烈暗示性和誘導性，如果第一扇破窗沒有及時修好，就可能會發生更嚴重的事情。同理，你們班的同學也會覺得，抄作業是一個可取的、有效省時的手段，然後繼續抄下去……」

鄭歎看了看焦爸，又看了看焦遠，糾結了。為什麼要跟一個小學生談這麼深奧的道理？當年他從上小學一直到大學，抄作業、遲到、打架、勒索……啥事都幹過，當年除了老師不痛不癢的幾句話之外，也沒什麼約束，說來說去都是砸錢就能解決的事情，既然砸點錢能解決問題，為什麼還要複雜化？

想歸想，鄭歎還是蹲在那裡聽焦爸「上課」，並且話題已經從班級現象延伸到企業管理。

「企業發展的環境通常有兩類，一類是硬體環境，比如辦公條件、機械設備、道路設施等等；另一類是軟體環境，比如工作氛圍、企業文化、人際關係、管理風格等等。比如你圓子叔叔，他現在在公司就很注意這些『破窗』。硬體環境中的『破窗』一出現，就要馬上修理、進行補救。而軟體環境中，『破窗』的影響力更甚，也是不能放鬆警惕的。」

「任何一個重大問題的背後，都是許多問題的複雜積累結果，所以你圓子叔叔一直很注意，一旦發現狀況就及時採取應對措施，因為那些問題可能會影響到公司的口碑，而口碑就是人們給予你圓子叔叔公司的一個緊箍咒，你再有能耐，你再自高自大，但是要想發展好，就不能不把那些『破窗』當回事！」

「就比如你們班，如果口碑不好，在外面你也不好意思說自己的這個班的人吧？」

焦爸最後這句話讓焦遠極為認可，他們這年級有個班就是這樣，口碑特別差。剛開始聽說那班有人的鉛筆、橡皮擦被偷，班上同學和老師都沒怎麼管，後來漸漸就傳出偷錢之類的惡劣事件，所以大家對於那個班的人都特別防備，那個班的同學走在路上都不好意思報班級，就怕被人鄙視排斥。

「再舉個例子，這種連鎖的影響也能從另一個相反的角度來說明。比如你媽買了一雙你非常喜歡的、帶變形金剛圖案的新襪子，你穿新襪子的時候肯定會下意識去選擇較新的、乾淨一些的鞋，然後你肯定會想配上一條適合這雙鞋的褲子，等褲子選擇好之後，上衣和外套也要搭配。穿戴完成後，你肯定會避免身上弄得很髒，所以這樣一個流程下來，你整個人的形象就有了變化。」

「噢，我明白這個！就像熊雄，他媽因為他喜歡駝著背，說了很多次駝背長不高，但他還是聽不進去，平時照樣駝背，因為他在班裡已經算高的了，所以並不在意。可是自從那天他穿了他媽為他精心挑選的新衣服之後，就不駝背了，還時時刻刻抬頭挺胸。因為他媽在把衣服給他的時候說，這衣服要背脊挺直穿著才好看，才能吸引女生！」焦遠說道。

鄭歎：「……」這是鼓勵早戀嗎？

焦爸聽到焦遠的話，想了兩秒，道：「所以你這句話是在暗指……」

「我過年的新衣服要什麼時候去買？不會就用一雙襪子敷衍我吧？」

鄭歎：「……」聽這對父子說話真累！就一個普通的班級現象，居然衍生出了這麼多大道理和潛在話題！

這邊的習俗，過年的時候小孩子都買新衣，至於大人，那就看各家的經濟條件了。

焦爸對於焦遠的回答並不意外，說道：「能買什麼樣的衣服，滿足你多少要求，這還是取決於你的表現。」

「當然！如果我考全班前五名，衣服的要求能全聽我的？」

「可以。」

「就算我買那種前衛一點的，非主流一點的，帶鉚釘的、霸氣一點的衣服都行？」

「可以。你要噴髮膠也滿足你。」

「好！」

焦遠得到想要的答案，拖著書包就回房間做作業去了。臨近期末考，為了自己的新年禮物，他要認真拚一把。

焦遠進房間之後，焦媽端著盤子出來，看了看焦遠關上的房門，轉頭對焦爸道：「那小子又提條件了？」

「小屁孩想什麼我能不知道？」

「那到時候真考進前五名，你會讓他穿那種衣服？」

「沒事，妳到時候帶他往賣玩具槍的地方一站，他就會改變主意。玩具和衣服只能選一樣，他肯定選前者，去年他就眼饞那個，結果考了個第六名，沒能買回來。」

「要是考不了前五名呢？」焦媽又問。

「前五名的標準是他自己定的，自己得對自己說的話負責。要是真考不上，也買把玩具槍給他，別要那把大的，買小點的那個，不能讓這小子覺得說話不算數也能得到想要的東西。」焦爸氣定神閒的說道。

鄭歎在旁邊聽著真替焦遠著急。薑還是老的辣，這孩子啥時候才能逃出焦爸的五指山啊？

早上，鄭歎正縮在小柚子被窩裡睡覺睡得好好的，焦遠跑過來拍門，將賴在床上睡懶覺的一人一貓叫醒。

附小的期末考試已經結束，只要等成績出來就行了。焦遠考完後，自我感覺還不錯，所以心情一直保持在一個亢奮的狀態，經常跟他的小夥伴們討論到時候買件什麼樣的衣服過年。

考完期末考之後的這兩天，兩個孩子都是睡覺睡到自然醒，昨晚為了看電影頻道的《空中大灌籃》，兩個孩子午夜才睡，可是現在才早上七點……他們平常是七點起床、考完放假之後是九點以後才起床，尤其是焦遠，大都睡到中午直接起來吃中飯。

——混蛋！這孩子今天是發什麼神經！

聽到焦遠的拍門聲和叫喊之後，鄭歎抬爪子捂了捂耳朵，然後繼續團成一球。

冬天太冷，鄭歎也不想起來。自打兩個孩子放假之後，鄭歎跑步爬樹都改到下午了，早上就窩在被窩裡睡懶覺。

「起來，快起來，外面下雪了！全白了！快起來出去玩雪！」

焦遠還在門外喊著，小柚子掀被子起床，起來的時候還不忘替鄭歎重新蓋上被子。

鄭歎打了個哈欠，獨自睡覺也沒意思……算了，起床！

鄭歎從小生活在南部沿海城市，那裡冬天基本上不會下雪，不過他高中時為了看雪，和幾個狐朋狗友連夜開車狂飆到北方的城市欣賞雪景。不管怎麼樣，鄭歎經歷下雪的時日並不多，來到這裡之後也沒見過雪。

這是今年的第一場雪。

從被窩裡鑽出來，鄭歎抖了抖毛，伸個懶腰下床。

焦遠已經穿戴好了，正在盥洗室裡洗漱，臉上還帶著興奮的神情。

電話響的時候，焦遠將還沒來得及扭乾的毛巾往架子上一扔，趕緊跑去接電話，他已經預感到是誰會在這個時候打電話過來了。

臥房那邊傳來焦遠大笑的聲音，鄭歎聽著應該是他的小夥伴叫他出去玩。

鄭歎拉完尿，讓小柚子幫忙擦完臉、梳了毛。吃完焦媽準備的早餐，兩個孩子就下樓了，鄭歎跟在他們身後。

外面果然很冷，鄭歎下樓到轉彎的時候在原地跳了幾下。

拿著相機準備下樓拍雪景的屈向陽看到樓梯轉彎處跟神經病似的在原地跳動的黑貓，頓了頓，打了聲招呼，匆匆往樓下走了，晚了外面的雪景都會被破壞。

鄭歎走出樓的時候，東教職員社區草坪旁邊的籃球場上，焦遠帶著小柚子和社區裡的其他小孩子在堆雪人，焦遠身上還有黏著的雪，估計下樓之後和熊雄他們幾個扔過雪球。

聖伯納犬小花被拉著和小孩子們一起玩，牠毛厚，在雪地裡打滾也不會冷，跟著社區幾個孩子在那兒跑來跑去，踩出一個個狗腳印。至於牛壯壯，正被牠主人牽著在雪中散步，沒那麼自由，時不時停下來用舌頭舔舔地上的雪，然後羨慕地朝籃球場那邊叫兩聲，不過卻被牠主人用兩個肉包子就拐走了，屁顛顛跟著繼續散步去。

那邊一群小孩子在玩雪，鄭歎肯定不會湊上去，往周圍看了看，大胖蹲在陽臺欄杆那兒看外面，沒有要出來的意思。阿黃出來遛過一圈，然後瑟瑟縮縮地挪到角落去了。

聽說動物的習性會和出生的月份相關，就像有些熱天出生的狗喜歡玩水，而有些冷天出生的狗卻總是避開水灘。不過，現在看來，這樣的說法並不完全對。

阿黃和警長出生的月份差不多，但習性差得遠，除了某些時候同樣都耍白目、神經質之外，其他部分則大相徑庭。比如現在，阿黃躲在大樓角落裡避風，而警長則在雪地上到處跑，有個社區的小孩子將衣服上帶絨毛的帽子卸下來逗牠玩，警長也玩得很起勁，那邊雪地上唯一的貓腳印就是牠的。

過了會兒，阿黃從大樓角落裡出來，瑟縮地往籃球場旁邊走過去，在那裡小花正趴著喘氣，大舌頭伸出來，呵呵地呼出一團團白氣。阿黃過去之後就直接蹲在小花旁邊，在背風一側，既能避風還能取暖。

鄭歎爬了幾棵樹之後，身體熱了許多，倒也不覺得太冷了。他現在還是有些睏，家裡是沒了睡覺的氣氛，想了想，鄭歎決定去焦爸辦公室那裡去繼續睡覺。焦爸的辦公室還有空調，電費都是學校出的，一到夏天冬天，學校各個辦公室、實驗室就將空調打開了，有些成天成夜地開著，節約用電這種事情只會對新生說說。

鄭歎跳上花壇，順著花壇邊沿往生科大樓那邊走。

路上已經掃過雪，來來往往的汽車已經將馬路上的雪軋得不剩多少。

學校的綠化做得好，就算兩旁的梧桐樹已經掉完葉子，還是有樟樹、松樹等四季綠的植物存在，不會顯得色調匱乏。

雪還飄著，沒有一開始那麼大了，但落到衣服上還是很快會濕。

不遠處有幾個撐著傘的學生走過來，也是出來照相的，或許他們跟鄭歎一樣，家鄉也很少下雪，所以才會這麼好奇。

一個女孩子撥開旁邊男生遞過來的傘，「我不要撐傘，我要淋雪～」

「不要理她，丟死人了！」另一個女生笑罵道。

「她第一次親眼見到雪，隨她去吧。」

「哎，快看，花壇那裡有一隻黑貓！快點拍一張！」有人叫道。

鄭歎扯了扯耳朵，收回視線，不理會他們。

「我和那隻黑貓合照一張！」

那個叫嚷著要淋雪的女生小跑向鄭歎這邊，鄭歎沒躲，很給面子地特意頓了一下，以便讓那女生擺出傻傻的剪刀手。這女孩長得挺不錯的。

「我也拍一張有貓的！」一個男生往這邊過來。

聽到那男生的話，鄭歎頭也不回地走了，只在花壇邊沿上留下一個個貓腳印。

拐了個彎後，已經能夠看到生科大樓，正準備加速跑過去的鄭歎突然腳步一頓，他聽到有人說了焦爸的名字。他側頭看過去，人行道上有兩個人也正往生科大樓那邊走，身上還帶著麻辣燙的氣味，估計剛從附近的校內小吃店那裡出來。

「不是我打擊你，你到時候要是考的分數不高，很可能會被刷下去的。我們院的導師們都喜歡找本校的學生，或者是那些考高分的，除此之外，任何時候都是本校學生優先。打個比方，我和你考的分數差不多，都只是剛剛過分數線（注：最低錄取分數），但我比你的錄取機會要大得多。當然，每個指導教授也會有所差異，比如焦明生的要求就很高，這一屆考研究所的很多人都想找他當指導教授，而之前保送研究所的，他一個都沒要。聽說他要求很嚴，如果你就考個壓線的分數，肯定沒戲。」

那學生還在滔滔不絕說著，鄭歎才想起來，明天週末是全國研究所考試的時間。焦爸這幾天經常待在辦公室，要批改學生期末考的試卷，還要開關於考研究所的會議，還要指導研究項目，還分心關注一下公司那邊的情況。前幾天鄭歎還聽焦爸談起要錄取一個滿意的研究生分擔事務的事情，因為易辛一個人忙不過來。

「焦明生？」另一個人有些茫然。他是外校的，對於楚華大學生科院的老師根本就不熟悉，只知道那幾位鎮院大老。

「就知道你不認識！說起來焦明生在外校並不出名，但今年卻突然竄紅，有幾個保送研究所沒找他的學生都後悔了呢，算是新崛起的……」

鄭歎豎著耳朵聽八卦，平時也沒聽到這方面的事情，原來焦爸在學生眼中是新崛起的青年導師啊！

不過，焦爸的出名，一個在專案研究經費上，另一個因素就是易辛了。同屆的研究生中，易辛已經超前其他人很遠了。

在院裡，評價一個學生優秀與否，最直接的就是看他的SCI文章（注：科學論文索引）。雖然有人抨擊這種評價方法和態度，但這確實是公認的評價方式，而易辛不過半年就已經發了兩篇，成績還不錯，這在其他人看來多半是焦副教授的功勞，畢竟若專案課題選得不好、沒研究經費，能弄出什麼成果來？

「其他一些有名的老師，手上的名額要麼已經滿了，要麼已經有內定，你也不用費事去爭奪了，可以考慮去找那些邊緣化的老師，雖然他們課題不多，但至少你被錄取的機會大一些。好了，我要回去複習了，列印的文件你好好看看。」

談了一會兒之後，兩人分開，本校的那個人往宿舍方向走去，那個外校來的考生則走進了生科大樓，沒過多久走出來後朝附近的一個車棚過去。

鄭歎跟在那個外校考生身後，剛才他在門口的花壇那裡看得明白，這人只在生科大樓一樓大廳站了一會兒，看了下大廳懸掛著的一些榮譽介紹，比如院裡老師們主要的專案課題等等，以及一張學校學術年會上的獲獎名單。鄭歎記得焦爸曾經說過易辛是獲得一等獎，還有一筆不少的獎金呢。

而這人走出大樓的時候，鄭歎聽到他嘴裡還嘀咕著什麼，話裡有焦爸和易辛的名字。所以鄭歎好奇。自打變成貓之後，鄭歎的好奇心變大了不少，不過他自己倒不覺得，只是將原因歸結為純屬無聊、找點樂子。

車棚上方有蓬頂擋著，不會有雪落下來。大學生們快放假了，最近都忙著備戰最後沒考完的課程，有些已經考完所有科目的學生都買好火車票回家去了，所以車棚這裡的自行車比較少，空間大了很多。

車棚旁邊有個木架子，地上還有個木質電纜滾軸。

鄭歎見這人將滾軸拖到架子旁邊，拍了拍上面的灰塵，將揹在後背的包往架子上一擱，從包裡掏了點東西，然後坐在木質電纜滾軸上。

鄭歎站在他身後的花壇裡面，由於有一些綠化植物遮擋，這人就算回身也不會發現他。

這人將一疊厚厚的紙攤開來放在膝蓋上。鄭歎想，那應該就是之前所說的列印出來的文件了，真他媽厚，一夜看得完嗎？

鄭歎對於考研究所的事情並不清楚，現在看來似乎並不是只考試就行了，還要講究技巧？管他呢！

鄭歎沒去糾結所謂的技巧，他只是一時好奇過來看看而已，反正閒著也是沒事做，不過再待下去似乎也沒什麼意思。正準備離開的時候，鄭歎看到坐那兒的人拿出一個袋子，袋子裡散裝著一根一根、類似肉乾的東西。

牛肉棒？好大一塊！

鄭歎正好奇著，沒注意腳下，踩到一根樹枝，發出喀的聲響。

抬頭，鄭歎看到外校考生正側身叼著一根牛肉乾看著自己。

鄭歎沒感覺到這人表現出惡意，他還遞給鄭歎一根牛肉乾。

看了看遞過來的牛肉乾，還挺乾淨的沒被咬過，又看看眼前的人，鄭歎很厚臉皮地張嘴接下了，然後趴到旁邊開始專心啃牛肉乾。鄭歎不喜歡正在吃的東西掉地上，所以蹲下來，將這塊牛肉乾擱手臂上，慢慢啃。

「嘿，你還真啃得動內蒙牛肉乾……」

這位外校考生話沒說完，就看到一個眼熟的人往車棚這邊走過來。走過來的那人，他剛在生科大樓大廳看過介紹。

「焦……焦老師？」外校考生趕緊站起來，明明那麼大的塊頭，現在看上去一點氣勢都沒有，有些拘謹。

焦副教授原本準備去一趟行政樓那邊辦點事，結果一出樓隨意掃了眼周圍的雪景，就看到一個熟悉的貓影——自家貓正蹲在那裡啃牛肉乾啃得起勁。而旁邊的人倒是眼生，這塊頭在生科院裡很顯眼的，如果以前見過，焦副教授認為自己一定會有印象。

「你是？」

「哦，我叫蘇趣，蘇氨酸的蘇，樂趣的趣，明天過來這邊考試。」

蘇趣這麼一說，焦副教授就知道，這位一定是其他大學的學生，並非本校的。

焦副教授並沒有立刻就走，也沒吃蘇趣遞來的牛肉乾，留在那裡跟蘇趣談了一會兒，都是專業相關的一些東西。

鄭歎一邊啃，一邊聽著他們的談話。

一開始兩人交談的內容鄭歎還有些熟悉，畢竟跟著焦爸這麼久，聽了這麼多講課的簡報，就算不明白也耳熟。只是越往後面聽，鄭歎越茫然了。而兩人的對話也漸漸變成簡單直接的一問一答方式。

「Yes I can這句話裡面，如果每個字母代表一種胺基酸，是什麼？」

「酪，谷，絲，異亮，半胱，丙，天冬。」

「將離體的B型血液改造成O型血液原理是？」

「血細胞的細胞膜表面B抗原……」

「複製羊多莉早衰的原因？」

「我是這樣想的，第一，細胞中染色體端粒的長度……」

「光是葉綠體發育和葉綠素合成必不可少的條件，沒有了光，很多植物的葉子會出現黃化現象，但是蓮子心同樣見不到陽光，為什麼還是綠色？」

兩人一問一答倒是說得爽快，趴在旁邊的鄭歎聽得一片茫然，同時也將嘴裡的牛肉乾使勁嚼。好不容易嚼完那根牛肉乾，焦爸的談話也完畢了。

易辛在五分鐘前來到車棚，他原本準備推車回宿舍睡覺的，結果發現自家老闆在車棚，還和一個陌生人說得起勁，於是便過來聽聽，卻覺得越聽越不對勁，後面的那些問題怎麼像前幾天院裡一個老師為那幫考研究所的學生上考前最後一節課時說的內容？

要知道，一般這種考前最後一節課所講的東西多半都會出現在試卷上，這才是那幫學生最後的秘笈，也是一個院裡公開的秘密，只不過外校很多人不知道而已。可是，現在焦老闆卻將其中一些內容都提了出來，這是要洩題？

等蘇趣離開之後，易辛對焦副教授道：「老闆，您這是在洩題吧？」

「這不叫洩題，這叫答疑。」

鄭歎：「……」焦爸你節操掉了。

另一邊，得到指導的蘇趣正歡樂地往租屋處走，沒答出來的一些問題待會兒回去翻翻資料，能夠跟焦副教授說這麼久的話，是不是意味著只要考過錄取線，就能有機會被焦副教授錄取了？

蘇趣並不知道，他和即將成為他直屬學長的易辛一樣，照顧貓和孩子的兼職女傭身分正在不久的將來等著他。

臨近過年的時候，對孩子們來說是比較閒的，整天只要思考著玩什麼。但對大人們而言，則是各種忙碌。

學校已經正式放假，校園裡都沒什麼人了，一下子冷清下來。兩天前易辛也離校回家，焦爸他們這些教師開了個總結會之後就基本上不去學校了，將試卷拿回家批改，同時拉焦遠做苦力，小柚子在旁邊幫忙。

一門必修課，一門選修課，但是幾個系、好幾個班的試卷合起來，也有不少。

焦遠幫忙改選擇題，其他的專業知識他不會，但選擇題ＡＢＣＤ還是能解決的。統計好之後，他用筆在旁邊空白處將分數寫下來，到時候方便焦爸改完其他題型之後計算總分。

焦爸讓小柚子在旁邊幫忙，將焦遠改過的卷子再檢查一遍。別看小柚子才讀二年級，加減乘除她熟悉得很，焦爸還放了個計算機在旁邊，小柚子可以用計算機核對；至於焦遠，都快上國中了，數學最基本的加減乘除還要用計算機？焦遠自己都丟不起這個臉。

附小的成績單出來了，焦遠這次是班上的第四名。焦爸從來都沒明確要求他必須考第幾名、必須考多少分，都是焦遠自己劃的標準，有時候會達標，有時候會失敗。不過這次他顯然是如願了。而事情的發展也和焦爸預料的差不多，焦媽帶著他去商場的時候，往賣玩具槍的那裡路過，焦遠盯著那些玩具槍，眼睛都直了，最後還是選擇了槍，放棄衣服的選擇權。

而今天乖乖坐在這裡幫忙改試卷，焦遠主要是為了賺零用錢，一張試卷一塊錢，這裡面大概有兩、三百份的樣子，出去玩的時候還能買點「垃圾食品」。

鄭歎蹲在那張畫著象棋圖案的折疊小方桌上，看著他們批改試卷。

一張張試卷上面都是幼稚的紅色數字痕跡，有時候碰到那些考試時無聊在試卷反面畫畫的人，焦遠還會添上兩筆，然後一個人在那兒傻笑。

「嘿，這老師我認識！爸，這不就是那個總喜歡帶隨身擴音器的老師嗎？畫得還真像！」

鄭歎伸脖子看了看，那張試卷的反面用原子筆畫了一個監考老師的簡筆像，而焦遠用筆在上面加了幾筆。小柚子想看，被焦遠遮住了，將試卷壓到下面，等最後改完了再拿出來遞給焦爸，就是不讓她看。因為他在那老師褲襠那裡加了一筆劃出個小ＪＪ，還避嫌似的改用一枝類似顏色的原子筆畫的，而不是批改用的紅筆。

反正期末的試卷也不會發下去，除非對於分數有疑問的學生申請複查試卷，才會調閱出來，不然一般情況下是不會有人看到這些畫。所以，對於焦遠的作為，焦爸也沒說什麼。

鄭歎扯了扯耳朵，這小屁孩真是惡趣味。

沒過多久，鄭歎又聽到焦遠「咦」的一聲。

「爸，這人說他沒學過英語，讓你手下留情呢。」焦遠指了指手頭那張試卷選擇題上面全英文的名詞解釋題，對焦爸說道。

鄭歎看到那張試卷第一大題的全英文名詞解釋後面空白處，有一段留言：親愛的焦老師，我是ＸＸ族人，以前沒有學過英語，大學聯考考的是日語，答得不好還請您手下留情……

按照楚華大學的要求，被當的直接重修。以前是補考，後來學校發現一些學生存著僥倖心理，考不過等補考就行，反正補考基本上都會放過的，於是學生們越來越不在乎。結果今年學校出了個新政策，被當的直接重修。

起初很多人抗議，鄭歎早上出去跑步的時候還看過牆壁上、樹幹上貼著一些紙條——無名人士抗議書。因為楚華市的其他學校都沒這麼狠，學生們都譴責學校太不人性化，可最後還是屈服了。有些人覺得被當之後，去和比自己低一年級的學弟學妹一起上課，很丟臉；但有些人比較樂觀，因為能認識很多漂亮學妹。

聽到焦遠的話，焦爸看了看那張試卷上的名字，說道：「這人的情況我知道，其他老師也曉得，到時候肯定都會對他稍微放水。」

「咦，還有這種好事？那到時候我考國語時，就在作文最後寫上『老師我手受傷，帶傷考試字寫得不好請手下留情』，說不定改卷老師一心軟，就給了我高分。」

焦遠的作文是他心中的痛，拉低國語成績的就是作文了，因為他硬筆字寫得不好，總是會拉低分數，有時候差那麼一、兩分，名次就落後好幾名了，名次落後就不能讓家裡滿足自己的願望，所以焦遠對於作文有很深的怨念。

不過，焦遠的硬筆字雖然寫得不好，毛筆字卻截然相反。

焦遠參加小學生毛筆競賽的時候，寫出來的字讓他班導師都不敢相信，硬筆字寫得每個字像發育不良似的，毛筆字竟然能寫成這樣！連一些中學生都未必能比得上這樣的毛筆字了。用他班導師的話來說，這毛筆字已經「帶著些許風骨」。後來班導師還感慨：「焦遠啊，什麼時候你的硬筆字也能帶點風骨？別總是發育不起來啊！」

鄭歎看過焦遠的硬筆字。有一幅毛筆字掛在焦遠房間的牆上，房間裡還有一些鉛筆寫的便條紙貼著，對比真是強烈，如果不是知道真相，鄭歎絕對不會相信這是同一個人寫的。

焦遠看著手上的那份試卷，轉了轉筆，開始琢磨小心思。

期末考是交叉改試卷，自己老師改別班的試卷，改自己試卷的老師又不認識自己的字跡……焦遠點點頭，嗯，此法可行！

「把你腦子裡的那點小聰明擦掉，升國中的考試你真這樣惡搞，肯定適得其反，你當那些老師們是傻子？」焦爸看也沒看他，聽到焦遠轉筆就知道這小子又開始想歪心思了。

「哦……」焦遠嘆了口氣，繼續改後面的試卷。

「嘟嘟嘟——」

這時，臥房的電話響起。焦爸看了看來電顯示，臉上的表情平淡了許多。

「喂……」

鄭歎的耳力比兩個孩子好不少，臥房空間就這麼大點兒，離得也不算遠，所以能夠聽到電話裡的交談內容。

是女聲。多半時候是那個女的在說話，時不時蹦出一串英語，焦爸拿著聽筒站在那裡簡單地應兩聲，也不多說。

雖然焦爸話不多，但據鄭歎的瞭解，焦爸平時講電話也不至於這麼冷漠。

對方提到了幾次「她」，但鄭歎不知道這個「她」指的是誰，然後對方說最多的就是會匯錢，希望焦爸能夠照顧「她」。

說了幾分鐘之後，焦爸終於不再是「嗯」、「哦」、「好」之類的話了，而是問道：「妳要不要跟她說說話？」

對方沉默了一會兒，道：「好吧，我這邊還有點事，恐怕講不了幾分鐘。」

焦爸也沒再聽對方那頭的低語，轉身看向正在按計算機的小柚子，「柚子，妳媽媽想跟妳說說話。」

鄭歎耳朵噌地豎起來了。

小柚子她媽？就是那個自己在國外完全不想回來，卻將才七歲的女兒送回國，自己在外面快活的母親？

鄭歎剛才一時沒聯想到柚子她媽，主要是那些話還有那些說話的語氣太過疏離，就像是在推脫一樣，生怕焦爸這邊的人黏上她似的。

難怪焦爸會是那種反應。

要是鄭歎的話，直接就開罵了！可惜他不能說話，只能貓嚎。

焦遠也沒繼續改試卷了，看著小柚子那邊，眼神充滿同情。

小柚子接電話時所說的話比焦爸還少，一個「嗯」，一個「哦」，然後就沒了。那邊已經掛了電話。

鄭歎忍不住伸爪子撓了撓腳。柚子她媽就說了兩句，一句是問小柚子「還好吧？」，一句是囑咐「在 aunt 家要聽話」。

小柚子抿著嘴，掛上電話，走過來繼續按計算機，將剛才的幾份試卷核對完，在核對過後的紙卷上劃個鉤，表示無誤。那幾份試卷上還有剛才鄭歎貓爪子撓破的痕跡。

「好了，今天就到這裡吧。」焦爸拍拍手，將焦遠和小柚子那裡的試卷收起來分類整理好，接著對小柚子說：「對了柚子，妳媽媽匯了一些錢過來給妳買新年禮物，想買什麼？」

小柚子想了想，答道：「自行車。」

「我也要！」焦遠激動了，怎麼忘了自行車這事，上國中之後就要騎車了，應該提前練練的，到時候和熊雄他們幾個去飆車！反正學校操場也不會有人開車進來，適合飆自行車。

焦爸看了看焦遠，表情不變的說：「駁回。」

「為什麼？」

「你媽說等暑假的時候再買，熊雄、蘇安他們幾個也是，都不會提前買自行車。」

對於買自行車的事情，幾位媽媽早就討論過了，一致決定暫時不買，還有半年呢，現在買了的話，幾個小屁孩又得玩瘋。等放暑假的時候再去買，到時候幾人一起去，店家都選好了，是熊媽的一個熟人，到時候還能一起打折，自行車若有問題也方便解決。

聽到其他幾人也是相同的待遇，焦遠心理平衡了。

對於小柚子這樣年齡的孩子，肯定不會想要像焦遠他們那樣的自行車，而是買兒童車。買車的地方就在社區附近的中心百貨，下午三個人直接走過去。鄭歎沒跟著，快過年了，那邊的人賊多，鄭歎跟過去也不方便，索性待在家裡睡覺，或者蹲在廚房看焦媽準備一些過年的吃食，比如炸圓子、炸藕夾、滷味等等。

焦媽時不時遞一個剛炸完沒多久的溫熱的肉丸子給他，鄭歎嘴裡嚼著肉丸子，感覺這日子過得真滋潤，這就是所謂的飯來張口、吃飽就睡、啥事都不用擔心的生活。

三人去得快，回來得也快。回來的時候，焦爸提著一輛已經組裝好的粉紫色兒童車。

選兒童車並不是件簡單的工作，別以為後輪上安裝了兩個保護輪就安全了、沒事了，還要看手剎車的把手尺寸適不適合孩子，如果尺寸過大，剎車時孩子就握不緊手剎車，也就剎不住車。還要看制動力是否過大，看車鏈罩遮得好不好等等一些細節，這樣才能降低小孩子受傷的機率。

所以焦爸才讓小柚子親自去選車、試車。

試完車，小柚子要求換一個大點的車籃，原裝的那個車籃太小了。雖然換上大車籃顯得沒有原裝的好看，但小柚子喜歡，焦爸和焦遠也能猜到裝大車籃的原因，所以沒反對。

「喲，這車挺漂亮的！」穿著圍裙的焦媽從廚房裡出來，看到車籃之後笑道：「這是專門為黑碳準備的？」

「嗯！」小柚子點點頭，然後看向鄭歎。

鄭歎甩甩尾巴，走過去往車籃上一跳。因為是兒童車的原因，沒有焦爸的電動摩托車那麼高，鄭歎感覺離地面挺近的。好在車籃的空間尚可，他蹲在裡面也不難受，不過最好能在裡面墊上個絨毛墊之類……

鄭歎正想著，小柚子將一個毛帽子拿出來，「墊上這個會好些。」

車輪上沾著灰塵，焦爸和焦遠一邊站一個，護著第一次騎車的小柚子慢慢騎回來的。有保護輪在，平衡穩定，蹬幾腳就能熟練了。

看著小柚子騎車，把焦遠羨慕得恨不得將周圍停著的一排自行車拖一輛過來練練，不過再怎麼想，他也沒想要騎小柚子的兒童車。男子漢騎這種車會讓人笑掉大牙的。

有車之後，每天小柚子都會去樓下騎幾圈，鄭歎就蹲在車籃裡，有毛帽子墊著也不覺得冷。有一次阿黃見到鄭歎蹲在車籃裡面，也跟著跳了進來，結果被鄭歎一巴掌搧下去了。

私貓領地，外貓不得進入。

教職員社區裡有自行車的小孩子並不多，看著小柚子騎車，一個個都羨慕死了，吵著要家裡買，家裡不買的就過來借騎小柚子的車，結果都被鄭歎嚇走了。於是，沒兩天社區的小孩子都知道，顧優紫的車籃上總有一隻凶惡的黑貓，聽說會撓小孩。所以漸漸地，即便沒有焦遠出面，也沒誰敢動小柚子的自行車了。

剛開始小柚子只在社區裡面騎車，後來開始到社區外面騎，因為她不想一直在社區裡拉仇恨值，眼紅的人太多。

焦爸跟在她後面看著，這兩天天氣升溫，雪都融化得差不多了，不怕路上結冰打滑，一連幾次之後，焦爸也放心不少。

小柚子雖然年紀不大，但很懂事，太懂事的孩子招人疼，任何事情大人們也都會寬容一些。家裡人都看得出來小柚子最近心情不太好，估計就是她媽媽那通電話的原因，所以每天小柚子要去社區外騎車，都沒人說什麼。

這天，小柚子依舊在吃完午飯之後去社區外騎車，她的兒童車鎖在焦爸的電動摩托車旁邊，省得每天提上提下累得慌，而且家裡空間本來就不大，放家裡也不方便。

焦爸沒騎電動摩托車，跟在後面看著，小柚子騎車也不快，焦爸快走幾步就能追上去。沒跟多久，焦爸的手機響了，圓子找他有事，讓他去公司那邊一下。焦爸叮囑了小柚子幾句，讓她別騎太遠，騎一會兒就回家。得到保證後，焦爸才離開。

沒了焦爸在後面，小柚子騎得稍微快了一點。她沿著大道一直往前騎。

鄭歎看了下，這條路就是自己平時跑步的路，如果往前徑直走的話，會走到那個校區邊沿的樹林。

小柚子的目的地就是那片樹林，她跟著焦遠他們去過一次，所以記得那裡。樹林區域並不安靜，不遠處工地的各種聲音傳得很遠，最近這邊日夜趕工，工人們都急著回家過年，要趕緊將預定的進度完成。

小柚子往樹林那邊騎了一會兒，也不準備再深入了，這片區域不太安全，大人們說過很多次。雖然現在是白天，小柚子也不打算進去看，於是準備轉頭回家。

她正準備轉向的時候，有孩子的叫聲從樹林裡面傳來，還有狗叫聲。

鄭歎能夠聽出那隻狗是誰，是側門警衛那裡的狗。那是一隻狼犬，前不久牽來的，四個月大，平時會來樹林裡撒歡，跟鄭歎打過架，不過熟悉之後，牠看到鄭歎也不會太過搗亂了，有時候也會跟著鄭歎滿林子跑，但只要牠主人一聲哨響，牠就會飛快地跑回去。

不過，這時候樹林裡出了啥情況？嚇著小孩了？

小柚子猶豫了一下，將車停到旁邊鎖好，從小背包裡掏出一根木棍。這是焦遠得到玩具槍之後淘汰下來的，小柚子要出來騎車的時候，焦遠將這塞進了她背包。

看著小柚子握著木棍進樹林，鄭歎也趕緊跑上去，在她前面不遠處探路。

其實鄭歎並不贊成小柚子去樹林裡面，就算現在是白天，但這片樹林裡面的黑暗事情他見過太多，或許等這周圍的新建築群完工、漸漸有人氣之後，才會讓師生們重拾安全感。

樹林裡落葉喬木很多，但常綠樹種也不少。可是，幽僻的地方總會給人一種黑暗的感覺，就算入眼的是一片鬱鬱蔥蔥，然後帶給人心底的感覺卻是背後的那片陰暗。

小柚子緊緊握著手上的木棍，可見她對進來這片「危險區」還是有些緊張的，之前跟著焦遠他們過來的時候，好幾個小孩子一起，再加上焦遠、熊雄他們幾個男孩子本就膽子大，她並沒有感覺到不安。

不過，現在雖然只有她一個人，但或許是因為有鄭歎在前面帶路，她並不像其他小孩子獨自進來時那樣心驚膽顫。

鄭歎聽了聽那邊傳來的聲音，是兩個小孩子的叫聲，其中女童的聲音帶著濃濃的恐懼和焦慮感，而夾雜在兩個孩子叫聲中的是那隻狼犬的汪汪聲。一開始鄭歎感覺牠並沒有表示出攻擊性，但漸漸地，那隻狼犬的叫聲有些變了，已經開始不耐煩。

沒養過狗、不瞭解狗的孩子，並不能從狗的不同叫聲和行為上判斷出牠們的心情。其實相比起貓，狗的心思普遍比貓更容易理解一些。鄭歎以前不懂，可變成貓以後，他經常和這些貓貓狗狗相處，也能從日常生活中積累出一些經驗。

那隻狼犬不會主動攻擊人，叫聲也沒表現出病態的瘋狂。除了這三種聲音之外，並沒有其他的人聲和動物聲音，所以鄭歎推測，應該是那兩個小孩哪裡得罪牠了，而且還在持續得罪中，不然以那隻狼犬的性子，牠不會等到現在才開始不耐煩。

為了再次確認沒有其他威脅，鄭歎到處嗅了嗅，沒有陌生人的氣味，最近因為放假，好久沒有學生過來這裡了。工地的工人們也不會來這裡，他們累了之後會找個地方抽抽菸，肯定不會在樹林區域，畢竟周圍掛著牌子警告不准在此吸菸，要是被校方抓到，他們肯定吃不了兜著走，年終估計得縮水。

確認之後，鄭歎也放心多了，不就是兩個小孩和一隻狗嘛，還是熟悉的狗，沒什麼好怕的。

等終於見到那兩個小身影的時候，鄭歎算是徹底放心了。兩個小孩身上沒有太明顯的傷，頂多可能是扭到腳之類的，一時不能走，不然以小孩子見到狗對著他們這樣叫的第一反應，肯定是轉身就跑。

那兩個小女孩看起來比小柚子大不了多少，其中那個坐在地上、剪著齊瀏海且穿得像個毛球的小女孩，見到小柚子就像見到媽似的，眼裡帶淚，伸手求幫助求安撫。而另一個穿粉色棉襖的女孩緊挨著「毛球」，她倒是不像受了傷，拿著一根樹枝朝不遠處的狼犬揮舞，想要趕走牠。

穿粉棉襖的女孩見到小柚子後，說道：「妳家大人在不在這附近？快叫大人過來幫忙把這隻狗趕走！」

小柚子搖搖頭，這附近都沒看到有大人在。

見小柚子搖頭，兩個女童頓時沮喪了。這裡沒大人在，怎麼把這隻狗趕走？

毛球女孩捂著受傷的手指，哆哆嗦嗦看了看離她們幾步遠的那隻狗，雖然那隻狗還沒成年，不算大狗，但比她們住家附近的吉娃娃和柯基都大，看那嘴裡的尖牙，咬一口肯定很疼！

那隻狼犬在察覺到小柚子和鄭歎過來後，只朝他們看了一眼，然後又繼續對那兩個孩子吼叫，叫聲越來越急促，可是這裡的孩子沒一個能知道牠到底想表達什麼意思。

鄭歎看了看周圍，然後又看看那隻狼犬。他察覺到那隻狼犬時不時朝毛球女孩那裡瞅，並沒有將主要的注意力集中在那個揮樹枝的粉棉襖女孩身上。不過，揮樹枝這種帶著威脅的動作也確實讓牠不爽，所以在牠漸漸不耐煩的時候，也急躁很多。

這要是換作牛壯壯，你敢對牠揮樹枝試試？牠早就衝上去下嘴咬了。

鄭歎慢慢走過去，來到毛球女孩旁邊。小柚子本想攔著的，在她的觀念裡，大多數的貓狗不會友好相處，社區裡的那幾隻是例外，畢竟牠們都是從小就認識的，彼此之間沒什麼敵意，但社區外面的狗就不同了。然而，見到自家黑貓的動作並沒有讓那隻狗衝過來後，小柚子才放心不少，同時她也跟著往那邊挪過去，手上不忘緊抓著木棍。

鄭歎圍著那個毛球女孩轉了一圈，轉的時候也注意著那隻狼犬的視線。最後，鄭歎側身擠了擠那個毛球孩子。

「妳的貓在幹什麼？讓妳的貓走開！這是我叔叔買給我的新衣服！很貴的！」毛球女孩看向小柚子。

「牠讓妳挪一下。」

「妳說挪就挪？妳不知道我腳扭到了嗎？疼死了！」

小柚子正準備說什麼，鄭歎已經找到禍源了。推開那毛毛外套的一角，鄭歎看到了一個黃色的塑膠飛盤。飛盤上有那隻狼犬的牙印和氣味在。

就是這個了！

鄭歎將那個飛盤往外扒，見到鄭歎的動作後，那隻狼犬想要衝過來，被粉棉襖女孩拿著樹枝敲回去了，於是汪汪叫得更激烈。

「妳壓著東西了。」小柚子提醒道。

毛球女孩狐疑地看了看身邊，然後試著挪了一點，正好這時候鄭歎已經將那個飛盤拖了出來，然後抬爪子一甩，飛盤飛了出去。

見到飛盤，那隻狼犬也不管這裡的三人了，在鄭歎抽飛盤之前就開始猛搖尾巴，飛盤一飛，牠就撒開腳丫子歡快地跑了，飛盤快落地的時候牠跳起來接住，然後叼著飛盤往工地那邊走去。狼犬的主人應該在工地那邊閒晃，工地那邊比較嘈雜，也難怪牠主人沒聽到這邊的吼叫，不然早就開始吹哨了。

見狗跑遠，三個孩子不約而同長吁一口氣。粉棉襖女孩都不顧地上的枯葉和泥土，直接坐了下來。

警報解除，禍源也找到了，那兩個孩子話多了很多，毛球女孩還向小柚子道歉了，挺真誠的，知錯能改就是好孩子，這小孩心性還不錯。

鄭歎爬到附近的一棵樹上，沒和三個小孩待在一起。因為那個粉棉襖女孩總想過來摸他兩下，鄭歎扭頭就跑了。

——就不讓妳摸！小丫頭，妳手上還黏著泥呢！

毛球女孩正說著之前她們的經歷，今天大人們上街購物準備年貨去了，她們兩個在家裡無聊才出來玩。她們是同班同學，又是同一個教職員社區的，感情很好。

聽說這裡有一座梅花林，兩個小孩就自己過來了，可沒想到被露出地面的樹根絆倒了，腳扭傷，一時也起不來，她穿得又厚，當時注意力全被身上的疼痛吸引過去，沒發現壓在屁股下面的東西。

粉棉襖女孩從口袋裡掏出一小包紙巾，自己擦擦手，也讓毛球女孩擦擦傷口。

毛球女孩原本想在附近找點雪洗一下傷口的，結果發現雪都融化得差不多，周圍能看到白色的地方只有薄薄一層，雪上還有一些黑色的灰塵和其他雜物，用這個洗傷口她也不放心，於是用紙巾擦了擦手指之後，她看著還隱隱往外冒血液的手指，伸舌頭舔了舔。

鄭歎、小柚子：「……」

見小柚子一臉詫異地看著她，毛球女孩一本正經地教導道：「我曾經聽我叔叔他們說過，老鼠的唾沫中含有一種名為神經生長雞素的蛋白痴。塗上這種蛋白痴的傷口，要比不塗抹的傷口恢復速度快兩倍！」

說完，她還得意洋洋地看了小柚子一眼，那意思就是：看我多厲害，知道這麼多知識！

鄭歎、小柚子：「……」蛋白……痴？

一旁的粉棉襖女孩看著周圍，似乎周圍的景色相當迷人，全當沒聽到這邊的對話。

「人的唾液中也有這種？」小柚子問道。

毛球女孩頓了頓，然後理直氣壯道：「就算沒有也能起到作用的，相信我，沒錯！」

粉棉襖女孩繼續觀看周圍的景色，眼神似乎更加認真了。

小柚子嘆了口氣，從背包裡拿出一個小盒子遞給毛球女孩。

鄭歎看了看，那是急救包，焦媽出院後就為家裡每個人都準備一份。焦遠和顧優紫的背包裡總是帶著一個小急救包，這裡面的東西都是從附屬醫院那裡弄來的，用著放心。

「這是什麼？」毛球女孩接過急救包，打開看了看，然後「哦」的一聲，「我房間裡也有一個急救包，不過我從來沒用過。」她那個急救包完全就當裝飾品擱在房裡了，從來也沒想過要用到。

掏出消毒濕巾擦受傷的手指時，毛球女孩「啊呀、嗚哇」的叫個不停，吵得鄭歎恨不得將耳朵堵起來。

貼 OK 繃的時候，毛球女孩覺得讓別人來貼肯定會疼，於是自己用另一隻手來貼，結果貼得更加慘不忍睹。

反正也不是什麼大傷口，就這種小傷，很多人都懶得去處理，再說很快就回家了，回去之後她家裡人肯定會重新處理，所以其他兩人也都不說什麼了。

「妳就是二年級的那個英文比中文說得好的？」毛球女孩終於想起來了，問道。

之前她就覺得眼前的小柚子很眼熟，有一次同學跟她說二年級有個英語說得很好的轉學生，他們還特意過去看過，以為是個外國小孩，結果並不是，大家都失望了，後來也沒多關注。剛才乍一見到小柚子，她也沒多注意，現在才想起來。

「對對，我記得叫什麼柚子來著。」粉棉襖女孩終於不再看風景了。

小柚子抿了抿嘴，說道：「我叫顧優紫。」

「我叫岳麗莎，三年級三班的，她叫謝欣，跟我同一個班。我們大妳一個年級呢，到時候妳班上要是有人欺負妳，妳就過來找我們，我們給妳撐腰！」毛球女孩岳麗莎舉了舉拳頭說道。

「是啊，不用客氣的，這次妳幫了我們，到時候有麻煩就去三年三班找我們，直接報名字就行，其他人知道的。」謝欣點頭道。

小柚子沉默了，其實她很想說自己明年會跳一級，這樣就跟她們同一個年級了，可是aunt說要低調些，所以想了想後，小柚子沒出聲。

休息一會兒之後，小柚子和謝欣合力將岳麗莎扶著走。出了樹林之後，小柚子讓岳麗莎坐車後座，她們兩人合力推車。

鄭歎在旁邊跟著，這次沒跳上車籃，省得添加她們的負擔。

來到一間校內超市後，謝欣進去打了通電話給家裡人，超市裡面有熟人，所以就算沒帶錢也能借用電話。打完電話之後，岳麗莎和謝欣坐在小超市裡面等家裡人過來接，小柚子則載著鄭歎

回家。

第二天，岳麗莎的父母上門來致謝了，還提了很多謝禮，焦媽對於這些謝禮倒是不在乎，她最在意的就是小柚子能夠交上朋友。

東教職員社區的孩子們，除非是焦遠帶著，不然基本上沒誰會來找小柚子一起玩，岳麗莎和謝欣雖然是西教職員社區那邊的，但兩個教職員社區也不算離得很遠，至少能偶爾串門子，讓孩子們交流一下也好，總一個人跟貓玩也不是個長久之計，人都是要學著去交流的。

第二章 撒哈拉那傢伙就是欠打

除夕前兩天，焦遠「閉門謝客」，獨自一人窩在房裡練毛筆字。今年在家過年，焦遠準備親自出馬寫對聯，但許久沒寫，有些手生，於是窩在房裡練字。

鄭歎趁中午焦遠睡覺時，翻窗戶進去看了看放在桌上的春聯，這小屁孩還挺認真，並不是三分鐘熱度鬧著玩。

焦遠醒的時候見鄭歎在自己房裡，一時興起，寫完對聯之後拖著鄭歎去按了三個貓爪墨印，上聯、下聯以及橫批上各一個。為這事鄭歎兩天沒理他，黏上墨汁不好洗，雖然跟鄭歎的毛色一樣都是黑色，看不出顏色差異來，但鄭歎一抬爪就聞到濃濃的墨味，用小柚子的水果洗手乳清洗過也沒用。

過年前一天，鄭歎出去溜達一趟，學校周圍很多店家都關門休息了，相對於中心百貨商業街那邊的情形，學校到小郭的寵物中心那邊的一些小巷子都冷清多了，連貓都很少。鄭歎聽附近居民說過，過年抓貓的人多，這周圍有好幾隻貓都不見了，肯定被人抓走賣了。

閒晃的時候，鄭歎看到出來巡街的李元霸，在牠身邊還有花生糖。不知道是不是這胎只生了這麼一隻崽的原因，花生糖生下來就比別的貓大一圈，長得也快，現在比同齡的其他貓都要大多了，打起架來也猛。

不過，鄭歎覺得奇怪，花生糖的叫聲有點怪異，和其他貓不一樣，和鄭歎也不同。

有一次鄭歎見到花生糖對著一隻巷子裡的大貓，弓起背炸起毛發出那種警示吼叫的時候，鄭歎聽著沒來由地突然感覺毛骨悚然，而那隻大貓也壓了壓耳朵，跑了。

年三十這天，焦爸在臥室對著電腦整理一些論文檔案，同時也和他國外國內的朋友們發郵件聊天。

圓子回外地老家過年了，他母親一個人在老家，今年必須陪著老人家，還要去拜祭老爺子。公司那邊有費航和衛稜他們幫忙照看，焦爸也有時候搭把手。

不過，鄭歎前幾天去閒晃的時候，聽到樓下蘭老頭他們談到焦爸。這幫即便退休、但影響力不減的老教授們得到的消息總會比別人更多更可靠，所以鄭歎那天難得地躲在旁邊偷聽。

焦爸在生科院裡風頭漸起，主要還是帶出了一個優秀研究生的原因。年前生科院的學術年會上，易辛的表現很出彩，已經在國外雜誌上發表的期刊論文直接讓他成為毫無爭議的年會第一名，在全校也沒幾人能比得上，這讓生科院裡同樣被評為第一名的另外兩個學生黯然失色。

而現在大家說起易辛，就肯定會說起焦副教授，沒有焦副教授就不可能有現在的易辛，這誰都知道。所以，焦副教授如今勢頭直逼今年生科院裡引進的兩名年輕的海歸教授。

於是，生科院裡就有人開始猜測，什麼時候焦副教授的那個「副」字會去掉？畢竟如果焦副教授繼續這種輝煌狀態的話，學校很可能要破格提拔他了。

楚華大學升教授資格的必要條件除了論文數量之外，還有一個重要的條件需要滿足，就是要有出國經歷。

焦爸在畢業之後直接和焦媽來了楚華大學任教到現在，並沒有出國做研究的經歷。焦爸最近待電腦前的時間很長，估計就是因為這個——為了這個「出國經歷」做準備。畢竟，一個正教授要比副教授各方面得到的好處多得多，也能更放開手去做專案研究。

鄭歎窩在沙發邊上，打了個滾，換個姿勢繼續躺著。

因為附近區域總傳出丟貓事件，所以這幾天鄭歎晚上都不外出了，太陽一落山他就窩在沙發裡跟焦遠和小柚子一起看《超能勇士》。雖然對鄭歎來說比較無聊，但倒也不難熬。躺沙發上東想西想，想累了就睡，睡醒了就準備吃飯。

幾集動畫放完，焦遠去換光碟片。鄭歎對於那些動畫片的內容沒興趣，以前就看過，現在不想再重看了，而且用十年後一個成年人的眼光來看，這內容很幼稚。鄭歎現在琢磨的是，如果焦爸出國一、兩年，家裡怎麼辦？焦媽的負擔肯定會增加很多……不對，應該還有易辛，還有開學後再收進來的新研究生可以幫忙……

電視機裡那隻黃色的豹子奔跑著突然跳起，變成機器人狀態，同時還大叫一聲：「黃豹勇士，變身！」

鄭歎正想著未來的事，冷不防被旁邊的焦遠拖起來。

「黑貓勇士，變身！」焦遠叫道。

鄭歎：「……」變你一臉屎！這蠢孩子！

拍開焦遠的手，鄭歎踩著他的褲子越過他來到小柚子旁邊躺下，不去理會正處於亢奮狀態的焦遠，小柚子看電視的時候還幫鄭歎撓撓下巴、梳梳毛。

由於市政府規定禁放鞭炮，因此市區很少能夠聽到鞭炮聲響，沒了鞭炮就沒了年味，就好像炒菜沒放鹽一般的寡淡乏味。不過近年來政策放鬆了點，開放讓一些商業廣場等地方的商家申請燃放煙火。比如初六中心百貨那邊就有一場商家主辦的煙火秀，焦爸說到時候帶兩個孩子過去看看。至於初六之前的日子，焦遠是過不了鞭炮的眼癮手癮了。

隔壁的屈向陽去父母那邊過年了，估計這年不過完不會回來，走的時候帶走好幾箱東西，全是電腦之類的設備。

將軍老早跟著牠主人去南方了，楚華市這邊的冬天又濕又冷，牠不喜歡，估計可能會等到開春的時候才會回來。

大胖和那位老太太也不在這裡過年。

三樓的蘭老頭夫婦倒是留在社區裡，蘭天竹他爸媽都在，吃完年夜飯才離開。

鄭歎對於過年並沒有多少印象，以往年是怎麼過的，現在回想起來也沒點印象，或許在夜店，或許和一群孤朋狗友在外面瘋狂。現在再試著回憶的時候突然覺得恍惚，不真實。

誰也不會想到一覺醒來就從人變成了一隻貓吧？

吃過年夜飯之後，沒多久，待在公司那邊的衛稜就打了通電話過來恭賀新年，焦爸接的電話，兩人的話說完之後，焦爸讓鄭歎過去聽電話。

鄭歎疑惑著跳上旁邊的書桌，焦爸將聽筒放在鄭歎腳邊，鄭歎湊上去聽了聽，裡面傳來衛稜的聲音：「黑碳，『核桃』師兄讓我代為祝福一句，新年快樂！」

鄭歎扯了扯耳朵，從鼻子裡重重噴出氣，示意自己知道了。

「你倒是叫一聲啊，大過年的你就這樣應付一下？」那邊衛稜說道，「我戰友們都在旁邊聽著呢，不然我多沒面子？」

鄭歎在頓了頓之後，終於還是很給面子地叫了聲：「嗷嗚！」

「哈哈哈哈！衛稜，你該不會是在跟一隻狗講話吧？我還以為是焦老師家的小孩呢！不過這狗讓我想起以前隊裡那隻會接電話的狼犬。」

聽筒那邊傳來衛稜戰友的聲音。

「不是狗，我在跟一隻貓講話。」衛稜解釋道，然後又對著話筒說：「黑碳，他們不相信，不然你喵一聲？」

「嗷嗚哇！」喵泥煤啊！

鄭歎直接抬爪子按了掛斷鍵，然後回沙發那裡跟焦媽和兩個孩子一起等看春節特別節目。

公司那邊，衛稜聽著電話裡傳來的嘟嘟聲，笑罵了一句：「靠！這脾氣還是一如既往的臭！」

旁邊衛稜的戰友想了想，問道：「剛才那聲音，真是貓啊？」

「真的，不信你去問我師兄。」衛稜將電話遞給其他還沒打電話的戰友。

他們這裡還有一個市內電話，但要打電話的人太多，大家都排隊等著。衛稜也不在意這點通話費，將自己的手機貢獻出去給沒手機的人。

這邊，鄭歎陪著他們看了會兒電視節目，小柚子回房睡覺的時候他也跟著過去了。對於貓來說，一天二十四小時大多數時間用來睡覺是很正常的事情，所以鄭歎一點心理負擔都沒有。

正月裡向親朋好友拜年，都不關鄭歎的事。不過，作為一隻貓，最討厭的就是那些不懂事的小屁孩過來揪他的尾巴，為了避免麻煩，鄭歎在家裡有客人的時候就跑去外面玩。

這天也是，鄭歎沒在校園裡溜達多久，就往小郭的寵物中心那邊走去。今年小郭他們留在這裡過年，寵物中心還有一些不回老家的員工，大家全窩在一起吃年夜飯，正月初一繼續輪流照顧那些寄養的寵物們。

寵物中心這一年的生意很好，或許規模變大給人的感覺也值得信賴多了，層級飆升一大截。

特別是廣告效應，很多外地人都知道楚華市「明明如此」寵物中心，知道這家的貓糧很不錯，拍的廣告每一部都很吸引人。可至今為止，沒有誰知道廣告裡那隻名叫「blackC」的黑貓到底是什麼身分，店面老闆小郭說是聘請來的受訓過的貓，有些人相信，有些人則持懷疑態度。

鄭歎沒直接進去寵物中心，只在從學校到寵物中心這段路程之中的幾條街道上溜達，途中鄭歎聽到一些人談話，內容大意就是：這兩天又有幾家人的貓不見了。其中就包括以前總跟鄭歎打架的那隻黑貓。

沒了貓，再加上過年休息的商店，街道顯得蕭索不少，太死氣沉沉了。

鄭歎閒晃的時候又碰到李元霸帶著花生糖巡街，燕子肯定不在寵物中心過年，但李元霸還是待在寵物中心，反正沒幾天燕子又會過來，沒必要將窩搬來搬去。

見到鄭歎，跟在李元霸旁邊嚴肅著一張臉的花生糖難得地「喵」了一聲，向鄭歎打招呼。

小郭曾經開玩笑說，鄭歎就像是花生糖的親爹一樣，不然為什麼花生糖對店裡其他貓都不假辭色，偏偏每次見到鄭歎的時候就「喵」上幾聲，偶爾還在鄭歎眼前打個滾。

這些動作，花生糖就算是在燕子眼前都不會發生，所以燕子有時候挺嫉妒鄭歎的，到底是誰在養牠們啊！

鄭歎連自己的毛都不舔，肯定也不會去幫花生糖舔毛，也不會「喵」。鄭歎不喜歡叫出聲，因為每次發聲就會刺激大腦神經，提醒自己從一個會說話的人變成了一隻土貓。不過，為了表示對晚輩的親近，鄭歎會抬起手掌輕拍花生糖的頭。

對於花生糖而言，鄭歎這種打招呼的方式牠已經習慣了，所以在鄭歎靠近的時候牠就會壓一壓耳朵，伸腦袋過去讓鄭歎拍。

孺子可教也！鄭歎感慨。多聽話的小貓崽啊，比那些只會揪他尾巴的小屁孩招人喜歡多了。

不過，在花生糖「喵」叫的時候，鄭歎發現這小傢伙那兩顆尖牙又長了不少，平時不容易注意到，只有在牠張嘴巴的時候才能看到。鄭歎和小貓崽合作過廣告，所以知道一般這種小貓崽的尖牙會有多大、有多長，相比起來，花生糖這傢伙的牙齒就特別多了。

打完招呼之後，李元霸繼續帶著花生糖巡街，鄭歎與牠們錯開。鄭歎不擔心李元霸會被那些貓販子抓走，而且有牠在，花生糖也不會有事。

來到一條老樓區小巷子的時候，鄭歎聽到前面很喧鬧，很多人在議論著什麼事情。原本鄭歎準備改道的，耳朵裡突然抓住「虐貓」、「小貓崽」、「真可憐」之類的詞語。

那邊圍著很多人，鄭歎接近不了。看了看周圍，鄭歎爬上擱在牆邊斷掉的木梯，從木梯上面跳到一旁的圍牆上，然後在接近現場的時候，跳到圍牆內一戶居民的陽臺上。在這裡不容易被發現，也方便鄭歎好好觀察那邊的情況。

這戶人家陽臺的房門也緊緊鎖著，地上一層灰。主人家估計去外地過年了，屋裡好像幾天都沒人的樣子，這也是鄭歎選擇這家的主要原因。

鄭歎站在一個只有土、沒種花草的花盆上，從兩片晾曬在那裡的抹布空隙看向聲源處。

圍著的人很多，幾乎將事發中心都遮住了，在鄭歎這個角度並不能看到多少畫面，但當那邊吵著吵著發生推搡的時候，鄭歎從露出的空隙中看到了地上的情形。

地上躺著三隻小花貓，出生不到一個月的樣子，身上帶著血，躺在冰冷的地面上一動不動，在牠們身邊蹲著一隻白色的大貓，還是長毛的，牠時不時湊上去看看地面上的三隻小貓，用鼻尖碰碰牠們，然後對著站在兩步遠處靠牆抽著菸、一副吊兒郎當模樣的年輕人叫兩聲，那聲音鄭歎聽著像哭似的，每一聲都拖得很長，像在哀號一般。

抽著菸的年輕人將外套仍在一旁，露出紋著龍紋身的膀子，看著倒是嚇人，或許這也是周圍一些人不敢太過說什麼的原因。

之前有個人話說得重了些，被這個龍紋身的年輕人狠狠揍了兩拳，要不是旁邊有人拉架，或許會揍得更狠。周圍站著幾個年紀稍微大點的人也被他踹了兩腳，被人扶走了。

從這些人的吵鬧聲中，鄭歎瞭解到一個大概。這隻貓住在隔壁，年前牠主人一家搬走了，沒帶上牠，因為太麻煩，更何況還有一窩沒斷奶的小貓。作為鄰居的那個龍紋身的年輕人表示會收留這幾隻貓。那家人急著離開，雖然知道這個凶神惡煞的鄰居不好相處，貓跟著這人肯定會受罪，但最後還是沒多說，提著行李就離開了。

這個紋身男收下這幾隻貓就打算以後拿去賣錢，至於平時，給貓食也給得敷衍，記得了就隨便將自己的吃食拿去餵貓，記不起來也就算了。

不是每隻貓都跟鄭歎一樣擁有強悍的胃。吃不了那些食物，那隻母貓不得已便出門覓食，回來的時候剛好看到那個紋身男摔小貓。

紋身男完全是出門受了氣回來拿貓洩憤，周圍的居民見到了過來指責他，也一個個被打走，叫警察過來也沒用。沒有相應的動物保護法，僅僅依靠道德批判肯定不能平息眾怒。這個年代也不像十年後那樣，一點事情就能直接將照片或影片上傳到網路上。

不過，就算能夠引起更多人來注意、來批判，也不足以給施虐者足夠的懲戒。

批判能有什麼用？道德的約束又有什麼用？

能讓這三隻小貓復活，還是能給這隻母貓一個公平？

都不能，那個紋身男甚至連罰款都不用交，道德的批判對他來說就是放過的屁，風一吹，也就散了。

「我摔自己的貓關你們屁事！多管閒事，一個個都活得不耐煩了是吧？！」紋身男指著周圍嘀嘀咕咕的人群吼道。

剛才打人的行為明顯讓圍觀人群有些顧忌，聲音沒那麼大了，出來指責的人也被揍趴下了。

那一身肌肉和紋身，再加上這派頭，明顯不是個好東西，說不定還會鬧出人命。

「都趕緊滾啊，堵我家門前幹什麼？找打是不是？」

紋身男將周圍圍著的人推開，一圈人也漸漸離去。

離開的時候，還有幾個大嬸低聲嘆著「造孽啊」、「那貓真可憐」之類的話。

其實，這樣的事情很多，在這個城市可能每一天都發生著類似的事。

對於一隻貓來說，連相對的公平都沒有，連一個絕對的保護制度法規也沒有，能夠依仗的，或許是一個好主人，或者——變得和李元霸一樣剽悍。

不過，生活在這個鋼筋水泥鑄造的大都市裡，就算是李元霸，也選擇了一個「窩點」，選擇了一個會照顧、會幫助牠的「燕子」。

一隻單獨的貓到底會過什麼樣的生活？鄭歎只從別人口中知道一些事情，有的人說這樣的流浪貓也能過得很好，但是鄭歎在見到今天這幕之後，有些懷疑了。

過得好的肯定有，但過得很差的也存在。

地上那三隻小貓，最後是由一個大叔過去收拾的，他用一條毛巾包裹著帶走，母貓跟在那個大叔身後一邊走一邊叫。紋身男就站在旁邊抽菸，冷笑著看這位大叔收拾，還將菸蒂彈向那邊。

「不就是幾隻破貓嗎？大驚小怪！呸！」紋身男朝帶著血的地面吐了口痰，哼著小曲抖著腿走了。

鄭歎跟在那個大叔身後走，看著大叔走進楚華大學的一個側門，在一處小林子裡面將毛巾包裹著的小貓埋了。

埋好之後，那大叔坐在旁邊的地上喘了喘氣，看向繞著那裡轉圈的母貓。他伸手摸了摸大白貓的貓頭，「這裡雖然離那邊遠了些，但那片老樓區過兩年估計會拆掉，埋地下也會被挖出來的。而這裡不會，這裡是很好的大學，環境好，人也都比較好……妳以後好好活。要不，妳跟我走吧，我不住那片老樓區，就住這附近，雖然條件不好，但不至於讓妳挨餓。」

鄭歎不知道那隻母貓聽不聽得懂大叔的話，牠只是緊貼著埋著小貓的地面，趴在那裡，不動。大叔要把牠抱起來，牠也掙扎著不走。

大叔等了會兒，又去抱牠，這次母貓沒掙扎了。

鄭歎蹲在不遠處看著他們，在他們離開之後，鄭歎還是蹲在那裡，不知道在想什麼，腦子裡有些亂，又好像什麼都沒想。等他回過神來的時候，天已經黑了。

動了動，或許這樣子蹲了太長時間，渾身有些僵硬，還有些冷。鄭歎做了幾次深呼吸，慢慢活動一下之後，身體才活絡起來，往教職員社區那邊小跑回去。

鄭歎回家的時候，焦爸正在掃地，焦遠和小柚子都幫忙打掃衛生，焦媽在廚房洗碗，屋子裡有一股酒味和沒散去的陌生人的氣息。不過，見到熟悉的人，嗅到熟悉的氣味，還是讓鄭歎感覺到心安。

晚上鑽進小柚子被窩之後，鄭歎一直沒睡意。旁邊的小柚子已經睡著，鄭歎依然睜著眼睛，看著屋內的天花板，一直到凌晨三點多才睡過去。但他睡也睡得不安穩，總是夢到今天見到的情形，夢到躺地上的那三隻小貓。

鄭歎夢到自己站在那個帶著血跡的地上，看著靠牆站著的抽著菸的紋身男。他身邊躺著的是那三隻小貓，周圍圍著一圈看不見臉的人。

由於夢到一些不舒服的畫面，正在做夢的鄭歎伸爪子一撓，然後就把小柚子的被褥劃出一個大口子。

第二天，焦媽看著被劃破的被套，說道：「估計黑碳做夢抓老鼠呢。」

「但是今天黑碳看上去精神不太好。」小柚子指了指沙發上蔫頭蔫腦的鄭歎。

焦遠盯著鄭歎看了看，然後抬手托起鄭歎，「黑貓勇士，變身！」

鄭歎依舊蔫頭蔫腦的，沒有像上次那樣拍開焦遠的手，也沒掙扎，由著焦遠這麼鬧著玩。

「黑貓勇士，變身！」

焦遠又試了一次，見手上的黑貓還是老樣子，趕忙對焦媽道：「媽，黑碳真的不對勁！」

焦媽也顧不上縫補被套了，趕緊托起鄭歎看了看，擔憂的問：「黑碳，你怎麼了？」

鄭歎無力地哼哼了兩聲。

「快去打個電話給小郭，帶黑碳去看病。別是著涼了。」焦媽對旁邊的焦爸道。

打完電話，焦爸騎著電動摩托車帶鄭歎往小郭他們那邊去了。留在家裡的三人也坐不住，出東大門叫了輛計程車往寵物中心趕去。

聽到鄭歎生病了，小郭趕緊放下手上的工作，親自去他哥那邊的診療區，讓他哥一定要仔細看看。

郭大哥仔細檢查了鄭歎的各項生理特徵之後，說道：「不像是生病，只是心情差了點。」

心情差？

鄭歎心情確實很差，說不出是個什麼感覺，就是感覺悶悶的，又有些焦慮，總之各種煩躁。

「昨天出門時還好好的呢，回來後精神是有些不太好，我以為牠出門玩累了。」焦爸說道。

「昨天出門牠碰到什麼了？」小郭疑惑了。

郭大哥想了想，道：「我昨天聽人說，老樓區巷子那邊有人摔死三隻沒斷奶的小貓，難道是這個原因？」

「咦？這是怎麼回事？」小郭問道。昨天他一直在工作室裡修照片，不知道外面的事情。

郭大哥將知道的事情說了說，聽得鄭歎想捂耳朵，他眼前似乎又浮現出夢裡的場景。那畫面讓他很不舒服，抑鬱更甚。

鄭歎暗自感慨：沒想到自己的內心還真是脆弱。以前不都是天不怕、地不怕的樣子嗎？難道是熬夜沒睡好的原因？嗯，肯定是睡眠不足。

想著想著，在旁邊三人談論的時候，鄭歎閉著眼睛睡著了。

等三人談完，看著閉眼睡著的黑貓，一時都有些無語。

「這應該是沒睡好的原因吧？沒睡好誰的心情都不會好。」小郭無奈的說。

確定自家貓沒有其他傷病原因，焦家的人放心不少。

鄭歎醒過來的時候，已經在焦家了，而且天色也暗了下來。

「醒了醒了！」焦遠興奮地大叫道。

旁邊還坐著小柚子，焦媽和焦爸聞聲也趕忙過來。

睡了一覺，鄭歎的精神好多了，吃了焦媽為他準備的一大碗飯。

鄭歎吃飽後伸了個大大的懶腰，早上蔫頭蔫腦的黑貓又活過來了！

「好了好了，趕緊收拾一下，換件衣服，晚上比較冷。」焦媽招呼兩個孩子。

——嗯？這是要出門？

鄭歎看了看換衣服的四人。

「媽，我們把黑碳一起帶去吧。」焦遠說道。

焦媽沒立刻回答，看向焦爸。

焦爸想了想，「帶上吧，用你那個書包。不過到時候看煙火的人太多，你們要注意點。」

「好！」

——看煙火？

鄭歎看了看日曆，原來今天已經是初六了，初六晚上中心百貨那邊的商家會燃放煙火，很多人會過去看。

收拾一番後，焦家四人連帶一隻貓出門了。往中心百貨走的時候也碰到一些社區的其他人，還有西教職員社區那邊的一些帶著家屬的教職員，大家笑著打招呼。

焦爸手上提著焦遠的書包，鄭歎待在裡面從拉開的拉鍊口往外看。往中心百貨那邊走的人還真多，周圍走動的人目的地幾乎都是那裡。

他們到的時候，中心百貨前面的廣場已經站著很多人了。焦遠想往裡面再擠擠，卻被焦爸拉住，找了個地方站定。

「不用靠太近，那邊掉落的粉塵多，而且容易受傷。在這裡也不算遠。」焦爸說道。現在才七點，離燃放時間還有半小時。他們是特意提前來占位子的。焦爸選的地方還算靠裡頭，待會兒人多起來，外面估計都會堵住。

廣場周圍有幾座高臺，高臺周圍都封鎖了，與觀看群眾有一定距離。那幾個地方才是燃放點。

快到燃放煙火的時間，焦媽拿出眼鏡和口罩遞給兩個小孩。眼鏡是平光眼鏡，防止看的時候空中的灰塵掉到眼睛裡，而口罩是為了防止待會兒粉塵太多，氣味嗆人，吸多了不好。

焦爸將書包背在胸口處，和焦媽將兩個孩子護在中間。鄭歎有些新奇地從書包拉鍊口看了周圍一圈，全是人，比剛來的時候密集多了。

突然，廣場上的路燈全部熄滅。

廣場上的人聲隨著燈的熄滅突然一靜，然後又小聲討論起來，這是要開始的前奏。

燈熄滅之後，鄭歎就直接將整個頭露出來。

這時候沒光亮，也沒誰會想到有人看煙火居然還帶著一隻貓！

「彭！」

一朵大大的禮花在空中綻放，拉開了序幕。

「彭彭彭！」

煙火燃放的轟鳴聲不絕。

鄭歎抬頭看著天空，由於離得比較近，煙火就像在頭頂上方綻開，站在下方的人似乎快要被落下的火星灼傷。這些火星在快接近下方人群的時候逐漸熄滅，最後只有一些粉塵掉落。

每一個飛濺的火花看上去都很微弱、單調，但當這些火花聚集在一起時，卻有著難以抗拒的魅力。

不同於電視上看到的那樣，也不同於遠距離觀看的心情。

綻放的煙火主宰著此刻天空一切的光亮，璀燦繽紛，流光溢彩。對於站在下方的人們來說，這片繽紛似乎觸手可及。

鄭歎感覺心中的煩悶似乎都隨著那一聲聲轟響暢快地炸開、碎裂，隨著晚風消逝。

突然有一種豁然開朗的感覺。當然，如果忽略那些掉落的粉塵和四周刺鼻的氣味，會更好些。

離他們不遠處，有一個家長怕自家小孩到處跑，將他抱在懷裡。小孩或許是眼睛裡進了些灰塵，低頭揉揉眼睛，再睜開看向周圍的時候，瞧見焦爸掛在胸前的書包上那個露出來的貓頭，貓耳朵還因為不停掉落的一些灰塵彈動著。

「爸爸，有貓——」

可是，小孩的聲音被煙火燃放的轟鳴聲淹沒，只有他爸爸聽到一點聲音。

「什麼？眼睛還疼，來，給爸爸吹吹。」

小孩一巴掌推開自家老爸，「有貓——」

「是是，有焰火有焰火！看，焰火多好看！」

小孩：「……」

等煙火燃放聲終於停下來的時候，人群也漸漸開始疏散了。

焦爸等周圍人散了一些之後才開始往外走。焦遠和小柚子臉上還帶著興奮，往家裡走的時候還一直談論著哪種煙火好看。

「消防員今天估計挺忙的。」焦媽嘆道。

回到家，每個人身上都帶著濃濃的氣味，狠狠洗刷了一遍，鄭歎自己也泡了好半天的澡。洗完澡，吹乾毛，鄭歎鑽進小柚子的被窩。

小柚子寫了篇日記之後才睡。和前幾次寫日記時一樣，她在寫完日記後會將鄭歎的爪子摁在上面比著畫一圈，然後再添上幾筆，所以在好幾篇日記裡面，日記的最後都帶著一個貓手掌的畫。

等小柚子關燈睡覺之後，鄭歎將頭露出被褥外，伸出一個手掌，將縮起來的鋒利爪子露出。看著黑暗中的爪子，鄭歎覺得……其實，自己也可以做點什麼。

鄭歎趴在客廳的沙發上，尾巴尖輕輕擺動著。

鄭歎喜歡在這種狀態下思考，至於尾巴的擺動，這是鄭歎變成貓以後形成的習慣，起源於一次無意識的動作。就好像有些人思考問題時喜歡用手指敲擊桌面一樣，鄭歎趴在沙發上思考的時候就喜歡擺動尾巴尖。

其實很多貓都喜歡這樣，但並不是每隻貓都跟鄭歎一樣會思索那些複雜的問題，這個動作或許只是牠們表達愜意感的方式，說明牠們現在心情不錯，過得很安逸。又或許牠們和鄭歎一樣，在琢磨某些雖不如鄭歎那麼複雜，卻又是人們猜測不到的事情。畢竟，貓的心思很難猜。

鄭歎這幾天晚上還是會夢到那些畫面，不過已經不像第一晚那麼嚴重了，他已經調整好了心態。其實，如果鄭歎還是當初人類的樣子，肯定不會對那些場景有過深的印象，說不定轉身就忘了，或許也不會在意。但是變成貓之後，所處的地位與環境的不同，使得他看待事情、思考問題的角度也不同了。

如果是人，套布袋、砸磚頭都是簡單的，也可以去找人教訓那個紋身男，砍手剁腳切ＪＪ都不是什麼稀罕事，反正也不用鄭歎自己動手。但現在，沒了那些外援，還是得靠自己。

客廳裡，焦遠和小柚子在看一部關於野生動物的科學教育片，焦媽在臥房裡織毛衣，焦爸有事情出去了。此刻屋外正飄著大片的雪花，晴了一段時間之後，再次下雪，昨天半夜開始下的，今天早上起來看的時候外面已經全白了。剛才焦遠推窗看了一下，還在下，雪勢不減，當真是飛雪連天。

電視裡，那隻剛睡醒的獵豹蹲坐在草地上，這時候牠應該要捕獵了。草原上有很多獵物，羚羊、角馬等等，可是時間一分一秒地過去，牠好像並不著急。

鄭歎以前分不清獵豹和其他豹類，牠們身上的那些斑點鄭歎感覺都差不了多少。節目主持人說獵豹的外形和其他貓科遠親有著差別，但鄭歎看不太出來。他只在動物園親眼見過豹子，甚至都不記得見到的到底是什麼豹種，所以在鄭歎的印象裡，獵豹和其他豹子都長得差不多。

旁邊，焦遠和小柚子正討論著獵豹的特點，之前鄭歎因為在想問題，沒有太注意節目主持人的那些話，只間斷聽到幾句。

而從焦遠和小柚子的討論中，鄭歎知道，獵豹臉上從眼角延伸到嘴角有一道黑色的條紋，看著像兩條黑色的淚痕一般。這也是獵豹區別於其他豹類的最顯著特徵之一。這兩條黑紋有利於吸收陽光，因而使視野更加開闊。

鄭歎覺得自己優勢更大——老子全身都是黑的呢！

「獵豹真能忍，要是我早就憋不住了，那麼多羚羊，牠們都沒去抓。」焦遠剝開一顆糖放進嘴裡，然後把包裝紙遞到鄭歎鼻子前，「喜不喜歡芒果味？」

鄭歎扭開頭，扯了扯耳朵，沒理會這閒得蛋疼的小屁孩。

「牠們要提高成功率，節省體力。」小柚子嚴肅道。

「嗯，野生環境下的生存規則。」焦遠總結。

鄭歎翻了個身，換個姿勢趴下。

心裡想的是一回事，付諸行動是另一回事。鄭歎想去教訓那個紋身男也不是一件簡單的事情，最重要的，鄭歎不想暴露自己，不然肯定會惹來麻煩。

那就是說，最好是在晚上行動。

那個紋身男屬於健壯型，平時應該也常打架，但打什麼程度的架？戰鬥力到底怎樣？鄭歎有點懷疑。

老樓區小巷子那周圍的人們談論到紋身男的時候，都只去注意紋身男膀子上的肌肉和猙獰的紋身。鄭歎以前見過那些游離於刀口的人，那些人身上也有紋身，但同時，身上的疤痕也很多，露出來的胳膊上還有各種各樣的傷口恢復後留下的疤痕，即便沒有疤痕，對方的氣勢、隨意的一個眼神，都不是那個跩兮兮的紋身男能夠相比的。

像紋身男那樣的，頂多只能算是小混混，或許事情並不像鄭歎認為的那麼難。不過，對目標物的瞭解是必須的，鄭歎還需要去蹲點，跟蹤觀察。

忍耐，等待時機，一擊必殺。

這是草原上獵豹的生存之道，而鄭歎正需要學習一下這種行動方式。

——忍耐啊……

鄭歎看了看窗外。窗戶上附著一層水珠，並不能將屋外的情形看得清晰，但朦朧也有朦朧的好處。要想知道到底有沒有下雪，下多大的雪，要麼將水珠抹掉，要麼就得推開窗子看；如果不推開，有一層水氣隔著，真相也會變得朦朧。

鄭歎來到客廳的窗戶那兒，站在窗臺上，看著附著在玻璃上的水滴。湊上去呼出了一口氣。窗戶上附著的水滴有一滴開始往下滑，然後遇到其他水滴，水滴變大，下滑得更快，直到真正落到窗沿的時候，已經不知道匯集了多少附著在玻璃窗上的水滴了。

如果將每一滴水珠看作是行動之前的準備，那麼到最後時機成熟的時候，是不是只需要呼出一口氣那般的輕鬆？

甩甩尾巴，鄭歎準備出去逛逛，清醒一下腦子。屋裡太暖和、太安逸，讓他昏昏欲睡。

「咦？黑碳，你要出去？」正準備剝糖果的小柚子見到鄭歎往門那邊走，問道。

「出去玩可以，到時間了就回來吃飯，不然會餓肚子。反正到吃飯時間你不回來，你那份雞腿就是我的了！」焦遠著重強調了「雞腿」這個詞。

焦媽準備了三根雞腿，兩個小孩和鄭歎各一個，晚飯的時候吃。

聽到焦遠的話，鄭歎從鼻腔裡哼了一聲，示意自己知道了。

走出樓之後，鄭歎看了看地面上鋪著的一層雪，走上去四肢都快被淹沒了。往外走還有點阻力，不過對鄭歎來說，這並不算什麼。

一步步往外走，潔白的雪地上，一個黑色的身影從東教職員社區往外移動，從上空看下去特別顯眼。不過現在這個時候，也沒多少人有這個閒情雅興跑出門吹冷風看雪。

鄭歎一低頭就能碰到地面上的雪，清涼的氣息撲面而來。

現在並沒有什麼風，只有大片掉落的雪花。

鄭歎仰頭看了看空中灑落的雪，抖抖耳朵，將掉落到耳朵上的雪花彈掉，繼續往前走。

周身的涼意讓鄭歎腦子裡清醒不少，在家裡囤積的睡意也全無蹤影。

鄭歎正朝著東教職員社區大門那邊走，不遠處突然傳來汪汪的叫聲，在狗叫聲後面，還有人在喊：「撒哈拉，你給我回來！」

回應那人的是撒哈拉越跑越遠的身影，跑一段路停下來看看牠家大樓那邊，「汪汪」的又叫了兩聲，要是看到有人追過來，不須那人追多遠，就動兩下腳，撒哈拉便立刻跟打了興奮劑似的繼續往遠處跑。

平日裡這傢伙就是如此有個性。過年這幾天牠家陸續來了很多客人，進進出出的，電子感應門那裡在有客人的時候也經常開著，畢竟陸陸續續來拜年的人多，不好控制。原本主人是將牠拴著的，結果某個小孩玩鬧時將狗脖子上的繩扣解了，然後這傢伙就抓住機會趁客人進出的時候擠了出來。

牠家主人還得招呼客人，這時候也不會拋下客人去追狗，再說這種情形在寒假期間已經出現好幾次了，不用太擔心，因為不到一個小時撒哈拉自然會回來，可是回來的時候身上要麼滾上泥巴，要麼沾上其他的東西，總之都得徹底洗一遍。

附近鄰居早已習慣這樣的事情，而且每次見到這情形，眾人都會有同一個感想：喜聞樂見。

撒哈拉往外狂奔，由於體型比鄭歎大得多，在雪地裡奔跑也容易，跑的時候那後腿還將雪踢得飛騰，不知道牠是不是故意的，反正鄭歎沒見到小花和牛壯壯這樣過。

從鄭歎身邊跑過去之後，撒哈拉突然一個急停，轉頭看向雪地裡的鄭歎。

「汪汪！」

——汪個屁啊！

鄭歎沒理牠，繼續往大門那邊走。

撒哈拉在那裡站了一會兒，見鄭歎真的不打算搭理牠，便甩著尾巴朝鄭歎過來，走動的時候鄭歎還能聽見牠腳趾甲在雪地上磨動的聲音。

靠近鄭歎的時候，撒哈拉突然衝過來抬起一隻前腿，用腳掌斜推了鄭歎一下，將鄭歎推進雪地裡。用勁不算大，不會讓鄭歎傷著。

鄭歎也沒想到這傢伙會突然來這麼一招，一個不注意就撲雪地裡了，整張臉都埋了進去。一擊得手之後，撒哈拉就撒歡似的往遠處跑。

鄭歎甩了甩身上的雪，擺擺頭，將黏在臉上的雪抖掉。

——王八蛋！撒哈拉你他媽欠揍！

鄭歎嗖的就衝過去，不再是之前在雪地裡慢慢挪動的步調了，速度並不輸給在前面跑的撒哈拉，而且還憑藉跳躍優勢直接躍上擋在路中間的圓形花壇，走直線逼近撒哈拉。

警衛大叔拉開窗戶的時候，見到的就是焦副教授家的那隻黑貓正追著阮院士他孫子養的混血狗，也不顧撒哈拉齜牙咧嘴，黑貓追上去就抬起貓爪子一陣連環打。

警衛大叔見到這情形，嘿嘿一笑，他想起當年自家小子小時候打陀螺的樣子，打最快的時候也沒那隻貓打得有氣勢。

「打得好啊，撒哈拉那傢伙就是欠打！」

警衛大叔關上窗戶，喝一口二鍋頭，夾兩顆花生米，嘖嘖兩聲，然後躺下來繼續蹺著腿看小電視上播放春節相關的節目。

鄭歎打累了之後，站在那裡喘氣。

撒哈拉見鄭歎不再打牠巴掌之後，也伸著舌頭喘氣，可能覺得有些渴，低頭舔了舔地上的雪，舔的時候還發出嗒吧嗒吧的聲音。舔雪還不過癮，撒哈拉直接在雪地上打滾，滾著滾著就滾到一處斜坡那邊，然後順著坡度滾下去了。

斜坡下面是教職員社區的網球場，有鐵網攔著，但這個斜坡好歹有十幾公尺長。

鄭歎看撒哈拉滾沒影之後，來到斜坡邊看了看。撒哈拉滾到坡底之後抖抖毛，朝周圍看了一圈，然後往坡上衝過來。

原本鄭歎還以為撒哈拉上來之後準備再去哪裡撒歡，結果下一刻這傢伙又滾下去了，而且嫌下滑的速度不夠快似的，一邊往下滑還一邊扭動。

鄭歎看了看玩得正興起的狗，搖搖頭，往大門那邊走去。

校園裡走動的人很少，只有那麼零星幾個，車輛也不多。學校保衛處的人穿著厚厚的大衣在鏟雪，先將一些比較容易出事路段的雪鏟掉。

鄭歎來到埋三隻小貓的地方，隔著幾公尺看了看，這邊都沒人過來，雪地上沒有其他痕跡。

鄭歎不知道那隻大白貓現在怎樣了，上次那位大叔將牠抱走之後，鄭歎就沒見過牠了，也不知道那位大叔住在哪裡。不過，大叔說他住在附近，既然不遠，以後總會遇到的。

鄭歎在校園的一些地方逛了一圈，沒去爬樹的樹林那邊，太遠了。

逛了幾個地方之後，鄭歎看了看天色，決定去蘭老頭的小花圃那裡走一趟。

鄭歎發現蘭老頭的小花圃其實有很多寶貝，只要仔細觀察，總能發現自己想要的東西。年還沒過完，蘭老頭他家總有訪客過來，最近來小花圃的時間也比較少。不過，需要著重打理的部分，蘭老頭在年前已經打理好，其他時候就偶爾過來查看一下溫室的氣溫和濕度等等。

鄭歎還是按照老路徑翻牆進去。

透明大棚上堆著厚厚一層雪，不注意的話會打滑。

大棚那邊依舊堆積著木箱子，鄭歎沒有立刻從透明大棚上跳下去，而是站在大棚邊上，俯視小花圃的景色。

閉著雙眼，鄭歎微微仰頭。一片雪花落在他鼻梁上，慢慢融化。

空氣中帶著梅花幽香，一片片雪落在樹葉上發出細微的沙沙響。

鄭歎達不到莊周夢蝶那種天人合一的精神暢遊境界，他只是突然想在這裡靜坐一會兒，一會兒就好。

突然，一個噴嚏聲打斷了小花圃的幽靜。

其他貓在打完噴嚏之後都會舔舔鼻子，但鄭歎不舔，還是保留著做人那時候的習慣，僅吸了吸鼻子。

——噴，趕緊看完之後回家。太他媽冷了！都濕身了唉！

從木箱子那裡跳下去，鄭歎找了幾個花棚，終於在一個標注「閒人勿進」和一個強制止步警示符號的花棚前面停了下來。

花棚鎖著，連窗戶都關得很好。通氣的地方鄭歎鑽不進去，不過沒關係，他此行的目的只是來看看而已。可惜的是這個透明花棚是有溫度控制的，內壁都是一層水氣還有一些水滴滴落的痕跡，裡面的情形鄭歎看得不是很清楚。

甩甩尾巴，鄭歎坐了一會兒就離開了，等下次再過來看。

不急，要有耐性，還有很多事情要準備。

鄭歎回到焦家的時候，外面一層毛都濕了。在雪地裡待的時間太久，而且牠出去的時候雪下得還挺大，不濕才怪。

好在身上的毛比較厚，還能保一下暖。不過外面冷風一吹，鄭歎還是忍不住哆嗦。見鄭歎回來，身上毛濕濕的，小柚子趕緊將吹風機拿出來幫鄭歎吹毛。

「外面那麼厚的雪，社區裡沒見到其他貓，就我們家黑碳出去溜達。」焦遠說道。

「還有撒哈拉。」

正說著，樓下傳來一陣汪汪聲，鄭歎聽得分明，那就是撒哈拉的叫聲。不過這時候的叫聲明顯中氣不足，遠比不上之前出門撒歡時那般鬥志昂揚。

焦遠嘿嘿一笑，立刻將客廳的窗戶打開，看向斜對面的那棟樓。小柚子也搬了個矮凳過來，脫下拖鞋踩在矮凳上看窗戶外面的情形。

鄭歎也有些好奇，跳上窗臺往狗叫聲傳來的那邊看了看。

斜對面那棟樓樓下在叫喚著的狗正是撒哈拉。同時，那棟樓二樓的陽臺處，阮院士的孫子阮英站在那裡，靠在陽臺的欄杆邊上，手裡捧著一碗海帶排骨湯喝著，一邊喝還一邊咂吧咂吧嘴，對樓下舔嘴巴蹦踏著的那隻狗道：「你跑啊，再跑試試，今晚的骨頭湯沒你的分！」

「汪汪……汪汪汪……」

撒哈拉的叫聲中還帶著點嗚嗚聲，這明顯就是氣弱了，想上樓去啃骨頭，卻又不能進門。

撒哈拉大腳掌拍了拍電子感應門，拍了一下然後就縮回爪子了，牠記得這扇大鐵門不能亂拍，拍一次待會兒回家就得挨打。

「汪」到最後，撒哈拉蹲在鐵門前，從鼻腔裡發出帶著平仄調的嗚嗚聲，嗚兩下又張嘴打個哈欠，舔兩下嘴巴。

直到十多分鐘後，主人才打開門讓牠進去，再讓牠蹲外面時間長點兒的話，怕牠會生病。

一進門，原本懨懨撒哈拉就瞬間回血了，大尾巴使勁的甩，還跳躍著上樓。

社區裡和焦遠他們一樣看戲的人還不少，因住戶方向的不同，有的在自家陽臺上看，有的從臥房或者客廳的窗戶往外看，還有人起鬨。剛才就有人叫撒哈拉過去他們家啃骨頭，結果撒哈拉還有那麼點骨氣，只是挪了下屁股，就堅定不動搖了。

焦遠正就剛才的一幕說著養狗和養貓的不同，突然聽到旁邊傳來打噴嚏的聲音。

鄭歎吸了吸鼻子，沒過幾秒，忍不住又「嚏」了一下。

焦遠和小柚子盯著鄭歎看，在鄭歎連打了兩個噴嚏之後，焦遠朝臥房裡的焦媽喊道：「媽，黑碳好像感冒了！」

「啥？！感冒了？！」焦媽立刻放下手上的工作，踩著拖鞋過來。

鄭歎也有種不太好的預感，難道真的感冒了？

「要不要測一下體溫？」小柚子問。

測體溫？

鄭歎想了想在寵物中心看到一些寵物被插溫度計的情形，渾身一抖。天殺的千萬不要插後門測體溫！

焦媽對於這種情況也不瞭解，想了想，打了通電話給小郭。

「感冒？牠結膜有充血嗎？眼睛有沒有流淚或者很多眼屎的樣子？」電話那頭的小郭問道。

「這些倒沒有。」

「進食怎麼樣？」

「還沒到晚飯時間，不知道。」

「可以先測個體溫。你們在家裡自己測的話，可以用後腿根部測溫法，那樣方便一些……」

鄭歎跳上書桌，豎起耳朵聽電話裡焦媽和小郭的對話，聽到不用直腸測溫，他鬆了一口氣。

焦媽打完電話，找出體溫計甩了甩，一回頭就看見鄭歎已經側躺在那裡，尾巴夾得緊緊的，抬起一條後腿。

焦媽不由得一笑，別人家的貓測體溫的時候還得進行一番「前戲」，得安撫好一會兒，現在輪到自家貓，都不用多說，牠自己就已經擺好姿勢了。

鄭歎的想法是，只要不用直腸測溫法，其他的都行！

不過，這樣似乎也露點了……算了，又不是沒露過。誰讓自己現在是一隻貓呢？不用太矯情，大路上到處晃悠露點的貓多的是。

焦媽將準備好的體溫計放在鄭歎後腿與腹壁連接處，等鄭歎保持測體溫的姿勢五分鐘左右，她再將體溫計拿出來。

「三十九度。」焦媽蹙眉。按照小郭的說法好像高了點。

這種測體溫的方法測量出來的結果會偏低一些，所以小郭給了這種方法測量的各種範圍標準。畢竟貓的正常體溫本來就比人類的要高一些，所以標準也不同。

焦媽再次打電話給小郭，說了說測量體溫的情況。

「那應該沒什麼大問題，可以給牠喝點兒童感冒藥，明天再看看吧。」電話裡小郭也鬆了口氣，他後面還有一些新春廣告等著這隻貓坐鎮呢，不然光靠店裡那幾隻，估計得浪費不少糧食。

得到小郭的說法之後，幾人都安心不少。焦媽沖了點兒童感冒藥，也不用找針管餵，鄭歎自己就去喝了。

貓不比人，鄭歎可不想將現在的自己搞得半死不活的。

晚飯的時候，焦家幾人都注意著鄭歎吃飯，見他的飯量還是那麼多，大家也放心多了——飯量這麼大，應該病得不嚴重。

晚上焦媽建議讓鄭歎留在沙發上睡，雖然沒聽說貓將感冒傳染給人的事情，但預防一下總好些。二〇〇三年的ＳＡＲＳ讓很多人警覺了。

並不是嫌棄鄭歎什麼，焦媽也挺心疼鄭歎的，在沙發上將睡的地方都鋪好了，除了小柚子的毛斗篷之外，還有自己的一件羊毛毛衣，絕對不會讓鄭歎受凍。

鄭歎也不想將病傳染給其他人，還是先在沙發上湊合吧，要是感冒真變得嚴重還能傳染的話，傳染給其他幾人也不好。

熄燈歇下不久，小柚子打開房門，小聲招呼鄭歎進房間睡覺。

鄭歎沒挪動，只滾了滾弄出點動靜回應。凡事就怕個萬一，要是真將感冒傳染給小柚子，鄭歎一定覺得自己罪孽深重。

小柚子叫了幾聲，見鄭歎只是翻了個身，卻沒準備下沙發，小柚子便輕輕走過去，將手放在鄭歎身上，確定手下這隻貓呼吸有力而且平穩之後，才回房間睡覺。

在小柚子回房間沒多久，焦遠也做了同樣的事情。

在臥房那邊，焦媽將耳朵貼在房門上聽客廳的動靜。

「兩個孩子都回房了？」焦爸輕聲問道。

「嗯。都回去了……我再出去看看。」說著焦媽走出房門，輕手輕腳摸到沙發那裡。

鄭歎這次連眼皮都懶得睜開了，睡個覺而已，半小時來三個人。

大清早，鄭歎還在睡覺，焦媽就過來替他測體溫。鄭歎睡的時候團成個圈狀，這種姿勢不好測體溫。

見鄭歎睜開眼睛，焦媽放好體溫計，摸摸鄭歎的頭，「乖，繼續睡，測測體溫啊。」

鄭歎：「……」老子不是小孩子！

數分鐘後，焦媽看著體溫計上顯示的度數，臉上終於露出笑意。

「看來應該是沒事了。」

其實感冒有沒有好轉，鄭歎自己清楚，喝了點藥、睡了一覺，現在輕鬆多了，鼻子也不像昨天那麼難受。

伸了個懶腰，鄭歎跳下沙發去廁所拉晨尿。

看著鄭歎進廁所的身影，焦媽對焦爸道：「為什麼黑碳的尾巴從來不翹起來？」其他貓在心情不錯的時候會把尾巴豎起來，但鄭歎從來不會這樣。

鄭歎平時都是將尾巴斜向下放置，在快碰到地面的時候，尾巴尖再往上翹一點。世上的黑貓很多，但焦家的人卻覺得自家黑貓和其他黑貓的差別很大，放一起也很容易認出來，因為自家黑貓特有的一些小動作，熟悉的人一眼就能分辨出來。

「管牠呢，也沒誰規定貓尾巴就一定要翹起來。再說，我們家黑碳很懂事的……只是偶爾脾氣不太好罷了。」焦爸說道。

尿完尿，鄭歎暫時沒什麼睡意，跳上客廳的窗臺，看向外面。

太陽冒出來了，昨晚看電視，天氣預報說後面幾天都不會下雪。這年也快過完了，估計不會再下這麼大的雪，甚至可能之後都沒雪了。

第三章

一隻貓在看著你

教職員社區昨天還是一片白色，今天鄭歎看的時候已經清掃出一條條走道來，不一定是警衛大叔或者負責清掃的人整理的，教職員社區很多人也都會閒不住出來掃雪。

這兩天焦家沒那麼多客人了，鄭歎為了以防萬一，還是在家裡待了兩天，沒外出。直到第三天，焦家又來客人的時候，鄭歎才出門閒晃。

兩天沒出門，果然還是不自在。出來之後，鄭歎感覺渾身都舒展了。

在樹林裡爬了下樹，身體活絡之後，鄭歎走出樹林，也沒見到阿黃和警長牠們，於是便直接往校門外走。

鄭歎還是往埋小貓的地方走去，過去看的時候，那裡有人的腳印，還有貓的，應該是那位大叔和那隻白色的母貓。

那隻母貓還活著，跟著那位大叔，就算大叔條件比不上搬走的那家人，但至少還有人關心牠，這就足夠了。

天晴之後，道路上的行人和車輛也都多了起來，顯得很是熱鬧。

鄭歎沿著熟悉的路段來到老樓區小巷子，剛好看到那個紋身男穿著厚厚的羽絨外套晃晃悠悠往巷子外面走，撞到人直接罵，也不管是不是他自己走S形的原因造成。

鄭歎躲在轉角處看著他離開。

紋身男也是有工作的，像是幫人看場子、當小弟，每週輪班，今天就是他一週裡唯一的一次當班。估計過去之後依然是找個角落趴著繼續睡，看那樣子就知道昨晚一定看愛情動作片看太晚，精力消耗太多。

等紋身男走遠之後，鄭歎趁著沒人的時候，從老樓區後院那邊翻圍牆進去。

紋身男住在一樓，一樓範圍大，紋身男還用木柵圈出一塊地，原本是公共區用來晾曬被子的，也被他霸占了。鄰居都說過他，不過不僅沒效果，反而被恐嚇。

房間的門窗關得倒是緊密，但廚房那邊並非如此。廚房那裡有扇窗戶破了，看上去時間有些久，卻一直沒修理。

鄭歎從破窗戶進去，小心不讓自己踩在碎玻璃片上面。

進去後，鄭歎看了看這個小廚房，本來面積就不大，又到處堆放垃圾，空間顯得更窄小了。周圍很多免洗碗筷，還有沒扔的泡麵碗。

流理檯上一層汙跡，地面上黑乎乎的一層，凝固了，不使勁刮估計是擦不乾淨的。沒有瓦斯桶，鐵鍋帶著鏽跡，鄭歎看了看，整個廚房使用最多的只有那個微波爐。難怪廚房的窗子經久不修，廚房都不怎麼用，修不修也就無所謂了。

廚房的門關著，鄭歎挨著門聽了聽外面的動靜，再次確定屋裡沒人，便跳起來撥動門把手。

老樓區這邊每一戶的面積也不大，二十坪左右。客廳裡堆放著雜物，還有一輛摩托車。這屋子裡最亮眼的大概就只有那輛摩托車了，看得出來主人經常擦洗。除此之外，其他地方全是各種各樣的雜物和垃圾。

桌子上沒吃完的外賣還沒收拾，地面上的米粒都已經乾了，貼在地板上。

至於臥房，房間地面上隨意扔著一些雜誌，雜誌封面每一個都是衣著暴露的大波妹。床頭牆面上掛著的日曆也是這種風格的。

床頭桌上的東西很多，菸灰缸裡面都滿了，地上也有很多菸蒂。而與這個環境很不相稱的是，桌子上有一個禮盒裝的茶葉，以及一個紫砂壺。

精裝禮盒上有張卡片寫著祝福語，但並不是那個紋身男的名字，看著像是送給老人的，至於為什麼在紋身男這裡，那就不得而知了，估計也不是什麼見得了光的手段。

轉了一圈之後，鄭歎也沒動這裡的東西，沿原路返回，關上廚房門，從破窗出來，等沒人的時候翻牆離開。

走出老樓區小巷子不遠有間小餐館，估計是知道這一帶要拆了，老闆打算遷移店面，東西少了些。不過，過年這段時間的生意還是不錯，現在很多人家裡來客人後會打電話叫外送，或者直接訂桌。大年夜那天，餐館老闆就賺了不少。

廚房在餐館的主樓旁邊，洗菜燒菜的人很多。

「第十六桌一箱啤酒！」

「好，馬上送過去！」

穿著餐館制服的一個服務生走進放酒的庫房，可是在他搬酒的時候發現一箱啤酒裡面少了一瓶，原本那是十二瓶的，現在只有十一瓶了。

難道是有誰偷喝？算了，不管他，就算有人偷喝，得罪人的事情他也不相干。

於是，這個服務生選了另外一箱完整的十二瓶裝啤酒，搬了出去。

知道要遷移店面之後，這裡的管理並不如從前那麼嚴格了，再加上這個年還沒過完，店裡生意還不錯，有時候混亂了，一些人撈點油水之類的大家也當不知道。

所以，後面進來倉庫的人見到缺了一瓶啤酒的那箱，想法和前面的人都一樣，沒人將這事明著說出來。

元宵之後，不管是附小還是楚華大學本校學生，都陸續開學上課。開學了，有的人高興，有的人心情相反。

在鄭歎看來，大學生返校時帶著的笑容普遍比附小的小孩子們多得多。一、二年級的小孩還在想方設法找藉口蹺課，附小門口一些小孩子的眼圈還是紅的，時不時吸一下鼻子，在家長的威壓下，挪著步子走進校門。

相比之下，騎著自行車一陣風似的跑過的年輕人們心情則好多了，急著找許久不見甚是想念的妹子們去。

六年級的小孩心理是特別的，懷揣著「我終於要長大了」和「討厭居然還有這麼多作業和考試」的複雜心情，度過他們最後的小學時光。

鄭歎不知道是不是每個六年級的小屁孩都是那樣矛盾的心理，至少焦遠是這樣，小屁孩總帶著莫名其妙的興奮和焦慮。就像焦爸說的，這是要進入青春期了。

進入青春期的孩子啊……

這麼說，以後上國中，焦遠就不能算是小屁孩了，屬於「少年」行列。嗯，估計以後可以在

焦遠房間裡翻到一些十八禁書。

鄭歎趴在沙發上，尾巴尖慢悠悠晃動，看著焦遠和小柚子出門，焦媽送他們出去，送完孩子直接去買菜。

鄭歎這幾天白天都沒怎麼出去，學校裡到處都是人，熱鬧非常，新生返校後，安靜了一個寒假的校園又喧鬧起來。

鄭歎不想在這樣的時候出去晃悠，不方便。所以，鄭歎改變了作息時間，開學的這一週，白天窩在家裡睡覺，晚上吃完晚飯再出去蹲點。

這幾天晚上蹲點，鄭歎對那個紋身男的作息時間又有了些瞭解，不過還不夠，必須得保證一次成功，所以還要多盯梢幾次。再說，手頭的材料還有缺少的部分，有些東西沒找到。

鄭歎趴在沙發上瞇了一會兒，醒來的時候發現才九點半，焦媽還沒回來，估計又去找人聊天了。伸了個懶腰，鄭歎看了看窗外。陽光明媚，只是氣溫依然不高，來往的人還穿著厚厚的羽絨外套。

閒著無聊又睡不著，鄭歎索性決定出去遛一圈。

阿黃過了個年，變得懶散了許多，也胖了，鄭歎經常看到阿黃趴在牠家陽臺睡覺，腦袋從陽臺的欄杆縫露出一點兒，尾巴直接甩在外面，時不時還晃悠兩下，生怕別人不知道牠在那裡睡覺似的。還好欄杆之間的縫隙不算很大，阿黃不會從縫隙中掉下去。

至於警長，牠家的人將牠拴在家裡，因為過年那陣子抓貓的貓販子多，附近的一些貓消失之後，經常往外跑的警長被勒令不准出家門，叫翻天也不准。

沒牠們在，鄭歎獨自一個也比較自由隨興。

爬了爬樹活動一番之後，鄭歎從人比較少的林子裡往外穿行。這時候走在校園路上的人不算多，或許因為校園裡有了些人氣，讓車道旁兩排光禿禿的梧桐樹顯得並不那麼蕭索。

鄭歎沒有目標地順著那些有陽光的地方走著。沒什麼風，陽光將身上的毛照得暖暖的，蓬鬆起來，特別舒服。

鄭歎正瞇著眼睛享受著暖暖的陽光，突然聽到有人叫自己的名字。

順著聲音看過去，鄭歎看到花壇另一頭，一個穿著長長的寬鬆毛大衣的人站在那裡，正朝自己招著手。

——小卓？

鄭歎轉了個方向，朝小卓那邊走過去。

相比起上一次鄭歎見到她的時候，現在小卓的肚子已經很明顯突出來，就算穿著冬天寬鬆的衣服也不能遮擋住那個突起的弧線。

小卓手上拿著個包，包裡面放著一本書，看上去像是新買的，估計剛從校門口的書店回來。

「你在這裡幹什麼？」小卓看著鄭歎道。她彎了彎腰，伸手輕輕點了點鄭歎的腦門。

明知道眼前的是一隻貓，不會說話，但是小卓還是習慣地問出來。

與動物相處時間久了的人，見到其他動物的時候，也都會這樣直接說話，而不是學牠們叫。

鄭歎有些不敢接近小卓，看這肚子，要是出了什麼事怎麼辦？瞧她彎腰都有些艱難的樣子。

而且，不是都說孕婦因為弓形蟲的問題對貓避之不及嗎？

掃了眼周圍，鄭歎這才發現不知不覺中已經接近西教職員社區的範圍了。這麼說，小卓這段時間都住在西教職員社區？

「走，去我那兒玩玩？」小卓走了兩步，停住腳站在那裡，轉身看向鄭歎，有些期待。

鄭歎站在原地想了想，自己感冒已經好了一段時間了，至於弓形蟲的問題……自己應該沒有吧？自己好像很健康，還經常洗澡呢，每天跟小柚子睡同一個被窩，看小柚子都好好的，應該沒什麼能傳染給小卓。

猶豫了一會兒之後，鄭歎看著滿眼期待的小卓，邁動了腳步。

見鄭歎跟上來，小卓臉上立刻露出笑意，一邊在前面走，一邊跟鄭歎說一些最近的事情。

小卓平時不怎麼和人說話，能夠說上話的其實也就那麼幾個，但是小卓又不會對著他們將心裡所想的一些話直接說出來。對著人，總會顧忌一些，可對著貓就不同了。

人們更容易對著一些動物或者一些精神寄託物品說心裡話，這也是一種宣洩方式。有些人養寵物就是這個原因。

小卓後來因為肚子越來越大，行動也不怎麼方便，需要休養，佛爺不放心小卓每天到處跑，剛好那時候西教職員社區的新屋開始分配，佛爺便將屬於自己的那戶給小卓了。

像佛爺這樣的人，已經名利雙收，他們根本就不在意這麼一間房子，這樣放在平時，佛爺也不會去跟其他教師們搶，但是為了小卓，佛爺還真就出手了。

佛爺一句話，其他人都得靠邊站。

這時候西區這邊也沒多少人在戶外走動，工作時間段，社區裡只能見到零星幾個人。

西區這邊的房子都很新，有一些樓房和東區那邊的建築布局差不多，只是外表看起來華麗了許多，顯得時尚了。綠化還行，但肯定是不如東區那邊的。雖然西區的各種建設很光亮，但總是讓鄭歎有種不太適應的感覺。

或許已經習慣了東區的老房子，面對這些光彩照人的新樓，鄭歎總覺得還少些什麼。

鄭歎想起自己剛來這個地方的那段時間，東區那邊很多住家屋子側面都爬滿爬山虎，周圍的樹木枝繁葉茂，社區角落那邊還有人搭起葡萄架；傍晚，一些老人坐在那裡，晃動著手上帶著褐色斑點的筍殼扇，談天說地。

有人說舊是一種感情，確實如此，歲月侵蝕數十載，經歷幾代人沉澱下來的感情累積，這或許也是那些老教授們依然樂意居住在那個並不大的老房子裡的原因。

在東區那邊住過一段時間後，鄭歎才切實感受到那種樸素中的沉靜。

小卓住的並不是進社區門後鄭歎見到的那些房子，還要往裡走一些。

西區比東區大了很多，所以除了正門之外，還有幾個側門。

社區大門的前面部分都是六層的樓房，再往裡一些，有幾棟新建起來不久的電梯大樓，這裡離其中一個側門很近，小卓有時候也從這個側門進出，這裡去校外方便。今天她只是買完書一時興起準備去校園裡散散步，沒想到就遇到了鄭歎。

想爭取到這些電梯大樓的名額可不是簡單的事情。

鄭歎跟著小卓進了電梯，電梯裡沒有其他人，如果有其他人在的話，肯定會奇怪為什麼會有一隻貓在這個電梯裡面。貓還坐電梯？

小卓按的是六樓，屬於大樓的中間段。

「這裡就是我現在住的地方了。」

出電梯後，小卓指了指門牌號為「606」的那戶。還貼著春聯呢。

等小卓開門，鄭歎走進去，發現裡面還有其他人的氣息，所以停在門口嗅了嗅。

看到鄭歎的反應，小卓笑道：「葉老師請人幫忙照顧我，不過今天她不在，有事情出去了。」

佛爺還真是體貼。不過也是，挺著這麼大的肚子，誰也不放心。鄭歎想。

鄭歎看了眼這屋裡的布置擺設。三十坪左右，採光很好，裝飾充滿了現代化，色調也很溫馨。

桌子上放著幾個水果籃，裡面裝著各種水果，另外一個籃子裡放著其他吃的。

鄭歎跳上桌，湊到籃子旁邊看了看，裡頭還有一些果脯和酸梅等。

「都是葉老師她家的人送過來的，我都吃不完，你吃不吃？」小卓從一個袋子裡面抓出一把剝好的核桃、花生等等。拿出來後又猶豫了一下，她不知道貓能不能吃這些。

不管其他貓能不能，反正鄭歎吃了。

「中午就留下來吃飯吧。」小卓摸了摸鄭歎的頭，說道。

鄭歎扯扯耳朵。

——寂寞的孕婦啊……算了，就勉為其難留下來多陪妳一會兒吧。

鄭歎看著袋子裡那些剝好的堅果，吃點零食，再睡個覺，大概就到下午了。其實也不難熬。

小卓不知道眼前這隻貓有沒有聽懂自己的話，在下課時間的時候打了通電話給焦爸，將事情說明了一下，也省得焦家人在家裡等得著急。

小卓知道眼前這隻貓對焦家人是很重要的，在焦媽住院的那段時間，小卓去看望時，也聽過一些關於這隻黑貓的事情，焦家人對這隻貓真的很看重。而且，小卓也不想像對待社區裡其他貓那樣對待這隻黑貓。

這隻黑貓是不同的。

中午，那個佛爺請的女傭回來做飯了。

那女傭見到鄭歎的時候，表情稱得上驚恐。她覺得孕婦還是別離貓太近的好，貓這種動物喜歡到處跑，喜歡玩昆蟲、吃老鼠，沾染上的東西可不少，誰知道帶著什麼病呢！

女傭說了幾句關於貓可能攜帶的病菌或者寄生蟲，以及這些病菌和寄生蟲對胎兒的影響，但是小卓只是「嗯」了兩聲表示聽到了，然後繼續讓鄭歎躺在旁邊，挨得還挺近。

見提醒無用，那女傭做飯的時候在廚房打電話給佛爺彙報情況。

「有貓？！」那邊佛爺的聲音都上揚不少，聽上去也不贊同。

「是啊是啊！」那女傭察覺到佛爺的不滿情緒，繼續道：「還是隻黑的呢！」

在女傭她家那邊，有些人覺得黑貓不怎麼吉利，所以她對於這種純黑毛色的貓一直沒什麼好印象。

「黑的？」佛爺那邊的聲音突然降了下來，顯得平緩很多。

「對。」

「黑碳嗎？」

「呃……好像是，小卓這麼叫牠。」

「那就不要管牠了。」

「啊？」

「這隻黑貓是不同的。」佛爺從知道小卓跟這隻貓比較熟悉的時候，就特意去調查這隻貓的飲食起居和其他生活狀況以及習性脾氣，調查結果讓佛爺還算滿意，不然也不會對區區一個小副教授拿出另一番態度。

「哦。」掛掉電話後，女傭還帶著濃濃的疑惑。這隻黑貓有什麼不同的？

女傭伸出頭看了看臥室那邊蹲在月亮椅上瞇著眼睛的黑貓，搖搖頭，沒看出什麼特別的，和她以前見過的黑貓差不多，也沒多出一隻耳朵、少一隻眼睛的。

最後，女傭將佛爺和小卓的態度歸結為「科學研究者的理性」。

鄭歎蹲在小卓房間一個墊得軟軟的月亮椅上，將手揣起來。

這個姿勢是鄭歎跟著大胖他們學的，第一次看到大胖擺出這種樣子的時候，鄭歎還納悶，這種孵蛋似的姿勢是想幹嘛？然後，鄭歎就往大胖揣著的兩爪間塞了個鵪鶉蛋大小的圓石頭進去。

嗯，那樣就更像孵蛋了。

鄭歎還記得當時大胖那無奈的眼神，然後大胖動了動前腳掌，將石頭推了出來。

後來鄭歎看到阿黃也以這樣的姿勢蹲著的時候，做了同樣的事情，結果阿黃只是瞇了瞇眼，喵了一聲，然後就沒動作了。所以每次鄭歎看到阿黃這樣蹲著時，就會有往裡面塞石頭的想法，或許到時候直接塞顆雞蛋看看？

再後來，鄭歎發現很多貓都喜歡這樣，似乎貓擺出這種姿勢時比較安心，暫時不準備動爪。

於是，鄭歎也學會了這樣蹲著，將兩手揣起來，聽說這叫母雞蹲。揣習慣之後，鄭歎覺得這樣感覺也還行。

廚房裡傳來飯菜的香味，躺在躺椅上的小卓將書拿開，揉了揉眼睛，看向旁邊月亮椅上瞇眼揣爪子蹲著的黑貓，無聲笑了笑。或許，以後家裡也可以養一隻貓，不用太名貴的，土貓就行；也不用太勤奮，可以懶一點沒關係，愛偷吃小零食也沒關係……

與此同時，離老樓區小巷子不遠的那間小餐館，過來搬酒的服務生看了看那個已經少了一半酒瓶的啤酒箱，嘁了一聲，他覺得那個偷喝的人真是越來越過分了，難道真的會將整箱啤酒都偷喝完？

鄭歎在小卓那裡待到晚飯過後才出來，小卓將鄭歎送出西教職員社區，看著他走遠。出了西區之後，鄭歎並沒有立刻回去，而是去了側門樹林那邊。因為他知道校區邊沿的樹林一帶在施工，往這邊走的學生也不多，晚上就更少了。

鄭歎在樹林間跳躍穿行，來到一棵大樹上蹲下。深呼吸。

「嗷嗚——」

好像不對。

「哇嗚——」

好像也不對。

鄭歎仔細回想了一下當時那隻大白貓的叫聲，又吼了一次。

「嗎嗚——」

還是不對！

試了好幾次之後，鄭歎分析一下原因。或許因為之前一直避免像貓那樣叫，已經習慣了隨意嚎，現在突然要學其他貓那樣發聲，一時間轉變不過來。鄭歎不奢求和那隻大白貓叫的一樣，他只要疑似就行，但現在他叫出來的聲音簡直就是鬼哭！

——嗯？

——鬼哭？

鄭歎瞇了瞇眼。

變成貓之後，鄭歎特別喜歡瞇眼，而他自己還沒意識到這個情況。尾巴尖甩動著，他正思考著什麼，突然一陣急促的腳步聲傳來，鄭歎不用看就知道是側門大門警衛那裡養的那隻狼犬，跑動時腳掌踢動枯葉的聲音在這樣的寂靜環境中特別明顯。

那隻狼犬急匆匆跑過來，嗅來嗅去，然後繞著一棵樹轉了兩圈，抬起一條後腿，朝樹身撒尿，撒完之後興奮地刨了刨腳掌。然後牠在附近嗅來嗅去晃悠了一圈之後，等側門那邊的哨響，牠才汪汪叫了兩聲跑回去。

鄭歎看著那棵帶著狗尿的樹，他前兩天就發現這棵樹身上總有一股尿騷味，那隻狼犬每次放風時間就過來撒尿，定點的，就賴著這棵樹了。同時，鄭歎也想到那個紋身男，那人也喜歡在固定的地方撒尿，這是鄭歎在紋身男他家附近蹲點的時候發現的。而正因為紋身男這個習慣，又給了鄭歎一個想法。

原本鄭歎只打算武力教訓一下那人，但是後來想了想，單純只是物理傷害的話，好像還是太便宜了那人，估計那人也不會將這種教訓聯想到那幾隻死去的小奶貓身上。說不定以後那人還是會對其他貓做出類似的事情。所以，鄭歎決定試一試另外的法子。

既然決定了改變原始策略，就意味著事情不是一天能成的。一天不行，他就一天天地來！於是便有了鄭歎這段時間陸續的準備工作。而且，最近紋身男似乎不太順，對於一些紅色的、黏稠的東西很避忌。

鄭歎這兩天都會來樹林這裡練習一下發聲，既然憋也憋不出來類似那隻大白貓的聲音，那就直接鬼嚎吧，或許殺傷力會更大。

鄭歎又練了會兒發聲，看看天色，天已經完全黑了下來。

走出樹林，鄭歎來到靠近老樓區小巷子那邊的校門附近一個偏僻的角落，角落那裡有幾棵分枝繁茂的老松樹，鄭歎將陸續搜集到的一些東西藏在那上面，用那種黑色的塑膠袋包著。在那個角落，東西被發現的機率很小，就算被發現鄭歎也不怕，誰會想到那些東西是一隻貓弄的呢？

鄭歎小心地打開袋子。

剛開始的時候由於運用爪子不熟練，爪子總勾住塑膠袋，但幾次之後就熟練多了。畢竟這副貓的身體裡面是一個成年人的靈魂，不至於開袋、綁袋這點事情都搞不定。

袋子裡面有四個娃娃，一個稍微大一些，帶花紋的貓娃娃；另外三個小一點，成年人手掌長度，純白的，毛茸茸的，女孩子們都喜歡這種款式。

這四個娃娃是鄭歎夜裡從校門口一間禮品店二樓倉庫裡「拿」出來的。

除了這四個玩具貓娃娃之外，黑色塑膠袋裡還有一包棉簽、三小包紙巾、一些裝小吃的那種大小不一的袋子、幾包速食店給客人使用的番茄醬，還有好幾條女孩子們紮頭髮用的橡皮筋。這種橡皮筋比焦爸他們實驗室用的那種普通橡皮筋寬一些，同時還保證鄭歎自己套脖子上的話，既不會太鬆又不會勒得太緊。

這些都是鄭歎這段時間「拿」過來的。為了不讓人發現，鄭歎費了不少力。

以一隻貓的身分來行動，有利也有弊。偷偷溜進人家的店面庫房很容易，但是要「拿」走東西卻並不是那麼輕易就能做到的。

鄭歎拿出一個黑色的塑膠袋，將那個大點兒的毛茸茸玩具貓裝進這個袋子裡，又放進去一包番茄醬、兩根棉簽、一包紙巾。鄭歎將其他暫時用不到的東西收拾好，袋口綁住，放在樹上的老地方，那裡松枝密集，在外面很難看到，就算看到也沒誰閒著蛋疼爬到松樹上面去翻袋子。

把今天要用的東西放袋子裡包好後，用橡皮筋捆住。

看了眼，鄭歎確定這裡的已經收拾妥當，不會掉下去，便咬著捆好袋子的橡皮筋，帶著這包東西跳下樹，然後從校園邊界處靠近老樓區巷口的院牆柵欄中穿出，嗖的一下就衝進那些綠化花壇裡面，藉著花壇裡的植物和夜色的遮掩，很快消失不見。而周圍匆匆忙忙、來來往往的車輛，也沒有誰會注意到這裡一閃而過的黑影。

這個時間點，老樓區小巷子相比起中心百貨那邊要冷清得多，完全是另一番景象。偶爾有昏黃的路燈照著，很多路段都是漆黑一片，只能從周圍住戶家裡透出來的那點光線模模糊糊看到小巷子的大致布局，至於其他的地方，根本看不清楚。

上夜班的，或者下班回家的人，騎電動摩托車的還好，步行或者騎自行車的人就得自己拿著手電筒來照明。

在這樣的環境下，肯定也沒人發現在一個轉彎的垃圾箱旁邊，會蹲著一隻黑貓。

鄭歎心裡估算了一下時間，按照前段時間瞭解到的情況，紋身男一週大部分時候晚上九點會從家裡出發，去他工作的會所。

果然，沒過多久就傳來紋身男的聲音。和紋身男一起的還有一個男人，兩人談著話。

「所以說，最近還是收斂點，風聲緊，葉老大那頭估計跟我們老闆起衝突了，兄弟幾個都注意點，別不知什麼時候就缺胳膊少腿了。」紋身男旁邊那人說道。

「呵呵，我們這種小嘍囉，葉老大他們也瞧不上啊！」紋身男聽聲音像是笑著說的，但笑聲很勉強。

「總之，那些人火拚的時候，我們裝死就好。還有，別惹事，別被人抓住小辮子。」

「這我知道。哦，等等，我尿個尿，嘿嘿！」

說著，紋身男往前幾步拐個彎進入一個死胡同，這裡就是紋身男出去或者回來要尿一尿的地方。尿尿的這個死胡同離鄭歎蹲著的轉彎處很近，斜對著，鄭歎能夠從垃圾箱的位置看到那邊的情況。

等兩人走遠，鄭歎才叼著那包東西出來，往紋身男家裡過去。

還是從廚房的那扇破窗進去的，這屋裡和鄭歎第一次過來的時候沒兩樣，一如既往的髒亂。

不用開燈，鄭歎能夠藉著窗戶外頭其他人家裡燈光照過來的光線看到屋內的布置。

鄭歎將橡皮筋拿掉，袋子解開，撕開番茄醬，塗抹在玩具貓身上，玩具貓嘴邊也抹上一些。有塑膠袋墊著，番茄醬也不會滴在外面。

然後，鄭歎將塗抹了番茄醬的玩具貓放在紋身男床頭邊。

這只是其中一件事。接下來，他將袋子裡放著的棉簽夾在手掌。相比起人的手指，現在的貓手掌很不方便，為了這個，鄭歎在家無聊的時候會練習用手掌夾東西，練了一段時間才熟練起來。

將棉簽沾上剩餘的番茄醬，鄭歎夾著棉簽在離床不遠處的木衣櫃上塗抹出一個紅色的貓掌。鄭歎畫工有限，不過，不就是幾個圈嘛！只要能看出大致是個貓狗之類的腳掌就行。

因為木衣櫃上要畫的位置對於現在的鄭歎來說有些高，他便拖過來一張凳子，踩在上面，用兩條後腿支撐，立起身讓畫畫處的高度更符合預計要求。

畫好之後，鄭歎將棉簽扔進塑膠袋裡，跳起來在畫出來的貓掌前面使勁撓出幾道爪痕。鄭歎的力氣大，撓出來的爪痕也深。

撓完之後，鄭歎將凳子推回原處，從那小包紙巾裡面抽出一張紙巾，擦了擦周圍地上和自己爪子上的一些汙跡。用完的番茄醬和棉簽、紙巾等都扔進塑膠袋。

想了想，鄭歎準備離開的腳步一轉，將枕頭下的床單掀起來看了看。

這只是鄭歎一時興起的行為罷了，因為在焦家的時候，有一次鄭歎看到焦遠將零用錢藏到床頭褥子下壓著，於是便有了這番行為。

結果還真的讓鄭歎感到意外，紋身男居然也有這個習慣。難道是想數著錢睡覺？

鄭歎清點一下，有八百元，鄭歎抽了其中一張一百的，捲起來用紙巾包好，剩餘的七百元仍舊放回原位。

看了一圈，覺得沒什麼要再處理之後，鄭歎將裝廢棄物的塑膠袋包好、用橡皮筋捆幾圈捆住，包著錢的紙巾也插在橡皮筋裡固定住，然後叼著袋子離開了紋身男的家。

走出巷子之後，鄭歎找了個垃圾桶，抽出錢後，將塑膠袋扔進垃圾桶去，然後叼著錢來到一間禮品店，從外面藉助一些輔助物翻進二樓的倉庫裡。他撥開紙巾，將裡面的一百元扔到地上。至於紙巾，隨便往窗外扔了。

做完之後，鄭歎一身輕鬆地回東區，爬上樹、套上感應卡，下樹進樓。

其實鄭歎也很想知道紋身男的反應，可惜最近焦家人休息得都很早，十點多就全部睡下了。焦遠和小柚子九點半就上床，所以鄭歎也不能太晚回家。

知道鄭歎每天晚上跑出去玩，焦媽也不關門，只是虛掩著，鄭歎回去的時候只要推門就行了，不用自己開鎖，省了不少事。

回到家之後，鄭歎用焦媽準備的溫水泡了個澡，蹲在凳子上讓焦媽幫忙吹乾毛，然後進房間睡覺。

晚上十點左右，校門外的禮品店準備關門了，禮品店老闆還是按照往常的規矩，關門前去樓上倉庫轉一圈，看看有沒有少什麼貴重物品。

老闆來到自家二樓堆貨倉庫的時候，眼尖看到地上的一百元鈔票，瞧了瞧周圍，也沒聽到哪個店員說錢丟了。想了想，他便蹲身迅速將錢撿起來放口袋裡，也沒去問搬運送貨的人以及店員有沒丟錢。隨意掃了眼倉庫裡面的貨架，看看有沒有少一些大件的、貴重的東西，其他的小玩意兒老闆都沒有去特別注意。

見貴重的東西沒少，禮品店老闆哼著小調就離開了，他很高興今天撿到一百元。

而這位老闆並不知道，自家倉庫已經被一隻黑貓多次光顧了，還分批次摸走了幾個娃娃，以後說不定還會摸走些什麼，這一百元只是那隻貓給的安慰錢而已。

次日凌晨四點多的時候，紋身男帶著酒氣回家。

他並不是個心細的人，也不會發現家裡一些細微的地方，更沒發現家裡與往常的不同。

打著哈欠，紋身男踢掉鞋子，躺床上，習慣性的將枕頭下面褥子壓著的八百元拿出來數數。這是他上次跟著去找那些擺地攤的學生收的「保護費」累積下來的，特意留了其中比較新的八張鈔票放褥子下面每天數。

八八大發，圖個吉利而已，這是他的一個小癖好。

還真和鄭歎預料的一樣，這紋身男喜歡數錢睡覺。

八百元，又不是八千元，兩下就數完了。

「少了一百？」

紋身男皺眉。

舔了下手指，重新清點一遍，慢慢地、仔細地、一張一張地數一遍。

還是七百元。

「不對啊！」

紋身男煩躁地隨口朝地上吐了口唾沫。

今天晚上出去的時候，好像並沒有從這裡面拿錢。

——遭小偷了？

——誰敢來這兒偷東西？找死啊！

紋身男自認為自己是這一帶的霸王。再說了，有賊的話也不至於只拿一百元。

紋身男百思不得其解，從頭回憶了一下今天出門前所做的事情，還是沒有拿錢的記憶。

抓抓頭，紋身男躺下來翻個身準備繼續回憶，結果一翻身發現旁邊有一個渾身是「血」的玩具貓娃娃。

「我操！」

紋身男嚇得一個挺身跳起來，不是他大驚小怪，而是最近會所那邊不太安寧，前幾天會所裡一個看場子的兄弟被砍了手，還有幾個人被砍傷，挺嚴重的，當時血淋淋的一幕慘狀刺激了他。

這可不是貓，而是人，真人！所以現在一看到這種紅色的像血一般的東西他就忍不住起雞皮疙瘩，最近會所那邊點菜都不點糖醋里肌了。

急促的呼吸幾下之後，紋身男看了看周圍，然後視線停留在那個木衣櫃上。

那個紅紅的痕跡……畫的是什麼玩意兒？

紋身男覺得自己一定得罪了什麼人。

自從那天回家後，看到床上的那個塗抹了番茄醬的玩具貓，還有木衣櫃上那個疑似某種動物腳印的紅色圖案，以及上方那幾條深深的劃痕，紋身男開始想自己到底得罪了誰。

懷疑的人太多，畢竟他們這些看場子的肯定會得罪人。特別是最近幾個勢力之間的衝突，都值得懷疑。但是，到底誰會這樣做，卻不是一時半會能夠確定的。畢竟那些人的手段會更直接、更血腥，而不會僅僅只是用番茄醬。

周圍的人？

紋身男搖搖頭，他在這裡住了好幾年，周圍的鄰居都是些軟性子，幾個硬脾氣的都被他叫人揍過、恐嚇過，後來那些人就沒再跟他對嗆了。

不過，也不是絕對的不可能。

到底是誰呢？

紋身男想不明白，他將那個塗抹了番茄醬的玩具貓用刀戳爛後扔到垃圾堆了，至於木衣櫃上面的痕跡，擦過之後，又用好幾層報紙將帶著劃痕的地方遮得嚴嚴實實。

除此之外，紋身男還將自家的門鎖換了，他覺得肯定是有人搞到了自己家的鑰匙，或者用某些手段開鎖了。

第二天，紋身男還是那個時間點回家，準備開鎖的時候，另一隻手上拿著一根鋼棍，他就怕屋裡會有什麼人。只不過，還沒等他將鑰匙插進門鎖孔裡，腳上就感覺踩到什麼東西。

門外沒有燈，而這個時間點其他住戶都已經在睡夢中，周圍漆黑一片，只有胳肢窩裡夾著的手電筒的光圈照在門鎖處。剛才他只顧著看門鎖，根本就沒注意門口地上會有什麼東西。

紋身男有種不好的預感。他鑰匙扔進口袋，拿著手電筒照下去。

門口放著一個毛茸茸的玩具貓娃娃，比昨天的小些，毛色應該是白的，但上面卻帶著一些紅色的痕跡，特別是貓嘴邊那裡。

紋身男手抖了抖。但是，幫人看了這麼久的場子，要說膽小也不一定。

於是，他開門，走進家裡。家裡面還是他出門之前的樣子，木衣櫃上沒有什麼劃痕，周圍地上也沒有一些可疑的痕跡。紋身男心裡放鬆不少，看來換門鎖還是有用的。

其實，鄭歎這次也進屋了，但見到換門鎖之後他就沒將東西放屋裡，也沒在屋裡整出一些花樣來，要是紋身男一著急，將破窗那裡都封死了怎麼辦？

所以，鄭歎現在將貓娃娃處理好之後再帶過來，放在紋身男的家門口。

紋身男在家裡轉了一圈之後，膽又肥了，走到門邊將那個玩具貓拿起來看了看，嗅一嗅，然後伸舌頭舔了舔，番茄味的。

「嘖！」紋身男撇了撇嘴，他覺得一定是有人在搞惡作劇。

第三天，紋身男回家的時候，這次首先將手上的手電筒照在門口地面上，那裡果然有一個和昨天一樣的玩具貓娃娃，身上塗抹的紅色多了很多。

有了昨天的經歷，紋身男也不怕了，沒開門，直接走過去撿起地上的玩具貓。但是，在拿著這個玩具貓的時候，紋身男身上的雞皮疙瘩突然全部冒了起來。

——不對勁！這種黏黏的觸感……

紋身男動作有些僵硬地將手上的玩具貓娃娃拿近嗅了嗅。

——血腥味！

頓時紋身男感覺像是燙著手似的，將手上的玩具貓甩了出去。

鼻間還有那股揮之不去的血腥氣，刺得紋身男又想起了自己在會所時看到的殘酷的、血淋淋的那一幕。

深呼吸幾口，紋身男將手電筒重新照回自家門鎖，掏鑰匙的手一頓。

門鎖那裡有一長條紅色的痕跡，還有爪痕。像是一隻貓從門鎖那裡往下撓動的動作軌跡，只不過，這軌跡是血色的。

這一次鄭歎沒用番茄醬，他白天去生科院那邊逛的時候，看到基礎實驗室那邊有一些學生正在採集兔子的血樣，用一個個塑膠管裝著，採集的血液裡面加過肝素鈉溶液。肝素鈉具有抗凝血作用，鄭歎經常來這邊逛，所以也聽說過一些。

於是，鄭歎趁那幾個學生離開的時候「拿」了三管。分三次弄走的，每次鄭歎只能弄走一管，還要注意不被人發現，實驗室外面的走道有監視器，所以鄭歎都是從窗戶那邊走。一次弄幾管的話，鄭歎行動會不方便。

用塑膠管裡面的血塗抹在玩具貓上的時候，鄭歎手掌上沾上了血跡，於是索性再沾了點血往紋身男的門鎖那裡抹。弄完之後，鄭歎去小餐館廚房洗菜的水池那裡用洗碗精洗過爪子，反正那時候廚房要洗的菜已經很少，水池那邊也沒人。

第四天依舊是類似的情況，再加上最近天氣回暖，一些在家裡窩久了的、沒被抓走的貓兒們又跑了出來，大晚上的開始叫。貓不多，而且大部分都不是小巷這邊的，牠們只是跑過來這裡玩玩，估計也沒想到過了個年，這邊基本上都沒貓了。

原本最近就對「貓」這個字眼比較敏感的紋身男，晚上回家時看到周圍有貓跑動就會撿東西扔過去將牠們趕走，回家睡覺也不安穩，開始持續做惡夢。

白天紋身男出門的時候，眼裡都帶著紅血絲。

老樓區一帶的居民最近也發現紋身男的不對勁了，這人以前都是鼻孔朝天橫著走的，但最近他看人的時候總是有些莫名其妙，像是在懷疑什麼，神神叨叨的；要是你開口問了，紋身男還會臉色不善地吼回來，像是下一刻就會上來揍人似的。

於是，最近老樓區巷子裡的人們見到紋身男就直接繞遠道走，絕不跟他面對面，大家都在想：這人一定是神經有問題了，說不定會幹出什麼事情來。

第五天的時候，鄭歎沒有帶玩具貓，只帶了一個包了幾層的小袋子。

這次鄭歎沒有叼著這個小袋子，而是往自己脖子上套了個寬橡皮筋，小袋子就綁在橡皮筋上，鄭歎試著跑動了幾步，沒掉。

雖然勒著不太舒服，但鄭歎實在不想用嘴叼著這東西，他對這玩意兒也不喜歡，就算用袋子包著，也感覺不自在，還是別碰著嘴巴的好。鄭歎的動手能力並不強，只能想到這種簡單的攜帶方法了。

袋子裡裝的是幾個並不大的、像蘑菇一樣的東西。這幾個東西是鄭歎從蘭老頭的小花圃那邊搞到的，種植這玩意兒的花棚是嚴格控制溫度和濕度的，所以平時花棚的門關得很嚴實，但鄭歎由於經常過去，也知道每週都會有一天是蘭老頭對花棚裡面的土壤進行採樣檢測酸鹼度、土壤元素比例變化等數值的時間，將所有的花棚都取樣完之後，才會統一關上花棚的門。

而鄭歎正是趁蘭老頭去其他花棚取樣的時候進去的。

會發現這裡面的東西，也是鄭歎某次過來玩的時候無意間聽到蘭老頭指導學生，才知道某幾個特殊的花棚裡面種植的東西。

鄭歎弄到的這種像蘑菇一樣的東西，原產地並不在華夏，是引種的，蘭老頭從朋友那裡弄了點過來。由於這種植物屬於共生類，蘭老頭還特意在花棚裡種植了一些其他樹種，畢竟花棚的規模並不能種很大的樹。後來蘭老頭發現不管怎麼調節溫度和生長環境，這個些引進品種一直種不好，總是小小的，長不大，不過毒性還是存在。

這東西含有致幻性神經毒素，誤食它的人會產生幻覺，感覺周圍的事物都被放大了似的，也就是蘭老頭對學生們說的「視物顯大性幻覺症」，不過死亡的例子似乎很少，就這麼幾個是不會致死的。

發作時間在食用後三十分鐘至兩個小時內，患者會出現明顯的眩暈、嘔吐、幻覺等。

當時鄭歎趴在花棚上面，聽著蘭老頭的解說，覺得那玩意兒真是神奇。而在決定教訓一下那個紋身男的時候，鄭歎想到了蘭老頭帶著警示口吻的說著幾座花棚裡的好多種有毒植物，包括顛茄，這些植物在醫學上用途很大，但用得不好也能夠殺人。

不過，鄭歎最後還是選擇了這一種，蘭老頭說它叫什麼傘來著？管他呢，只要知道它的效果就行。

晚上七點半的時候，鄭歎帶著袋子來到紋身男的家裡。

紋身男在八點半到九點之間會離開家、前往他的工作場地，而在這之前，紋身男會先洗個澡，吃一碗泡麵，喝一杯茶，再離開。每天如此。

鄭歎到了之後在外面等了一會兒，然後聽到廚房裡紋身男拿出桶裝泡麵的聲音。

紋身男將旁邊電熱杯裡燒好的水倒進去，順便把昨天從會所裡帶回來吃剩的半袋滷肉拿出來，夾了幾塊肉放進泡麵碗裡，攪拌一下。

泡了麵後，紋身男就去浴室洗澡了。

鄭歎從破窗處進來，小心地將袋子裡面的幾個小「蘑菇」倒進去，還抓著叉子攪了攪。泡麵是麻辣口味的，紅色的油將裡面的滷肉和「蘑菇」包裹住，再泡一會兒就不容易看出「蘑菇」的異常了。

鄭歎將叉子放回原處，裝「蘑菇」的袋子也捲好之後插回橡皮筋上。聽到浴室傳來動靜，鄭歎從破窗跳出去，蹲在外面的圍牆上看著紋身男的臥室那邊。

黑夜裡，從屋內並不能看到窗外的情景，所以當紋身男端著泡麵回到臥室吃的時候，也沒察覺到，在他的窗戶外面有一隻貓在看著自己這邊。

紋身男吃得心不在焉，他不知道明天凌晨回來的時候還會不會看到和前幾天同樣的情景，所以也就沒注意泡麵裡面與滷肉不一樣的東西。

看著紋身男吃完，鄭歎才離開這裡，來到紋身男的必經之地——尿尿點。堵著的那面牆後面是住戶們堆積著的雜物，在這些雜物裡面藏著幾瓶啤酒，是鄭歎從那間小餐館「拿」過來的。還好小餐館離這裡不遠，要不然鄭歎可不會去弄玻璃瓶裝的啤酒。

鄭歎是靠兩隻手抱著啤酒瓶，兩條腿站著一步步「走」到這裡的。還好行動的時候都是晚上，沒人看到，不然估計會被當成怪物。哪有抱著玻璃酒瓶子跟人一樣用兩條腿走路的貓？

也沒誰想到偷酒的會是一隻貓，畢竟普通的貓沒有那麼大的力氣去轉移一瓶未開啟的啤酒。

把藏著的啤酒一瓶瓶擺到這面將路堵死的牆上，然後鄭歎蹲在牆後，站在那些雜物上，只露出一個頭，看著岔路口那邊。套脖子上的橡皮筋和袋子早已扔掉，現在就等著最後的環節了。

過了一會兒，鄭歎看到那個熟悉的身影。而紋身男好像喝醉了酒一般，走路不太穩。

看來「蘑菇」已經開始產生效果了。

紋身男晃晃悠悠走了過來，嘴裡還咕噥著什麼，鄭歎聽不清，也不在意，他只是盯著搖搖晃走過來的身影。

紋身男來到熟悉的牆邊，這裡還有熟悉的尿騷味，紋身男不知道想到什麼，嘿嘿笑了笑，然後解開褲子開始尿尿，尿著尿著，他突然扶住牆，「哇」的一下吐了。

這尿還沒拉完呢，還真是上吐下拉。

鄭歎扯了扯耳朵，這氣味真難聞。

紋身男的意識已經開始模糊，周圍很暗，也看不到什麼。他扶了會兒牆壁，歇了會兒，準備離開，褲子都沒拉上，估計已經忘了。

剛走兩步，腳邊突然傳來一聲「砰」響，在寂靜的夜裡相當刺耳，炸得紋身男一驚，腳上一軟，就摔在地上。

同時，啤酒瓶炸裂的碎片四射，雖然紋身男穿的衣服比較厚，但雙手露在外面，現在已經被碎屑劃出好幾條血痕。他褲子沒拉上，大腿根那裡也扎進了碎屑，差一點那話兒就被劃掉了。

紋身男的反應遲鈍了許多，他覺得周圍一切都變得陌生無比，自己好像來到了一個古怪的令人絕望的地方，四周都是高高的銅牆鐵壁。

出路在哪裡？！

能往哪裡逃？！

「嗷嗚——」

突兀的叫聲在這樣的環境下特別嚇人，而紋身男面帶驚恐地看了看周圍，他感覺四周的「銅牆鐵壁」外面似乎藏著一隻猛獸，正看著他，而他自己則渺小得似乎不值一提。

路口那邊又有一個居民騎著電動摩托車回來，並不明亮的車燈餘光讓這邊稍微亮了那麼一點兒，持續了一、兩秒的時間。

而就在這兩秒間，紋身男用模糊的視線看向周圍的時候，看到「銅牆鐵壁」上一雙發亮的眼睛，泛著幽光，在周圍的黑色背景襯托下尤為醒目。而幻覺讓他感到自己看到的那雙眼睛如碩大的探照燈。

「嗷嗚——」

再次聽到這叫聲，紋身男渾身一抖，額頭上都是汗，以及臉上一些被劃傷後流出的血。

「砰！」

又是一聲炸裂響。酒瓶就在紋身男腳邊炸裂。

紋身男感覺手上、臉上、腿上像是被什麼東西撓傷一般，很痛，灼燒的痛，只是手腳卻不聽使喚，反應不過來。

紋身男趴在地上，抱著頭蜷縮成一團，渾身抖動著。

「砰！」

「砰！」

「砰！」

炸裂聲一個接一個，衝擊著他的鼓膜，刺激他的神經。

本就混亂的意識中，某些情緒突然開始變得尖銳。

——一定是那個怪物！

——對！絕對是那個雙眼像兩個大探照燈的怪物！

每一次炸裂聲響起的時候，紋身男就感覺是那個怪物的腳步聲靠近了，然後自己才會受傷，好像下一刻自己就會被撕成碎片、碾成肉泥。

「喵嗚——喵嗚——喵嗚——」

鄭歎扔完酒瓶，正看著地面上蜷成一團發抖著的人，卻突然聽到貓叫聲。這聲音……

地上的紋身男聽到貓叫聲，突然想起了最近放在自己家門口的玩具貓，又想起了前段時間摔死的那幾隻小貓。

是因為那些貓，這個大怪物才找上自己的嗎？

貓、血、叫聲，還有其他的一些與之有關或無關、又讓他害怕的事情，都一一在腦海中浮現，身上一些地方的灼痛感越來越強，疼得他想大聲叫出來，但實際上他卻只發出了哼哼的聲音，那感覺就像有一雙大腳踩在自己身上，太過壓抑而不得宣洩。

人的大腦是個很奇妙的東西，你總以為自己已經忘掉的事情，卻又在某個不經意的瞬間將那段忘掉的部分記起來；又或者，在一些環境因素的刺激下，將那些淡化的片段一段段拼接，慢慢地、清晰地在腦海裡播放出來。

而這個時候想起來的事情，再想忘掉就不會像第一次那麼容易了，會需要耗費幾個月，或者幾年，嚴重的話，這一生餘下的時間裡都會形成一個條件反射——一旦周圍出現類似於那時候的環境條件和某些熟悉的因素，大腦便會不受控制地將那些畫面從你一直想要深埋進記憶深處中尋找出來，將那些你永遠不願再回想的事情，從記憶的深海裡撈起來，而那些你避之不及的畫面，就會像風暴般肆虐，直到你再一次加深印象。

或許，在紋身男身上的那些毒素代謝完、幻覺消失之後，當他再次聽到貓叫聲、瓶子的炸裂聲，依舊都會發抖，會回想起這時候他自己的感受吧？

鄭歎看了眼還蜷縮在那裡抽搐的人，跳下牆，離開。

——身上都是酒味，在回家之前多吹吹風。

這麼想著，鄭歎沿著圍牆往巷子外面走，沒走幾步，就看到岔口外圍牆上蹲著的一隻貓。

是那隻大白貓。

鄭歎不知道牠為什麼會在這個時候來到這裡，是巧合，還是其他什麼原因？

「喵——」

大白貓對著鄭歎叫了一聲。

鄭歎頓了頓，抬抬下顎，慢悠悠地晃了晃尾巴，錯身離開。

「哎，聽說了沒？老巷裡的那誰被人陰了！」

「聽說被整得還挺慘，被人發現的時候他好像已經瘋了。」

「不是說喝多了被人惡整的嗎？這會兒還沒緩過來吧？」

「我還聽說，他那些朋友們問他是誰下的手的時候，他只是一直說『貓』和『怪物』等等，估計是真被嚇傻了。」

「前陣子他不就摔死過小貓嗎？為那事我說了兩句話，他還踹我一腳呢！到現在還疼。要我說，這就是報應……哎，老闆，再來一根油條！」

大清早，老樓區附近一些賣早點的地方，人們一邊吃著早餐，一邊說著關於紋身男的事情。

紋身男是在半夜十一、二點的時候被人發現的，他幾個在會所看場子的兄弟們見他一直沒來，就找了兩個手頭比較閒的人過來找他，結果家裡沒人，最後在死胡同那兒找到的。

找到紋身男的時候，他還保持著蜷縮在地上的樣子，渾身抽搐著，意識恍惚，嘴裡咕噥著什麼，沒人聽得清楚他在說啥。在紋身男周圍全都是啤酒瓶的玻璃碎屑，身上衣服有很多被炸裂的碎片劃破的地方，手上、臉上、露出的一截小腿那裡都是傷口，褲子仍舊沒提起來，不過尿騷味很重。

那時候有半夜下班回來的人經過，看到那邊手電筒照著，就瞅了瞅。然後，流言就傳開了。沒人報警，就算報警了，警方也不願意管。這些人都是留有案底的，對於這幫人之間的私人恩怨，警方現在也懶得去理會，再說那人不過是個小嘍囉而已，沒必要花時間花精力去調查。

不管紋身男那邊是個什麼情況，也不管老樓區小巷子的居民們是怎麼去談論的，東區這邊，鄭歎一身輕鬆地起床，蹲在他專用的椅子上吃早餐。

昨晚回來的時候，就算洗過爪子、吹過風，但身上的酒氣還是沒能消散多少，一回來就被焦爸發現了。

焦爸還懷疑鄭歎去哪間酒館偷吃或者偷喝酒了呢。不過看鄭歎挺清醒的，走路又穩健，精神還不錯，身上也還乾淨，就沒多想。不過，他還是對鄭歎叮囑晚上別去酒樓、餐廳之類的地方，小心被燉了。

鄭歎扯扯耳朵，事情已經解決，晚上也不會在那邊久留。

解決一件心事，鄭歎昨天晚上睡得特別香，今早上吃了一大碗焦媽做的三鮮粉，然後跟焦家的四人一起出門。

到樓下之後，焦爸騎著電動摩托車去生科大樓那邊，焦媽拎著菜籃，和鄭歎一起送兩個孩子去學校。然後鄭歎去閒晃，焦媽去買菜。

第四章

來，叫黑哥

天氣漸漸回暖，現在的太陽曬著很舒服。

校園裡的鳥又開始聒噪，樹葉開始抽芽，估計沒多久，校園裡那幾條「天屎之路」又要開始劈里啪啦往下掉鳥屎了。反正鄭歎現在都不往那幾條路上走，校園環境好、綠化好是一回事，但鳥多了屎也多了，走那裡隔老遠都能聞到鳥屎味。

鄭歎走在校園的綠化帶裡，這裡不准隨意踩踏。當然，那只是對人而言，對貓來說就無所謂了，反正鄭歎經常踩踏。

這裡有一些花開著，下雪的時候鄭歎就看到過，只是沒過來看。走近瞧了瞧，看葉子像是蘭老頭說的茶花，就是不知道屬什麼品種，挺好看的。鄭歎湊上去嗅了嗅，沒什麼香味。

正瞧著花，鄭歎聽到不遠處有個女孩的聲音，估計是在跟她男朋友打電話。

「你都去明珠市三個多月了，不是說三個月就能回來的嗎……延遲？還要多久……好吧，希望下個月能見到你。對了，我送你的標本你覺得怎麼樣？」

女孩一邊講著電話，腳上的高跟鞋踢著路上一顆小石子。

「你說什麼？！」女孩的聲音陡然提高，「那是我用宿舍前面那棵雞爪槭的葉子親手做的標本！怎麼可能是街上賣的那些劣質貨……你當然分辨不出來！你知道罌粟和虞美人的區別嗎？你知道櫻花和桃花的區別嗎？你不知道，你連哈士奇和阿拉斯加都分不清楚！」

在旁邊聽著的鄭歎：「……」在明珠市的那位兄弟，你辛苦了！

很快，那女孩掛斷電話，踩著高跟鞋嗒嗒嗒的快步離開了。

鄭歎又回想起了從前進大學時追妹子的日子，那時候為了把到那幾朵高嶺之花，真是花招百出啊！低頭看了看現在的毛爪子，鄭歎再次仰頭感慨，世事難料！

鄭歎正對著天空做一臉沉思狀，身後突然傳來一個聲音。

「黑碳，你在看鳥嗎？」

鄭歎聞聲耳朵一動，轉頭看過去，下一刻，一坨鳥屎從天而降，剛好滴在鄭歎的耳朵上。

鄭歎：「……」

——王八蛋！所以說老子恨死這幫到處拉屎的鳥了！一點節操都沒有！

罪魁禍首已經飛走，飛走之前還叫了兩聲以示存在。

鳥屎剛滴到耳朵上的時候還帶著點兒溫度，但很快就涼了，還有那股味道，讓鄭歎很不得將那隻臭鳥抓過來這樣那樣之後再分屍！

「耳朵別亂抖，會抖到身上的。」小卓說道，話裡還帶著笑意。

聽著小卓的話，鄭歎立刻不動了，僵在那裡。

小卓從包裡拿出紙巾，緩緩蹲下來。

鄭歎看著她這動作都有些驚心，挺那麼大肚子這樣蹲下來沒事嗎？

小卓用紙巾替鄭歎將耳朵上的鳥屎擦掉後，手指點點鄭歎的頭，慢慢起身，「你這運氣啊！」

鄭歎扯扯耳朵，這運氣真差！

「走，去我那兒吧，幫你洗洗耳朵。」小卓走到垃圾桶邊將紙巾扔掉，對鄭歎說道。

鄭歎也覺得耳朵那裡怪怪的，心裡總感覺耳朵上還有一坨鳥屎，老是能聞到味道。洗乾淨了心裡才能舒服，不然他渾身不對勁。

一邊往西區那邊走，小卓臉上的笑一直沒止住，還跟鄭歎說道：「聽說絕大部分的鳥類是沒有膀胱的，直腸也很短，大小便同時進行。人和貓要是想方便可以先憋著，等到廁所再排泄。可鳥不行，牠們隨時隨地都可以排泄，包括飛行的時候。」

——所以這幫沒膀胱的鳥類才是真正的隨地大小便的沒節操混蛋！

鄭歎邊走邊在心裡罵那些沒節操的鳥，包括許久沒露面的將軍也被鄭歎一起罵了。

再次來到小卓住的西區，鄭歎見到了出來閒晃的幾隻貓，還有幾隻在牠們自家陽臺處趴著曬太陽甩尾巴。

西區的貓也漸漸多了，鄭歎剛來的那段時間也曾來過西區周圍，那時候貓並不算多，而且還有好幾隻看上去還帶著胎毛的小貓。一轉眼，小貓都變大貓了。

——不知道到時候東、西區的貓會不會來場大戰？警長肯定很高興。

群架啊……一想到那場面鄭歡就覺得壯觀，還真沒見過貓打群架的。

想著想著就已經走到小卓住處了，那位女傭正在看電視，見小卓回來一臉關懷的笑意，可是在瞧到小卓腳邊跟著走進來的鄭歎時，女傭臉上的笑容一下子就裂了。

鄭歎沒去管這位女傭怎麼想的，他現在只是希望快點洗一下耳朵，那鳥屎味讓他想吐。

小卓弄了點溫水，沒有寵物用的沐浴乳，所以小卓選了一款比較溫和的沐浴乳滴在鄭歎耳朵上，用指頭輕輕揉動。為了方便小卓，鄭歎跳上一個高凳上，小卓坐在椅子上，這樣就不會讓她蹲著難受。

只有耳朵那裡有鳥屎，很快就洗好了，用乾毛巾擦過之後，還帶著沐浴乳的香味。

鄭歎感覺自己心情又好了起來，尾巴就不自覺地開始晃動。

和上次一樣，小卓躺在躺椅上，鄭歎趴在旁邊的月亮椅裡。不同的是，小卓這次沒看書，而是在看相冊。在相冊裡面還貼著一張植物標本。

鄭歎伸長脖子湊上去看了看，是四葉草的標本，這種比較難找，鄭歎以前為了追妹子曾在學校裡找了好久也沒找到一株，後來還是花錢從別人手裡買下來。

見鄭歎湊上來看，小卓道：「這是四葉草，是三葉草的變異品種，聽說代表幸運，這個標本是以前物理學院的一個小學妹送的。喏，就是她。」

鄭歎看著小卓指著合照上的女孩，不就是今天看到的那個打電話的剽悍妹子嗎？

「不過她現在不在物理學院了，跨系考研究所去學植物學，她一直對植物挺感興趣的。」小卓說道，「這片四葉草就是她給我的，不過她說，這是車軸草的四葉草，車軸草發生四葉變異是很常見的，找到四葉的機率比較高，本來她是想找酢漿草的四葉草的，只有酢漿草科的三葉草才是真正的心形葉片，可惜一直沒找到過。」

「四葉草本就是變異個體，相對而言，酢漿草發生變異的機率非常小，很難找到四片心形葉子的個體，只有極少數的植株會在基因變異的情況下才長出第四片葉子。」

——有差別？

鄭歎仔細看了看，不知道這個標本是怎麼做成的，還保持著綠色，每片葉子葉面的中心有一個「V」形的白暈。這就是小卓所說的車軸草四葉草？

鄭歎回想了一下自己以前把妹時找到的草，自己找的時候是那種帶心形葉片的，沒有白色的

V形，可是後來買到的四葉草有，和小卓相冊裡面夾著的標本差不多。

酢漿草的四葉草？

難度還真的挺大。

「哎呀！」小卓一聲輕呼。

鄭歎神經立刻繃緊了，看過去，不會要生了吧？！

小卓只是將相冊放下，笑著道：「動了呢。」

什麼動了？鄭歎茫然。

然後，鄭歎隨著小卓的視線看向她突起的肚子。

回到家後，小卓就將外套脫了，毛衣將凸起的弧線顯露出來。

鄭歎還疑惑地看著小卓的大肚子，正準備收回視線的時候，發現那裡突然動了動。

「黑碳，弟弟跟你打招呼呢。」小卓對鄭歎道，「快過來。」

——作啥？

鄭歎猶猶豫豫從月亮椅跳到躺椅那邊，不過還是盡量想離小卓的大肚子遠點，他總覺得挺恐怖的。可是，小卓沒讓鄭歎躲開，抓著鄭歎一條手臂往那裡帶，鄭歎的手掌下一刻就要碰到那個大肚子了。

鄭歎趕忙將手掌抽了回來。他這爪子昨天還扔過酒瓶、下過藥、整過人的，總感覺碰上去不太好。

小卓見鄭歎將手抽回去，正準備出聲，肚子那裡又動了兩下。

鄭歎愣愣地看著肚子在動。

——真的在打招呼？

想了想，鄭歎慢慢往那邊移動，沒抬起手掌，而是直接將額頭輕輕抵在剛才動的地方。下一刻，額頭處像是被什麼輕輕碰了一下。

或許……這就是新生命的感覺吧？

「以後這小傢伙還得叫黑碳哥哥呢……嗯，叫黑哥。」小卓說道。

鄭歎退回月亮椅上，腦中出現一個人類小孩跟在一隻黑貓的屁股後面叫「黑哥」的場景，抖了抖，有點難以想像。

——嘖，到時候他會不會揪老子尾巴啊？要是揪的話，老子照打不誤！

中午鄭歎沒在小卓這裡吃飯，那女傭看他的眼神就像在看瘟神一般，一直離他兩公尺開外。回焦家吃完午飯，鄭歎在沙發上滾了會兒，睡不著，便又跑了出來，晃晃悠悠地就到了蘭老頭的花圃那裡。他突然想到，好像在蘭老頭的花棚裡見到過小卓所說的酢漿草。

蘭老頭的小花圃不是總有「寶貝」嗎？鄭歎準備去碰碰運氣。

除了那些掛著特殊標注的花棚之外，其他花棚都沒有上鎖，鄭歎進花圃的時候，蘭老頭正在其中一個花棚裡面忙活著。

聽到花棚上的響動，蘭老頭只是側頭看了鄭歎一眼，然後繼續忙活。

一些花棚的門開著，鄭歎挨個看了看，終於在一個靠頭的花棚裡面看到了酢漿草。

這個花棚沒有專門種東西，以前種植的移走了，然後這裡就一直閒置著。

鄭歎以前來的時候，這個花棚上還掛著特殊標注呢，後來也一直關著門，今天倒是打開了，估計蘭老頭又在取樣。這裡是蘭老頭做過誘變實驗的地方，不知道誘變出了什麼新花卉，鄭歎不認識，反正蘭老頭和另外幾個老頭倒是把那東西當寶貝。

鄭歎走進去，來到那一叢酢漿草邊，仔細看了看，確實是心形的葉子，沒找錯。

這種植物太常見了，常見到鄭歎平時閒晃都懶得去注意。不過，鄭歎現在還是抱著試一試的心態，想看看這裡有沒有什麼特殊的變異個體。

——三葉……三葉……四葉！

見到有四片葉子的，鄭歎高興了，聽說這代表幸運呢！

還沒等鄭歎高興兩秒，他發現這株四葉的旁邊好多都是四片葉子的。三葉在這裡反而變成稀有品種。

——這尼瑪是怎麼回事？！不是說這種四葉變種是稀罕物嗎？

——當年老子為了把妹，去找四葉草找得腰痠背痛，現在眼前這一叢裡面就有百分之七十以上都是四葉的！

四片葉子的草很多，但由三片葉子變異出來的酢漿草卻並不那麼容易能找到，市面上賣的絕大多數都不是四葉酢漿草。就像小卓說的，碰上這種四葉酢漿草的機率確實不大，不然市面上就不會拿其他草代替了。

只是……

看著眼前這一叢大部分都是四葉的酢漿草，鄭歎的心情那個複雜啊……

鄭歎覺得，這要是讓外面的那些學生知道，肯定會過來把這一叢都扯完。難怪這裡沒種多少東西，平時卻依舊將花棚門關得嚴嚴實實的，除了這個花棚本身的原因之外，蘭老頭肯定也知道這些酢漿草的事情。

鄭歎抬爪子撥動這些酢漿草，正在心裡腹誹，冷不防注意到一特殊的個體。

它比周圍的葉片要小上一些，但鄭歎注意到它的原因，主要是它的葉子有些不對勁。

——一……二……三……四……五……六……七……八……九！

鄭歎又數了一遍，確實是九片葉子，難道是三株並起來長的？

看了看這株草，其他幾個分支的莖還很普通，但唯獨這個互生了九片葉子的莖確實比其他的粗。不過，莖雖然粗，九片葉子卻很小，最大的葉只有其他幾株的三分之二，而小的葉子就只有一點點，勉強能夠看清楚它長在上面。

只是，就算它的葉片小，這也是九片葉子互生的！

——九片葉子啊！怎麼會發生這樣情況的？是以前誘變其他植物的時候順帶的產物？

鄭歎搞不明白。

不過，不明白就不明白吧，鄭歎也懶得糾結。

又看了看這株其他分枝的葉子，都是三片葉的，只有這個分支上是九片葉。

鄭歎準備將整株都扯了起來，連帶著其他分支的葉子，不過沒控制好力道，扯斷了。鄭歎鬱悶不已，果然貓爪子就是沒人的手指好用。

也沒管其他幾個分支的，鄭歎直接將那株有九片葉子的分支叼起來，往外走。

「咦，黑碳，你叼著什麼東西？」蘭老頭在花棚裡忙完，走出來的時候看到嘴裡叼著東西的鄭歎。

鄭歎看了看老頭一眼，又瞧瞧那個花棚。

「喲，被你發現了！那是我專門留著的……」蘭老頭習慣性地炫耀一下自己的成果，但在見到鄭歎嘴裡叼著的那根草之後，聲音戛然而止。

鄭歎沒理會他，直接從箱子跳上花棚頂，眨眼間就跑沒了影。

蘭老頭還停留在原地，回想剛才見到的一幕。黑碳叼著的……好像比四片葉子多啊！至少有六片甚至七片葉子！

不過蘭老頭也只是愣了一會兒而已，他最在意的並不是那些酢漿草，那些不過是順帶玩玩，在整個花圃裡他最在意的還是他的蘭花，所以很快地將剛才鄭歎找到酢漿草的事情拋之腦後了。

從蘭老頭的小花圃出來，鄭歎直接往西教職員社區那邊過去。

鄭歎每次出來都是在上課上班的時間，所以人依舊不是很多，校園裡還有些人，但教職員社區裡面人就少了。

進西區的時候，有一隻貓衝過來，帶著威脅的低吼，鄭歎理都沒理牠，直接朝小卓住的那棟跑了過去。

樓下有電子感應門，鄭歎等了一會兒，等有人出來的時候，便趁著空隙跑了進去。

出來的人正好是下樓扔垃圾的小卓的女傭，鄭歎從她腳邊衝進去的時候，這位女傭嚇得差點直接將手上提著的垃圾袋甩出去。她最討厭黑貓了！而就在剛才，那隻黑貓從她腳邊過去，雖然沒碰著，但她總覺得渾身發毛。

想了想，這位女傭決定在樓下逛一圈再上去，她可不想回樓上面對那隻黑貓。她總覺得那隻黑貓很邪乎，要不是小卓和葉教授護著牠，她早就提著平底鍋朝那隻貓拍過去了。

將手上的垃圾扔進垃圾桶，女傭搖搖頭，真不知道小卓和葉教授怎麼想的，難道就不怕生出來的孩子真有問題嗎？

雖然這位女傭來這裡的時間不算長，但平時無聊的時候也和社區裡一些教職員家屬們聊聊天，知道一些事情。

聽說小卓肚子裡的那孩子，健康沒什麼保證，就算到現在為止檢查沒發現畸形的狀況，但誰知道呢？很多人都說就算沒有畸形，生出來的孩子的智商極有可能與普通孩子不同。前有過這樣的例子，現在那孩子都十幾歲的人了，智商還比不上那些上幼稚園的。

空穴來風，未必無因。那些人的猜測也是有根據的，畢竟照時間來推斷，小卓意外懷孕的那段時間正在跟進佛爺的一個專案，那專案接觸到了一些放射性元素，就算有保護措施，但是……

就連附屬醫院的醫生們都不怎麼看好。

為了避免乘坐電梯被其他人碰到後惹麻煩，鄭歎還是選擇了爬樓梯。不過是六層樓而已，他每天都爬五樓呢，這點高度對鄭歎來說不算什麼。

來到６０６室，鄭歎跳起來按了門鈴。

女傭應該還在樓下沒回來，小卓一個人在家行動不太方便，所以鄭歎按了兩下之後，就蹲在門前等。

等了一會兒，門才打開。

原本小卓以為是女傭沒帶鑰匙，開門沒見到人，視線下移才看到蹲在門口的鄭歎。還沒等小卓看清鄭歎嘴裡叼著的東西，鄭歎就已經跑進門，跳上小卓房裡的月亮椅上趴著，喘喘氣。

小卓將鄭歎之前來這裡時喝水用的小杯子，在飲水機裡接了點水，試試水溫，才放到書桌上。鄭歎跳上書桌喝了點水，其實也沒多渴，舔了兩口就沒舔了。以前鄭歎不太習慣這種喝水的方式，後來漸漸地也適應了這種非人類的舔喝法。

小卓見到鄭歎真的很高興，她沒想到早上這隻黑貓來過，下午還會來。周圍人的眼神所代表的意義小卓心裡清楚，所以很多時候小卓並不願意出去面對那些人，偶爾出去散個步也選擇人少的時候。

總有那麼些人，看似關懷，但說出的每一句話都往你心窩裡戳。但是，每次和這隻貓待在一起的時候，小卓總是覺得特別輕鬆。

所以小卓已經打定主意，如果以後還能回來，也在家裡養一隻貓。

鄭歎喝完水，見小卓還看著自己，沒注意留在月亮椅上的那株草，便用下巴朝月亮椅那邊點了點。

小卓見狀，往月亮椅那邊看過去。

「咦？」小卓將椅子上的那株草拿起來，待看清之後，滿臉的不可思議。她看看鄭歎，又看看放在手心的草。

九片葉子，像花的花瓣一樣，層疊在一起，中心的那片最小的葉子只有那麼一點點大，但是，這確實是九葉！

小卓聽那位送四葉草的轉院學妹說過，幸運草多出來的一片葉子代表幸運。還有第五片、第六片、第七片、第八片，以及第九片葉子，都有它們的意義。

第九片葉子代表什麼？

代表九死一生，鳳凰涅槃的好運。

九死一生、鳳凰涅槃……

雖然只是傳說，只是人們自我安慰的東西，但是人在低谷的時候，在近乎絕望的時候，總會有讓他們堅持下來的東西，或是信仰，或是某些人、某些事、某些執念。

知道懷孕後，這麼多個時日以來，小卓雖然臉上一直沒顯露出多少，但心裡從沒放下過擔心，她希望自己的孩子是健康的，不用太聰明，只要健康就好。只是，「健康」這個詞對於小卓這種情況的人來說，算是奢望了。

周圍人的眼神，那些背地裡說的話，都壓得小卓喘不過氣來。

而現在，手心這個帶著九片葉子的幸運草，讓小卓突然有種放聲大哭的衝動。

手上這株不大的九葉草，人們一直認為只是傳說的九片葉子，就好像讓小卓在絕望的黑暗中看到了一顆閃亮的星辰，星辰所指便是希望的方向。

鄭歎站在書桌上，而小卓坐在躺椅低頭看著手上的草，所以鄭歎看不清小卓此刻臉上的表情。但是，看著一滴滴水珠子往下掉，鄭歎也手足無措了。

——哭了？不會吧？

——就是一株破草而已，有必要嗎？！

——孕婦就是多愁善感！

抖抖鬍子，鄭歎實在不知道現在該怎麼反應。

沒過多久，小卓吸了吸鼻子，說道：「四片葉子的酢漿草不容易找到的，很多人找很久也找不到一株……沒想到，你居然能夠找到這個……」

鄭歎很想說：這種四葉草其實也不算難找，真的，蘭老頭的花棚那裡藏了一大堆！

「孩子啊，就算以後媽媽不能回來，不能陪你，但是，有黑哥陪你……」小卓低語。

鄭歎扯扯耳朵，腦中回想起了阿黃牠家一個小屁孩抓著阿黃的尾巴往嘴裡送的情形。

然後，鄭歎又驚悚了。

——靠！老子不要帶小孩！叫黑哥也沒用，叫爹都不行！

——老子現在只是一隻貓，他們會抓老子尾巴、揪老子耳朵、還會扯著嗓門莫名其妙對著老子哭！

鄭歎被小卓的反應弄得有點茫然，小卓還說要好好謝謝鄭歎，但看小卓那樣子，鄭歎生怕惹出個好歹來。挺著那麼大的肚子，又這麼感傷，真的沒事？

幸好此時女傭回來，鄭歎就趁機跑出去了。

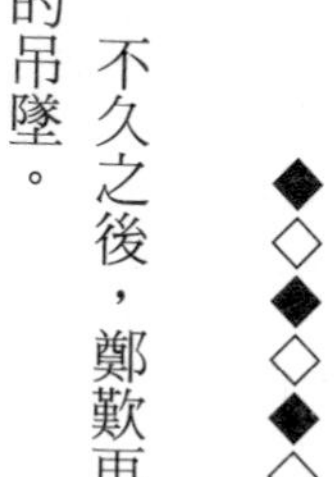

不久之後，鄭歎再次碰到在女傭陪伴下來外面散步曬太陽的小卓，小卓給鄭歎看了脖子上掛著的吊墜。

吊墜比龍眼稍微大一點點，裡面是鄭歎找到的那株九葉的幸運草，包裹著草的不知道是什麼材料，不像塑膠又不像玻璃。

那材料是透明的，但由於裡面那株植物的原因，吊墜看上去泛著充滿生機的綠色。

那位女傭在十公尺開外的另一張椅子上坐著，離小卓和鄭歎有些遠，看不到小卓掛著的東西，不過她也沒興趣，現在她的注意力都在鄭歎身上，生怕鄭歎跑過去。

要不是小卓在這裡，這位女傭估計在看到鄭歎的那一刻早就遠避了。

鄭歎感覺今天的小卓有些不同，總感覺她多了一些鮮活的生氣，不像以前，就算是笑也帶著一絲沉鬱。

打了個哈欠，鄭歎抖抖毛，看小卓和那個女傭走遠，鄭歎也繼續往前走。他準備去焦爸的辦公室睡覺。最近焦媽的幾個同事經常去家裡玩，所以鄭歎不想留在家裡對著那些不熟的人。

來到生科大樓，鄭歎沒有立刻去焦爸辦公室，他看到一樓的公共實驗室那邊，有一群人在解剖小白鼠。沒看到易辛，鄭歎卻看到一個熟人。

——這不是那個牛肉乾嘛！

鄭歎不記得蘇趣的名字，就記得他的內蒙牛肉乾。

蘇趣的塊頭在那些人裡面很惹眼，裡面還穿著毛衣，外面套著白色的實驗服，一個寒假後有點發福，看上去就像隻北極熊。

鄭歎一時興起，蹲在一樓的公共實驗室窗戶外面的一棵樟樹上看著那邊，實驗室的窗戶沒全部關上，所以鄭歎能夠聽到裡面那些人的談話聲。

三月初的時候，研究生考試初試分數公布，而複試分數線，由於楚華大學屬於自主劃線院校，分數線優先國家線發出，三月中的時候，各院系都陸續將分數線公布了。

鄭歎在家時曾聽到焦爸說過一點，那個大塊頭的小子好像超過生科院的分數線沒多少，不過好歹是過了線。

按理說，兩個星期後才會到複試時間，而且還是按照 1:1.2 的比例差額複試，過線的一批人還要刷下去一些。只不過，在初試分數公布的時候，很多分數比較高的人就已經開始聯繫院裡的老師了，至於分數相對低一些的，也已經開始找關係了，早點找到中意的老師，定下來。

畢竟決定你能不能留下來的，還是有研究生名額的老師，他敲定了你，你就通過了，甭管分數高低。所以很多人在複試之前就已經敲定下來了，到時候過來複試不過是走個過場罷了。

這是一個半公開的內部規則，很多大學都是這樣。鄭歎是在聽焦爸和焦媽談論的時候才知道這事。

至於這個牛肉乾小子，焦爸似乎已經敲定了，不然不會讓他過來跟著熟悉實驗室。

此刻這個大塊頭正跟其他人笑著談論，手上的操作卻一點都不含糊，很犀利的刀法，解剖之後那鑷子一下去就能準確找到要取樣的部位。

蘇趣的初試分數不高，一般情況下，這樣的人在複試時被刷掉的可能性比較大。但現在蘇趣在焦副教授的授意下站在實驗室學習，那就是說他已經被內定了，九月就能正式成為院裡的一員。院裡其他高年級的研究生們也明白這其中的意義，所以對於這個准學弟，他們還是很願意接納的。

兩天下來，大塊頭學弟經常幫生科院裡一些學姐們搬東西、幫學長們取個樣什麼的，所以人緣還不錯。

至於成績……呵呵。

就算你複試第一名又怎麼樣？過來人都知道，真正進來之後，看的還是發表的論文和論文的影響力，其他的都是屁。

研一那麼多課，你蹺課，只要你蹺課的時間是在實驗室裡做實驗，導師們高興著呢！有些比較好說話的導師們還會幫忙打掩護、批請假條等等。

人家易辛當初進來的時候成績連前十都排不上，但現在呢？現在提起這一屆的名人，誰敢忽略掉這麼個人？人家易辛的大名還在生科院年度榮譽榜上掛著呢！至於當初考試成績的前十名，現在還有多少人被記得？

別人問起蘇趣來，一聽說是易辛的學弟，焦副教授手下的人，那態度就變得好多了，至少表面上是這樣。

「學長，腎臟取好了。」蘇趣喊道。

蘇趣叫的學長並不是易辛，院裡其他高一年級的都是學長，不同的是易辛算是蘇趣的直系學長，屬於同一個導師。不過平時叫的時候都是一樣的稱呼法，沒有直系、旁系之分。

那位要取樣的學長此刻正跟人說著話，他旁邊人聽到，笑著道：「哎你的腎取好了！」

其他幾個正在取樣的人也跟蘇趣一起起鬨，「學長，你的腎！」

那位學長拿著鑷子指著其中個頭最大的蘇趣道：「再起鬨，我在你身上開一刀，把你的也一起取下來！」

蘇趣明顯已經跟他們混熟了，賤兮兮地道：「來呀～來呀～學長你取啊，你取我呀～」

此時，易辛手上拿著資料正準備踏門進來，他身邊跟著幾個大學部的小學妹，還沒進實驗室的門就聽到蘇趣那句賤兮兮的話，幾個小學妹臉上那表情啊，相當微妙。

易辛想捂臉：焦老闆，我們能退貨嗎？

鄭歎蹲在外面的樹上直樂，這蘇趣真是個笨蛋。

正樂著，鄭歎察覺到不懷好意的視線，側頭看過去，一個穿著駝色大衣的人正站在不遠處看著他。

對於這個人，鄭歎有印象，有幾次過來這邊閒晃時見到過他，鄭歎聽人稱呼他為「任教授」。這位任教授就是生科院去年引進的青年海歸教授之一，在院裡學生中人氣很高，特別是女學生。任教授不過三十出頭，履歷上就已經一片輝煌，還有海歸光環，不然院裡也不會大力引進。

說起來，這位任教授和焦爸的研究是同一方向的，就某種程度上來說，也算是競爭關係。不過，任教授已經是正教授，而焦爸還背著一個「副」字，這個差別可不小。

說英文時的一口倫敦音，再加上不錯的外表，還有那裝帥的言行，任教授也是那些學生們私下裡談論的話題人物之一。

不過，鄭歎一直覺得這個人特別做作，看著就不舒服。

鄭歎知道這人對著學生和老師、上司的時候，都是笑容親切的，顯得很紳士，不少女學生在背後稱讚任教授非常有紳士風度。不過，鄭歎覺得，這人每次看自己的時候則是帶著說不清楚的惡意。原以為這人不喜歡貓，對貓都這樣，但後來鄭歎否定了，這人對其他貓就算不喜歡也不會帶著這種惡意。

這人對著貓的時候，卸下了平時的偽裝，眼裡的笑意都帶著寒光。所以鄭歎看著這人臉上的笑意就感覺很不舒服，總覺得他在打什麼壞主意的樣子。

「任教授好！」

幾個學生路過，向那人打招呼。

任教授也帶著笑容回應。

蹲在樹上看著這一幕的鄭歎撇嘴：果然，這人對著別人的眼神和自己是不同的。

——真他媽虛偽！

鄭歎使勁回想了一下，確定自己以前和這人沒什麼交集，任教授在校外有房子，不在教職員社區裡住，平時鄭歎過來生科大樓這邊也只是偶爾蹲在外面看看，或者翻進焦爸的辦公室睡覺，然後就沒其他事了。

生科院裡很多老師都知道焦副教授家有一隻黑貓，他們常看到焦副教授回家的時候用他的電動摩托車載著他家的貓，再加上鄭歎來這邊也不惹事、很老實，所以一些老師和學生們偶爾還會主動叫「黑碳」，也不會扔石子趕走他。只有這個任教授，看上去好像想宰了他的樣子。

——真是莫名其妙，老子又沒搶你老婆，犯得著用這種眼神看我嗎？

鄭歎正想著，突然聽到有人喊自己，側頭看過去。

「黑碳，沒想到你在這裡呢！」

來人正是長未集團董事長的女兒趙樂。過年那段時間，雖然趙董和趙樂並沒有親自過來，但卻派人專程過來拜年送禮，畢竟趙董的事情太多，而趙樂作為長未集團的千金大小姐，肯定有一些必要的社交應酬活動，這兩人都是忙人。

焦家現在不缺零食、不缺水果，焦媽也不再需要自己買化妝品了，隔三差五的趙樂就讓人送東西過來。今天也是，趙樂這兩天剛好有空閒，下午沒課，便買了點東西去了焦家，結果焦家只有焦媽和焦媽的幾個同事在，沒見到鄭歎，趙樂也不好一直待在那裡，便準備來焦爸這邊問問最近鄭歎的情況，以及焦爸和圓子他們公司的事情。

焦爸焦媽對外並沒有公開趙樂的身分，只說是一個朋友的孩子，不過焦媽那些同事看著趙樂提著那麼多零食，還有一些送給焦媽的進口化妝品，心裡還是疑惑的，只是主人家不想說，大家也不好問。

趙樂沒想到會在生科院外面見到鄭歎，不過每次見到鄭歎，趙樂都很開心。此時她也發現了不遠處站著的那個人，知道那是與焦副教授同一個院的老師，但並不熟悉，所以只是隨意打了聲招呼。

任教授笑得倒挺親和，「妳不是我們院的吧？」

「嗯，我只是過來找人。」

「找誰？需要幫忙嗎？」

「不了，謝謝您。」趙樂一直維持著得體的笑容，笑容中帶著疏離。

直到任教授走進樓裡面、身影消失之後，趙樂臉上的笑意也淡了。她蹙了蹙眉，看向蹲在樹上的鄭歎，問：「你是不是哪裡得罪他了？」

——我怎麼知道！

鄭歎扯扯耳朵，從樹上跳下來，伸了個懶腰。

「一起去找焦老師吧。」趙樂說著，從包裡拿出一個布袋子，上面印著某品牌零食的名字。她一直將這袋子折疊著放在包裡以備不時之需，沒想到現在就用上了。

鄭歎看了看趙樂打開的袋口，抖了抖鬍子，還是跳了進去。

趙樂感覺手一沉，差點沒抓住袋子。她笑道：「你是不是變胖了？」

鄭歎看看自己，沒吧？雖然現在鍛鍊有些懈怠，但也說不上胖，這明明就是強壯！前兩天去小郭那邊拍廣告的時候，小郭還誇了他呢，說店裡其他貓都是一身肥膘，只有他算得上健碩。小郭還準備讓店裡的貓多多運動，春天來了，是得運動。

甭管鄭歎怎麼想的，趙樂還是拎著袋子走進了生科大樓，往焦爸的辦公室走去。

焦爸此刻正在電腦前查找文獻，聽到敲門聲，道：「請進。」

見趙樂進來，焦爸趕緊起身迎接，替趙樂拉過一張乾淨的椅子。另外幾張椅子擱過東西，還沒擦，趙大小姐可不是蘇趣和易辛他們這些男生，焦爸總得注意著點。

請趙樂坐下後，焦爸就看到從袋子裡冒出來的鄭歎，也沒多管，反正自家貓也是這裡的常客，用不著多說。

趙樂跟焦副教授談了一些事情，包括他們公司最近的進展。長未集團和焦副教授他們的公司沒有太多的交集，算不上競爭，能夠幫上一把趙樂還是很願意的。

他們在談話，鄭歎就趴在小椅子上閉著眼睛，耳朵支起聽他們的談話內容。

現在焦爸和圓子他們公司算是站穩腳跟了，發展勢頭良好，畢業季即將來臨，很多應屆畢業生都已經開始著手找工作了，最近圓子他們正在各個大學挖人，現在缺的就是人才。

「對了，焦老師，那位任崇任教授，您知道多少？」趙樂突然問道。

趙樂進樓的時候看到生科大樓一樓的教師簡介，知道剛才那人就是院裡引進的海歸教授。生科院為了表示對這些海歸青年教授的重視，特意在一樓大廳設了個專欄介紹這幾位教授。

「任教授？」焦爸很奇怪趙樂竟然會問起這位，「瞭解的也不多……」

焦爸將自己所知的關於任教授的事情說了一些，趙樂和鄭歎心裡都疑惑，聽著也不像是有過節的啊。

「怎麼，趙小姐對任教授有興趣？任教授在我們院裡女學生中是很受歡迎的。」焦爸打趣道。

趙樂沒有笑，畢竟是長未集團趙董的女兒，對於一些事情的感覺還是很敏銳的。

搖搖頭，趙樂道：「剛才我在樓下看到任教授了，黑碳在樹上，任教授對黑碳……好像態度並不太好。」

聽到這話，焦爸看了看鄭歎，「你招惹他了？」

鄭歎斜了焦爸一眼：老子真不知道哪裡惹他了！

焦爸一時也想不出個所以然來，不過還是謝謝趙樂的提醒。

等趙樂離開之後，焦爸戳了戳鄭歎，「以後見到任教授，離他遠點，那人可不像表面上那麼和善。你小心什麼時候一個不注意，被他拖上實驗臺解剖了。」

鄭歎感覺背脊一涼，聽到焦爸這話後再回想一下任教授的眼神，說不定那個姓任的真有這個意思！為了這條小命，鄭歎決定還是乖乖聽焦爸的話，以後離那個虛偽的姓任的遠一點。

下午六點多，焦爸將事情處理好後，便帶著鄭歎回家。還是老樣子，鄭歎蹲在焦爸那輛電動摩托車的車籃裡面。

這時候很多老師都下班回家，路口的車輛比較多。來到一個十字路口的時候，前面有幾輛車轉彎，焦爸暫時停下來等待。在等待期間，一輛銀灰色的私家車停在焦爸的電動摩托車旁邊，看樣子也是等著路口那幾輛車轉彎。

那輛銀灰色車的車窗拉下，露出裡面駕駛座的人。

「任教授。」既然見到人，焦爸也不能當作沒看到，便打了聲招呼。

駕駛座上的任教授也笑著點了點頭，視線掃過蹲在車籃裡面的鄭歎。

這時候，前面路口轉彎的車走完了，旁邊那輛銀灰色的車關上車窗，慢慢駛遠。

焦爸騎著電動摩托車，心裡奇怪，他剛才注意了一下，看來趙樂說得沒錯，任教授那人……

確實有點不對勁。

焦副教授知道任教授對自己有敵意。之前，生科院得到了一個鼓勵支持青年教師的專案名額，選來選去，最後停留在任教授和焦爸身上；按照資歷來說，顯然是任教授更有優勢一些，畢竟有一個「正」字，但最後院裡幾個上司商議後，還是敲定了焦爸。

為這事，後來焦爸在院裡見到任教授的時候，總覺得那人笑得很假，而且帶著敵意。而就剛才那短暫的一瞥，焦爸感覺到任崇這人帶著的敵意更甚了，敵意中藏著些其他的東西，焦爸想不出原因。不管如何，以後還是別讓自家貓來院裡的好，誰知道任崇那人是不是心理變態。

另一邊，任崇開著車回到自己買的別墅那裡。進屋後，他拿起電話撥了個號碼，不一會兒那邊接通了。

「查得怎麼樣？」任崇問道。

電話那頭的人跟任崇說了大概五分鐘的話，這五分鐘裡任崇一直沒出聲，但臉色很差。如果生科院的學生見到此刻的任教授，肯定會驚掉下巴，誰都不會想到平日裡面帶微笑、充滿紳士風度的任教授竟然會有這麼陰鬱狠厲的表情。

雖然臉色很差，但語氣還是和之前一樣，待那邊說完之後，任崇道：「我知道了，你繼續查。」

掛掉電話之後，任崇坐在沙發上，回想著回國後的一些事情。

大體來說，一路走來還算是順利的，直到對上焦明生。

——焦明生何德何能？不過是個土生土長的小副教授罷了，沒出過國不知道深淺，被那些什麼都不懂的學生們一捧，還真以為自己了不得了？

——哼！論含金量，土包子似的焦明生怎麼比得上我？！院裡那幾個老傢伙，還有學校裡那幾個拍板的人，真是瞎了眼！

從丟掉名額的那一刻，任崇就知道，自己的阻礙出現了。

回國之前，任崇曾經在一個宴會上認識了幾個人，其中有一個學過些占卜。任崇一直不信那玩意兒，所以一開始對那人說的話也沒放在心上。

來到楚華大學之後，丟掉那個名額不久，一次偶然間看到焦副教授載著他家的黑貓回家。那一刻，任崇想起了宴會上那個人說的話——

「如果回國發展，注意貓。擋在你前面的，最大的阻礙，可能就是牠。」

如果說最大的阻礙是人的話，任崇還會相信一些，但如果說是一隻貓，當時的任崇打死也不相信。不單是任崇，當時圍在周圍的另外幾人都不相信，甚至連占卜的那人都對自己的占卜結果有些懷疑，後來還帶著歉意地說可能是能力不足，學了不長時間，大家就當玩一玩，不用太當真。

但是現在，任崇不得不在意了。

根據剛才知道的資訊，任崇只覺得難以想像。

難怪那麼多人說黑貓很邪乎。

物理學院院長、校長夫人，人稱「佛爺」的葉赫；雖然退休、但影響力仍在的生科院老教授蘭鐵素；大名鼎鼎長未集團董事長及其千金趙樂……這些人明裡暗裡對焦明生都有照顧，就算明面上沒有，但暗地裡插沒插手誰都不知道，有時候那些人的一句話抵得上別人卑躬屈膝、埋頭苦幹幾年甚至幾十年。

而在這其中起著重要紐帶作用的，竟然只是一隻貓！一隻看上去很普通的貓！

雖然沒查出來具體這隻貓是怎麼和這些人聯繫到一起的，但現在事實是這樣，不可否認。這還只是現在為止查到的，至於沒查到的，到底還有多少人跟這隻貓有關聯？還有多少人能挺焦明生？

任崇從來沒想過會輸給焦明生這個鄉巴佬，聽說生科院已經在安排焦明生出國的事宜了，出去後最快一年，等一年後回來，焦明生頭上這個「副」字就得去掉。

任崇可不想焦明生這麼順利！

現在那隻貓就像橫在任崇喉嚨裡的一根刺，任崇迫不及待要將牠拔掉。

有些東西，還是趁早除掉的好。

原本任崇準備親自出手解決的，但他還是低估了這隻貓的影響力，沒想到一隻貓竟然會牽扯這麼多人。

所以，為了保險起見，任崇不準備動手，讓人代勞就行了。對付貓，總有專業人士。

思索一會兒後，任崇拿起電話，撥了個號碼。

第五章

黑碳被抓走了！

鄭歎覺得這兩天有種被監視的感覺。不確定到底是誰在監視，但這種感覺很強烈。

因著焦爸囑咐的話，為了避開姓任的那傢伙，鄭歎最近都不去生科大樓那邊了。不僅如此，他晚上也很少出社區，只有白天憋不住才出去溜達。

一般鄭歎都是到下午五點多的時候去附小門口等兩個孩子，然後一起回家。就算晚上出去，也只是在社區裡溜達，不會跑出社區，更別說去老樓區小巷子那邊了。

白天人多，校園裡到處都是人，畢竟不是一所封閉式的學校，對進出校門的人檢查不會那麼嚴格。可是，不找出被監視感的原因，鄭歎也放不下心。

這天，鄭歎在教職員社區不遠的地方，找了棵大梧桐爬上去，在樹枝上打盹。果然高處就是安心一些，視野也開闊。

打了個哈欠，鄭歎昨晚思慮過甚，沒睡好，所以白天得補眠。

焦媽最近和幾個同事有一個教學方面的方案要合作。幾個月後焦遠就要進國中了，焦媽也得多在國中老師群裡表現一下存在感，到時候才能讓焦遠在學校裡多受一些照顧。

其他人家裡都有老人或者還沒上幼稚園的小孩，去他們家裡不方便，最後還是敲定了焦家。於是，鄭歎每天白天都在外面閒逛，逛累了就找棵樹爬上去睡覺；下雨的話就跑到大胖牠家，反正鄭歎不會待在家裡面對那些老師。

鄭歎正迷迷糊糊打瞌睡，突然那種被監視的感覺又來了。動了動耳朵，鄭歎沒有聽到什麼奇怪的聲音，周圍來來去去的都是學生，不遠處有個清潔人員在掃地，時不時有車輛駛過，離這裡不遠的地方有個運動場，那邊偶爾也會傳來一些加油吶喊聲。

這些都是很平常的聲音，鄭歎也已經習慣了，但這種被監視的感覺讓鄭歎坐立不安。於是鄭歎睜開眼，往樹下掃了一圈。

還是沒發現什麼可疑的人，不過鄭歎這次長了個心眼，盡量將周圍慢步走過或者坐在那些長椅和草地上的人，以及那些沒快速移動的人都記住。對方要一直監視的話，肯定不會快速移動的。

從樹上下來，鄭歎來到學校接近教學區的一間餐廳旁邊，看了看，然後找了棵在餐廳北面角落周圍的大樹跳上去，背對著路那邊，繼續趴著睡覺。

過了會兒，等那種被監視的感覺再度升起的時候，鄭歎將眼睛瞇開一條縫，看向對面的餐廳。

之所以選擇這間餐廳，並選擇這棵北面角落的樹，鄭歎就是看中了北面二樓角落那裡的單向玻璃。因為二樓角落那裡是一間辦公室，裝修時用的就是單向玻璃，只能從裡面看到外面，從餐廳外面看的話，可以當鏡子用。

鄭歎看著玻璃上反射出來的畫面，觀察著鏡面上的人，然後與剛才記住的那些人相比較。最終，鄭歎的視線落在一個看似很普通的學生身上。那學生揹著背包，手上還拿著一本書，慢慢往餐廳這邊走動，在這個過程中，他走兩步就看看鄭歎所在的地方，最後他來到餐廳前面的草地上坐下，攤開書。

剛才鄭歎沒過來的時候，這個人就在離鄭歎待的那棵梧桐樹不遠的草地上看書。像這樣在草地上看書的學生很多，而鄭歎睜開眼睛掃過去的時候，他也是低著頭的，所以鄭歎沒有發現他。

想了想，鄭歎起身伸了個懶腰，然後狀似無意地往周圍掃了一圈。那個人果然又將頭低下來。

鄭歎趴下，繼續睡覺，眼睛卻看著餐廳上的單向玻璃。和鄭歎猜測的一樣，那人又抬頭看了眼鄭歎的方向，而且每隔幾秒就往這邊看一眼。

鄭歎納悶了，這到底是什麼人？為什麼要監視自己？而且就算監視的話，目標只是一隻貓，有必要這麼謹慎嗎？

鄭歎想不明白。

難道是自己拍廣告太出名，然後有人看中自己了，想將自己抓走？電視上都這樣演。不然，一隻啥價值都沒有的貓，值得這樣監視？

既然找到了懷疑對象，鄭歎就跟對方槓上了。

鄭歎每天都很規律，早上跟孩子們一起出來，晃一圈，來餐廳北面的這棵樹上睡覺，順便反監視那個人。中午回家吃飯，睡個午覺，下午再出來，跳上同一棵樹，繼續反監視。

有時候怕被發現，鄭歎也會換一個地方，學校裡一些超市和小吃坊也有這樣的單向玻璃。不是鄭歎過於謹慎，實在是對方這種對貓都謹慎監視的行為讓鄭歎心裡沒底。

不管怎麼說，還是小心點好。

一週後，鄭歎發現那人不見了，被監視的感覺也消失。

——不監視了？

——還是說，有下一步的動作？

鄭歎的疑問只持續了一天。

第二天晚上，吃完晚飯，鄭歎跟焦媽一起出門，焦媽去找朋友跳舞鍛鍊，鄭歎就在社區裡面閒晃，有時候閒著無聊會去逗逗社區裡的幾隻狗。

阿黃和警長都被關在家裡。阿黃去勢過，可能會安靜一些，但警長這個閒不住的，剛被關在家裡時還一直叫喚，不過牠家裡有人陪牠玩，後來也就漸漸不叫了，白天偶爾會放出來玩一下，晚上是絕對不准出門的。

所以鄭歎要找貓一起閒晃的話，只能找大胖，但這個又變富態的胖子每次只蹲在自家陽臺那裡，很少出來走動。

逗了逗牛頭犬壯壯之後，鄭歎無聊地繞著社區走動。

時間將近八點半，焦媽她們跳舞要到九點才結束回家；焦爸今天在家，焦遠的作業有聽寫題，做完之後焦爸還要簽字，所以焦爸晚上也就沒再出去。因此，鄭歎打算等焦媽回來就跟著她直接上樓。

走著走著，鄭歎突然聽到翅膀撲騰的聲音。

動了動耳朵，鄭歎朝聲音傳來的地方看過去，那邊已經靠近院牆，在社區裡面算偏僻的地方了。那邊栽著一些桂花樹、臘梅樹等等，用來做美化裝飾社區裡面的環境。

不過鄭歎他們平時並不經常在這裡玩，畢竟這裡的樹太少，樹幹又細，磨爪爬樹都不爽快。相比起教職員社區旁邊的小樹林，這裡無聊多了，所以鄭歎和阿黃牠們更願意多走幾步去社區外面的小樹林那邊玩。

不過……

鄭歎看著傳來翅膀撲騰聲的那邊，覺得有些奇怪，是鳥嗎？

如果是其他貓的話，遇到這種情況肯定會朝那邊過去。貓並不是為了吃而捕獵，捕獵是牠們的天性，聽到有鳥的動靜肯定會過去。

但鄭歎不同，鄭歎對於抓鳥一點興趣都沒有。

轉身正準備離開，往回走了兩步，鄭歎又聽到了一點小動靜，像是人氣急敗壞後嘆氣的聲音，雖然刻意壓低了聲音，但鄭歎還是聽出來了。

鄭歎走動的時候，裝作撥樹枝玩，餘光瞟了瞟院牆。

路燈離這裡有個十多公尺，只能照到路，樹這邊還是很暗，但鄭歎憑貓的優勢，還是注意到了院牆上露出的腦袋。

——有問題！

鄭歎裝模作樣撓了兩下樹枝之後，聽到那邊又有幾聲撲騰聲傳來，鄭歎也藉這個機會過去看看到底是什麼。

好奇歸好奇，鄭歎還是很留心周圍動靜的，他可不想莫名其妙就挨悶棍。

這裡的樹都是三、四公尺高，雖然不多，但比較密集，從周圍看去，根本看不清樹下到底是怎麼回事。而撲騰聲就在那幾棵桂花樹下。

接近那幾棵桂花樹的時候，鄭歎嗅到了鳥的氣味，還有其他的氣息。

翅膀撲騰聲中帶著些微金屬碰擊的響動，就像當初鄭歎在對面小屈家見到捕老鼠的籠子一樣，小屈拍老鼠籠的時候就接近於這個聲音。

——籠子？抓貓的？

——抓貓，還是專門為了抓自己？

鄭歎心裡滿是疑問。

按理說，這時候抓貓的應該少了吧，更何況這裡還是大學內部的教職員社區，這些人膽子就這麼大？

鄭歎已經走近桂花樹下，慢慢往那邊靠近，也看到了那個籠子。籠子上有一些作掩飾用的樹葉，有一邊打開著，那就是籠子的開口。

籠子長六十公分左右，寬接近二十公分，裡面有一隻麻雀時不時撲騰兩下，或許是察覺到鄭歎的靠近，那隻麻雀撲騰得更厲害了，但奈何被拴在裡面，根本出不來，只能在籠子裡面搧動翅膀，有時候掙扎太劇烈，晃動太狠的時候翅膀會碰到籠子頂部，彭彭彭拍打籠子。察覺到越來越近的「捕獵者」，牠還驚恐地發出了幾聲叫喊。

在鄭歎靠近這個籠子的時候，東區B棟一樓那邊，正蹲在陽臺上打盹的大胖耳朵動了動，猛地睜開眼，看看房裡正戴著老花眼鏡縫釦子的老太太，發出壓低的「喵嗚」聲，像是其他貓遇到威脅時候的警示聲，但又有些不同。

老太太聽到後，縫釦子的動作一頓，立刻放下手上的東西。

「怎麼了？」老太太看向大胖。

「喵嗚——」

老太太皺眉，然後拿起電話打給大門警衛，再抬眼的時候，大胖已經不見了。

「到底出什麼事了？」老太太低語，立刻穿上外套，拿著電擊棒，準備去看看究竟。如果只是像上次那樣遇到賊的話，大胖是不會自己跑出去的，但這次……

鄭歎站在籠子前一公尺處，沒再接近，就站在那裡看著籠子，同時注意一下趴院牆上看著這邊的人。只是，由於這裡的幾棵樹太密集，分支太多，枝葉繁茂，靠路的那裡還種著一排杜鵑花，算是將上面和旁邊的視野都擋住了。

不過，鄭歎看不到那個人，那人也肯定看不到鄭歎。

所以，鄭歎準備先耗著，看那人什麼時候忍不住翻牆過來。

正想著，鄭歎就聽到「喵嗚」的一聲叫，是大胖的，而且聽聲音這傢伙還正往這邊跑。

「嗖！」

大胖已經跳過那排杜鵑，來到桂花樹下，見鄭歎站在籠子前，衝過去對著鄭歎就兩巴掌搧去。鄭歎反應也快，退了兩步，避開大胖的爪子。

大胖弓著背，背上的毛都炸了起來，耳朵拉低，對著鄭歎低吼兩聲，又對著籠子吼。

鄭歎知道大胖這是在警告自己遠離籠子。鄭歎甩甩尾巴，走過去，無視大胖一副大難臨頭的樣子，抬爪子輕輕地拍拍牠的頭，然後走到籠子後面，沒有對著籠子開口處。

大胖還「喵嗚」叫著準備過來，鄭歎又甩甩尾巴，伸出爪子，抓住籠身，將籠子搬起來彭彭摔了兩下。

大胖扯扯耳朵，顯然沒想到鄭歎竟然會有這樣的反應。畢竟大胖不是人，就算相對來說比較聰明，但思維還是比不上人類的。如果是人的話，肯定會被鄭歎這樣的反應驚呆——直接將籠子搬起來摔可不是一隻貓能夠做到的！

摔兩下之後，鄭歎瞧瞧籠子，籠子門還沒關上，看來這裡面的機關還沒觸動，設計挺嚴謹。

看了看周圍，鄭歎彎著爪子勾過來一根細樹枝，然後將細樹枝伸進裡面，觸動了籠子裡面的一個地方。

「啪！」

籠門合攏，幾乎不給貓反應的時間，如果一隻貓在裡面玩麻雀的話，肯定不會在籠門關閉之前反應過來。

大胖再次扯了扯耳朵，勾著尾巴甩了甩，顯得有些疑惑，不過已經不像剛才那副大難臨頭的樣子了。

在籠子關閉之後，鄭歎的注意力就放在院牆那裡的人身上了。但是，那人顯得比較謹慎，沒有立刻翻牆過來。鄭歎心裡明白，聯想前幾天的事情，這些人監視這麼久，還專門將籠子下在這裡，估計是摸透了自己的行動規律，目的極有可能就是自己！

「嗷嗚——」鄭歎扯開嗓門吼了兩聲。

——老子就不信在將社區裡的人吼出來之前你還能忍著不動！

聽到鄭歎吼出聲，大胖也「喵嗚」的大叫。

社區住宅那裡，很多人可能聽得不太真切，但寵物們卻能聽得清楚。阿黃和警長都聽出了兩個夥伴的叫聲，也跟著叫。而其他幾隻狗更是「汪汪汪」叫得歡騰，尤其是牛頭犬壯壯，一邊叫還一邊使勁撓鐵門。

一時間，社區裡貓叫狗叫不斷。

上次發生這種事情，還是抓小偷的那次。很顯然，有了那次的經歷，社區的人們聽到這動靜的第一個想法就是：又有人來偷東西了！

嚴老頭扔下手裡的報紙就趕緊下樓替牛壯壯開門，「快，逮小偷去！」門還沒完全打開，牛壯壯就迫不及待擠了出去，撒開腳丫子朝鄭歎他們那邊跑。

李老頭那邊也沒拴著自家大狗，見嚴老頭他家壯壯跑出來後，李老頭就將自家小花脖子上的狗鏈解了，看著自家狗跟著牛壯壯跑遠。聖伯納犬那麼大個頭，關鍵時候還得表現表現，不能光長個頭不辦事啊！

除了這兩隻，撒哈拉也被他主人放了出來，這傢伙又跟打了興奮劑似的，沒管他主人在後面說啥，一個勁的往鄭歎和大胖叫的方向跑。

至於其他人家裡的吉娃娃、京巴以及柯基等小型犬，沒被放出來。先不管能不能抓賊，就算能抓，有那兩隻大狗在，還有牛壯壯這個「凶殘」的打頭陣，幾隻小狗去了估計還會被誤傷。

而這邊，一直在院牆邊注意著捕貓籠動靜的那人，在聽到兩隻貓扯開嗓門吼之後，差點一口血噴出來。

——天殺的，這貓為什麼突然叫這麼大聲！以前捕貓都沒發生過這樣的情況！

「怎麼回事？」

焦遠也不寫作業了，聽寫寫到一半，外面就傳來那麼大的動靜，焦遠也和其他人一樣想到了上次遭小偷的事情。筆一擱，他看了看周圍，發現自家貓還沒回來。

焦爸將手裡的小學六年級國語課本放下，走到窗口看了看。周圍幾棟樓那裡陸陸續續出來些青壯年的人，一些好奇的小孩就趴在自家窗戶口或者陽臺那裡看著外面，不過很快又被家長拉進屋裡。

「坐下！」

焦爸將湊到窗戶那裡的焦遠叫過來，然後打電話詢問一下其他人，也打給一樓的老太太，畢竟住一樓的對消息也能知道得快一些。

掛掉電話之後，焦爸想了想，走出焦遠的房間，拉開大門，正好對面的屈向陽也聽到動靜拉開門看向這邊。

「哎，焦哥你聽到……」

「小屈，你來得正好，我還準備找你呢！」

一分鐘後，屈向陽坐在焦家的沙發上，焦副教授讓他留在這裡幫忙照看一下孩子，而焦副教授本人則迅速下樓了。

教職員社區的動靜實在太大，而且從安靜到鬧騰，這個過程太短暫，那個抓貓的人也沒料到事情竟然會發展成這樣。他們以前在一些住宅區抓貓也沒遇到過這樣的情況。

在聽到桂花樹那邊大聲的貓叫之後，抓貓人立刻翻牆過來，往下籠子的地方跑去。他可不敢耽擱，而且已經聽到有狗叫聲朝這邊過來了。

一個漂亮的跨越，越過那排杜鵑，那人也沒減速，直接矮身衝向桂花樹下。可還沒等他看清楚籠子的位置，四隻貓爪子就撓了上來。

大胖是不出爪則已，一出爪驚人，就算力道沒有鄭歎的大，但夠狠、夠俐落，而且撓的地方都是接近眼睛處的，如果牠力氣再大點兒或者爪子再長點兒，這個抓貓的人眼睛估計會直接瞎掉。就算沒被抓瞎，但從眉梢到眼睛再到鼻子那裡都是幾條深深的血痕，幾乎立刻就有血從爪痕裡溢出來。

大胖不會去想有沒有將人抓瞎，或者抓得太嚴重是否要承擔某些後果之類的問題，牠接受的訓練就是危險的時候極力反擊，至於這之後的麻煩，有人會幫牠擺平。

而鄭歎這邊也是，他和大胖撓的位置差不多，由於控制了力道，只會讓那人的眼睛暫時視力受損。但也沒有輕饒那人，鄭歎撓的傷痕比大胖撓的要長很多，幾乎到脖子了，而且衝上去的時候還趁機踹了那人兩腳。他用著比一般貓稍微大一點兒的力道，沒有用全力，畢竟不想暴露太多。

「啊——」

一聲慘叫，聲音不大，但明顯是沒壓抑住痛苦而發出來的。

那人捂著臉，衝過來的速度太快，腳下也沒停，便直接撞在一棵桂花樹上。

一擊得手之後，大胖就迅速遠離，在十公尺遠處看著這邊，沒有接近。

鄭歎倒沒有躲避開，見這個抓貓人連籠子都不要，慌慌張張起身，準備朝院牆那邊過去，他可不想讓這人溜掉，就算不能將這人揍趴下，總是有其他法子嘛！

那人估計眼睛受了傷，再加上黑暗的環境下，看不清楚周圍，撞到好幾棵樹都還沒轉出去。見那人背對著自己，鄭歎衝過去，躍起，抓住那人的褲子——

扒！

真可惜，這人穿著牛仔褲，還繫著腰帶。鄭歎沒能把褲子扒下來。

那人感覺到大腿上被撓了一下，也沒仔細看，轉身就使勁踹。可是沒踹著貓，反倒自己腳下被樹枝一絆，仰著摔倒了。

抓貓人沒想到這次抓貓會變成這種情況，貓沒進籠子，反而還這麼大膽上來撓人，不都說家貓比較溫和的嗎？他之前去一些住宅區抓的貓，大部分脾氣都沒這麼火爆。現在面對的這隻貓，撓一次還不放棄，再撓第二次……如果穿著運動褲的話，估計這褲子就被扒下來了。

不過，現在的情況也不允許抓貓人多想，他得趕緊逃跑。可是還沒等他翻身爬起來，屁股上就一陣劇痛！

蹲在旁邊的大胖和鄭歎齊齊扯了扯耳朵。

——牛壯壯，你真神勇啊！

牛壯壯這傢伙是下嘴咬過人的，有血性，這次也是，壓根就沒想過會不會有危險，衝上來就是一口。這次牛壯壯沒咬小腿，不知道是覺得自己嘴巴變大了還是其他的什麼原因，這次換咬屁股了。

既然牛壯壯都來了，小花和撒哈拉也很快到達。

小花不咬人，但可以咬其他的。見同伴都咬了，牠也找了個東西咬。

抓貓人穿著連帽衣，小花就咬著人家衣服上的帽子往後拖，一邊拖、一邊擺動腦袋作撕扯狀，還發出嗚嗚的低吼。

原本小花只是玩玩，平日裡玩玩具也是這個樣子，但那個抓貓人因為自己衣服上的帽子被咬住，便抬手朝大狗打過去。

而這一打，就激起了小花的怒氣。

脾氣好不代表不會生氣，再加上旁邊還有兩個同伴在烘托氣氛，於是小花漸漸開始動真格了，力道加大，撕扯的動作要比剛才猛烈很多。

隨著小花的撕扯擺動，抓貓人也被扯動著往兩邊擺，本來就有些暈乎的頭，這下更暈了。

鄭歎想起了曾看過一部有些年代的電影《Cujo》，那部電影讓聖伯納犬一度成為恐怖的象徵。

回過神來，鄭歎再看看那邊的情況，好笑的是，小花咬著那人的帽子扯，而撒哈拉則咬著那人的褲腿扯，兩隻狗扯的方向是相反的，再加上牛壯壯這傢伙在中間咬著，不得不說，這個抓貓人運氣真背。

抓貓人此刻感覺極其糟糕，臉上還火辣辣的疼，屁股上還有一隻狗咬著，頭腳各有一隻狗虎視眈眈，頭越來越暈。他喘了口氣之後，也不去費力跟那隻大狗糾纏，伸手往口袋裡掏了掏。

一掏，沒有。

再掏，還是沒有。

換個口袋掏，還是他媽的沒有！

刀呢？！

鄭歎看著那人的動作就知道他在找什麼了。剛才在那人摔倒、牛壯壯衝上去咬人的時候，鄭歎就趁機將那人口袋裡的刀勾了出來，甩到一旁，以免這人用刀傷了三隻狗。

社區那邊的人也不慢，很快就過來了，最先過來的還是警衛大叔，而負責這一塊的保衛處的警衛們比他慢上幾步。

警衛大叔在接到老太太電話之後就很快開始行動。他是個退伍兵，能來這裡幹這個清閒的工作，雖然自家親戚出過力，但主要還是看在老太太的面子，她兒子也幫忙安排了，所以很多時候他都會幫襯著老太太些。

老太太一通電話打過來說明情況，他立刻通知學校保衛處，自己也拿著手電筒和稱手的傢伙出來，總不能讓社區裡的教職員們去冒險。

不過，警衛大叔過來之後也無奈，三隻狗太投入，而且顯然都被激起脾氣來了，此刻他貿然上去肯定會被牽連。

抓抓腦袋，警衛大叔看了看旁邊蹲著的兩隻貓，「怎麼回事啊？」

鄭歎瞟了他一眼，然後走到捕貓籠那邊。

警衛大叔拿著手電筒往鄭歎那裡照了照，很快認出那個籠子的用處。他走過去將籠子提出來，看了看裡面沒怎麼動彈的麻雀，又看了下籠子上面的一些痕跡，顯然這個籠子已經抓過不少貓了。

「喲呵，膽子很大嘛，居然跑教職員社區裡來抓貓！」說著，警衛大叔回頭看了看蹲在路邊一副事不關己模樣的大胖，又看看被三隻狗欺負的抓貓人，撇撇嘴。

——跑這兒來抓貓，這不是找死嗎？就算政府關於這方面的法律不健全，但既然被抓住了，肯定不會輕饒的，更何況還涉及到了那隻胖狸花。

有幾個社區裡的人過來了，藉著手電筒的光看了看那邊的情形，又聽大門警衛說了籠子的用處，都沒上去幫那個抓貓人，就站在旁邊看著，跟警衛大叔聊聊天。他們是第一次看到這種抓貓的籠子，有些好奇。

「像這種偷貓的，一般白天會睡覺，晚上將近十二點的時候開始偷貓，從半夜到早上五、六點，可以偷個一、二十隻。前段時間不是說很多人丟了貓嗎？都是這些人做的。不過挺奇怪，這個人看著也是個偷貓的老手，居然會跑這裡來偷，而且還是在八、九點的時候。」警衛大叔一邊說著，一邊搖頭。

鄭歎就蹲在不遠處聽他們談話，他也想知道一些關於這方面的事情。在變成貓之前，他對這些一點都不關心，但現在不得已，畢竟關乎自己的小命。

「全都是偷寵物貓？就算要吃的話，那些商戶不是可以飼養嗎？雞啊豬啊那些，用來吃的牲畜不都有專門的場飼養嗎？為啥要偷家貓？」有個年輕點的小夥子問道。

警衛大叔笑了笑，「飼養？怎麼可能！還不如偷貓來得快、來得省錢。貓可不像狗，牠們很容易套著的。而且這些人抓貓也有技巧，專抓大貓，小貓就放過，等下一年，再過來抓。反正不用他們自己費錢養貓。」

「我靠！這麼說，那些辛辛苦苦將貓養大的，就像是為這些人養的了？還有，不是還經常見到流浪貓嗎？逮流浪貓就算了，竟然還偷家貓！」年輕人嘆道。

「流浪貓才多少？市場的需求量大，這幫人就將目標放在家養的寵物貓身上了，而且家貓養得好，還沒病，賣的價錢也高一些。不過，丟貓的人就可憐了。」

旁邊一個中年教師也插嘴道：「就是啊，養貓養那麼久，都有感情了，那些丟貓的人會傷心好久好久……之前那個誰不就是？丟了貓之後整天茶飯不思的。」

中年教師說的那個丟貓的人，鄭歎知道，也住在東區，不過那家人的貓沒跟鄭歎幾個玩一起。那貓有次跑進B棟一樓翻進陽臺偷吃大胖的口糧，被大胖狠狠教訓過一次。過年那段時間聽說那隻貓不見了，鄭歎也沒想太多，現在再回想起來，唏噓不已。

「這一隻貓能賣多少錢？」年輕人好奇的問。

「賣不了多少，土貓洋貓都差不多，全是賤賣。將貓抓回去之後，有的將貓皮剝下來，然後運往其他地方的皮毛市場，至於貓肉，則賣給一些餐廳或者烤肉攤，一些街邊小攤上的烤肉啊肉串啊，裡面可能就有貓肉；還有一些其他食品裡面也可能摻雜進去，很多人吃過都不知道。」

「有的貓直接被丟進沸鍋裡燙死，聽說剁頭剁腳加個工，就可以冒充兔肉或者其他肉，這是做皮毛生意和貓肉生意的。還有的抓貓組織做活貓生意，抓到貓後運往南方，整車整車的運出去……大城市裡面，要弄到這整車整車的貓，都是去偷別人的家貓。」（注：本段為戲劇效果，與現實狀況並不符合，請勿模仿，也請勿對號入座。）

「難怪玲姐將她家的貓關家裡，最近都沒見著她家阿黃了。對了，抓貓組織很多嗎？」年輕人又問。

「多著呢。」

「為什麼不抓這些人？」

警衛大叔頓了頓，道：「抓貓的組織比你們想像的多，全國各地都有，這其中太複雜，涉及到的東西太多，有些人一車一車往南方拉，就算中途被攔住了，人家手上還有文件證明呢，總有其他正當理由躲過去，你抓不了的。」

鄭歎聽著他們的談話，突然覺得渾身發涼。因為自己現在是一隻貓，所以切身的感覺更強烈。而聯想到剛才警衛大叔和幾人的聊天內容，鄭歎知道，那隻偷大胖口糧的貓，丟了就再也回不來了。

社區的人逐漸往這邊聚攏過來，保衛處的警衛們也趕來了。

三隻狗都被自家主人叫了回去，而那個抓貓人，現在相當狼狽，臉上全是貓抓痕，褲腿被撕爛了，屁股上還流著血，衣服也被扯成破布。

可是這裡沒有人同情他。

剛才被人提起丟了貓的那家女主人情緒很激動，揮著手掌要過來，被她丈夫攔住了。

桂花樹下，那個抓貓人捂著臉趴在那裡，指縫間還有血流出來。很快，這人被保全人員帶走。

不過社區的人討論聲卻一直沒停。

鄭歎見到焦爸後就跑了過去，還是和自家人待一起比較有安全感。

大胖見到牠家老太太後，反應很激動，衝過去就往老太太身上跳。老太太就勢將牠抱起，看那一連串的動作就知道這種事情沒少幹。

鄭歎在旁邊看著，驚訝不已。

——這傢伙剛才還屁事沒有的，現在就一副受驚的樣子？！

——屎胖子，你那噸位，老太太一把年紀了你就不體諒一下？！

感受到鄭歎的視線，大胖抬頭，瞇著眼抖了抖耳朵，把頭埋進老太太懷裡繼續尋求安慰，每次這樣裝可憐，回去之後老太太就會給牠加餐～～

焦爸帶著鄭歎，和老太太一起往自家那棟樓走，一邊走一邊聽老太太說著大胖認得捕貓籠的事情。

「大胖是受過訓練的。我兒子說，貓最大的敵人就是那玩意兒，所以每次去他那邊的時候，他就會訓練大胖，躲避各種各樣的捕貓籠，還有一些其他的抓貓的陷阱。唉，現在那些偷貓的，缺德啊……」

在抓貓人被帶走、社區的人漸漸散去的時候，社區大門口也有個人往外離開。

教職員社區有人偷貓的消息不脛而走。

誰都沒想到在大學校園裡竟然有人抓貓，還是在晚上八、九點鐘的時候，而不是半夜。不得不說這設陷阱偷貓的人膽子真大。

一時間，楚華大學校園裡面，包括西教職員社區在內的各個養貓的住戶們，一到晚上就將自家貓拴在家裡，就算牠們叫破喉嚨也不放出去，實在煩了就送去小郭他們那裡去做絕育，聽說做過絕育的貓不會那麼吵鬧。不管怎麼樣，總比跑出去被抓走好，抓走估計就成為別人的盤中餐了。

所以這兩天，小郭他們那間寵物中心的生意特別好，一些人就算不為家貓做手術，也會跑過去問問，看有沒有其他法子將自家貓安靜地困在家裡。

至於那個被抓住的偷貓賊，保衛處的人在東區院牆那頭發現了一輛摩托車，上面還放著幾個大編織袋，其中一個袋子裡面有幾隻活的麻雀，除此之外還有一些誘貓的食物等等。看這些東西就知道，這人做這種事已經很多次了。

據這人交代，他只是聽到這邊有貓叫，才一時興起過來抓貓的，原本準備去離這裡不遠的一個社區，那邊才是他的主要目標。

這些事，鄭歎是在焦爸焦媽談話的時候聽到的，不過那個偷貓賊說的那些話，鄭歎一點都不信，他覺得那人就是衝著自己來的。

太巧合了。那麼謹慎地監視一隻貓，剛結束就有人來偷貓？而且還是來教職員社區。相較而言，東區的貓並不算多，比一些普通社區養貓的住戶少多了，那人何苦冒著風險八、九點就過來這裡抓貓？時間段還恰好在自己平時外出的點？

臥房裡，焦爸手上拿著一本教材，但注意力卻不在這本書上。他覺得事情有些不對勁，總是莫名地不安。

——不管怎樣，還是別讓自家貓出去了。

鄭歎和焦爸的想法一樣，既然很多事情都不確定，都存在著疑慮，索性安安分分待在家裡。

而且這幾天別說鄭歎，就算是大胖也被關在家裡，連陽臺上都不准趴。老太太疼愛大胖，就怕自己好不容易養大養肥養出感情的貓被偷走。

就這樣在家裡待了一週，鄭歎又開始不自在了。於是，在某個早晨，焦媽送焦遠和小柚子出門的時候，鄭歎跟著出門。

為了保險起見，焦媽讓鄭歎跟著自己走。一直將兩個孩子送到附小之後，焦媽要去菜市場，鄭歎肯定不會跟著去，但是焦媽又不放心鄭歎到處跑，就叮囑鄭歎待在附小前面的一塊草坪那裡等她。

早晨的太陽出來不久，最近氣溫開始回升，學校裡很多花都開了，嘰嘰喳喳的鳥兒們到處聒噪拉屎。

上課的鈴聲響起，不論是附小還是大學生們，有課的都開始上課了，這條路上又安靜了下來。

鄭歎趴在一塊景觀石上，打了個哈欠，果然偶爾還是要呼吸一下新鮮空氣。

一個哈欠沒打完，鄭歎就感覺到一股突如其來的危機。和前陣子被監視的情況差不多，但是卻多了濃厚的危機感，這是鄭歎變成貓以來第一次有這樣的感覺。

警惕地瞧了瞧周圍，最後視線落在一個穿著灰色運動服的青年身上，那青年揹著一個雙肩包，戴著口罩，雙手插在衣服口袋裡，看上去就像一個普通學生。

由於去年的ＳＡＲＳ事件，很多人出門都戴口罩，到現在戴口罩的人雖然沒那麼多了，但也或多或少存在一些，就算是那些騎電動摩托車去市區上班的人有時候也戴著。楚華市市區的空氣不太好，很多地方在施工，粉塵多，戴口罩也不會被格外注意。

雖然這人戴著口罩，但是鄭歎還是認出了他。

——這就是前陣子監視自己的那個小子！

既然認出來了，鄭歎肯定得警覺，見對方朝自己這邊走過來，鄭歎不準備硬碰，這時候周圍人少，對自己還真不利。

但是，鄭歎剛準備跑，就感覺背上一痛。

「嗷——」

叫到一半也沒力氣叫了。

麻痺感已經開始快速蔓延至全身，視線模糊，意識開始漸漸脫離自己的控制。

鄭歎從那塊景觀石上滾了下來！

在背向那個人的一側，鄭歎艱難地將脖子上的那塊寵物牌扒拉下來，此刻他無比慶幸自己的貓牌繩是彈力扣的。

就算被抓，鄭歎也要讓焦爸他們知道，自己是在這裡出事的！

扒下貓牌扔到那塊景觀石底部角落，然後鄭歎竭力往另一邊的灌木叢裡面鑽。無奈麻醉感太強，手腳都已經軟了，沒跑兩步便栽倒在地。背上還插著一支針。

——他媽的！抓一隻貓竟然用麻醉槍！

鄭歎在迷迷糊糊中，察覺到有人接近，然後被拎著一條腿，塞進袋子裡，再然後，周圍一片黑暗……

而那個青年顯得有些緊張和匆忙，看到有人騎自行車經過，他便快速跑過去將貓塞進自己書包之後趕緊離開了，也就沒發現景觀石下面角落那裡的貓牌。

買完菜的焦媽手裡提著幾個大袋子，她還買了排骨，準備今天做頓大餐給大家補補。可是等她回來的時候，草坪上已經沒了自家貓的身影。離開之前自家貓還趴在石頭上的，難道玩去了？

「黑碳——」

叫了兩聲，焦媽在草坪周圍找了找，來到那塊景觀石後面的時候，發現了掉在那裡的貓牌。

焦媽問了問周圍的人，都沒人注意這邊的情況，不過附小教學樓有個教師說，從辦公室出來的時候看到一個戴口罩的人去過草坪那邊，只是從教學樓的角度並不能看清楚草坪那裡的情況。

也不管手上的菜了，焦媽趕緊掏出手機打電話給焦爸。以她對自家貓的瞭解，既然讓牠在這裡等，就不會無緣無故離開的，更何況還是將貓牌扔在這裡……自家貓那麼聰明……

想到前幾天的抓貓事件，焦媽很擔心，莫非真的被抓走了？！

生科院那邊，焦爸正在上課，察覺到口袋裡的手機在震動，看了看手機螢幕，皺著眉拿出手機走出教室。一般老師上課是不准接聽電話的，當然，緊急事件除外。焦爸在看到焦媽的電話號碼之後就知道肯定是有急事，不然她不會在明知道自己上午前兩節有課的情況下還打電話過來。

坐在教室的學生們就看到焦副教授出去接了通電話，不一會兒滿臉嚴肅地走進來關了投影機，讓大家自習，然後就匆匆忙忙離開了。

抓了鄭歎的那個年輕人急急走出楚華大學的校區範圍之後，原本還準備去找個地方處理貓，

這時候口袋裡的手機響了。

「叔，怎麼了？」

「我一小時後就準備離開，你如果要走的話趕緊過來！」那邊顯得有些不安。

「怎麼這麼急？不是說晚上才出發的嗎？」

「不行，情況緊急，你趕緊過來！」說完那邊就將電話掛了。

年輕人猶豫了一下，一咬牙，還是先離開再說，一隻貓什麼時候不能處理！只是要錢可能會稍微有些麻煩。

一小時後，年輕人出現在近郊的一間庫房，庫房前面停著一輛小貨車，車旁靠著一個四、五十歲的人在那裡抽菸。

見到年輕人後，那人不耐煩地道：「怎麼這麼晚才過來！」

「幹了一票。」年輕人也不多說，將背包拿出來給那人看。

那人猛吸了一口菸之後，將菸蒂扔掉，接過書包拉開拉鍊，瞧見裡面是一隻黑貓，拎著貓腿提起來看了看，「還不錯，可以賣個好價錢。這毛也不錯，到時候處理一下，肯定有人買。」

「這貓怎麼處理？雇主說讓我將牠殺掉，我還準備到時候將牠直接扔進河裡呢，叔你電話就過來了。」

「扔掉幹啥！」那人瞪了年輕人一眼，「這貓餵養得好，運氣不錯的話，肉加上這光澤的皮毛，我們還能賺不少呢！純黑的這種，不常見啊。」

「也行。」年輕人也同意了，能賣錢誰不願意？

那人將貓提進貨車裡面，扔到籠子裡。

這個中型貨車的車廂裡裝著的都是一籠一籠的貓，根據貓的賣相和能賣的價錢分幾個等級，用不同的籠子關著。而靠車廂外面的，則是一些大紙箱，裡面裝著一些雜物，他們幫人順帶的，也多個路子撈錢。

將黑貓扔進擱上層的一個籠子裡之後，那人便將車廂門關住，爬上駕駛座，開車離開。

年輕人坐在副駕駛座上，之前一些問題沒時間問，憋到現在才說。

「叔，怎麼走這麼急？」

「這兩天不知道怎麼回事，有人檢查，販貓的幾個同行手上的假證都被查出來了，連整輛車都被扣下，我就怕繼續往下查，還是先跑了再說。」這次貓沒抓太多，車廂裡面的籠子還沒塞滿，要不是事態緊急，他還會在這裡多待幾天。就算沒貓可抓，也能抓走幾隻狗，昨天還看到幾隻長得肥壯的大狗呢。

「往下查？不會吧？往年都沒這樣過啊！」年輕人詫異道。

「反正近幾個月我們是不準備來楚華市了，這邊風聲緊。真他媽倒楣，以前也沒出現過這樣的情況，那些人不都是睜一隻眼閉一隻眼的嗎？現在怎麼突然正經起來了……」那人一邊開車一邊抱怨。

穿運動服的年輕人沒管自己親戚的抱怨，掏出手機開始打電話，他沒見過那個雇主，不過接工作收錢就行了，見不見無所謂。

「貓搞定了，錢你什麼時候匯給我？」年輕人問道。

「貓死了沒有？」那邊問。

「中了麻醉槍，扛不住估計就死翹翹了，就算扛下來也沒用，我叔帶著往南走，賣給那邊的市場，過去了就成盤中餐了。這個你不用擔心。」

電話那頭的人沉默了，沒說話。

年輕人以為對方不想付錢，急了，「最近楚華市風聲緊，你也催得急，我都冒著被發現的風險幫你辦事，買的麻醉槍幾千元呢，你預付的定金全砸這裡頭了，你不能讓人寒心。」

「……你放心，說好的三萬塊，等會就匯過去給你。還有，以後別聯繫我了。」

說完，那邊就掛了電話。

年輕人聽著電話裡的嘟嘟聲，罵了一句。

「怎麼？那人想賴錢？」開車的人問。

「誰知道呢！」年輕人嗤道。

「你抓隻貓還買麻醉槍那玩意兒？」開車的人不屑。

「我打聽過，聽說那貓受過訓練，雇主也說了，那貓精著呢，我連監視的時候都很小心。」年輕人說著，漸漸轉了話題，也不說那雇主總共給了多少錢。其實他那把麻醉槍是找一個朋友買的二手貨，就幾百元，即便雇主不付錢他也賺了。

那個去東區抓貓的人就是年輕人聯繫的，利用那人試探一下，如果抓到貓了當然更好，他花個幾百元就能將對方打發。可結果證明，那貓果然不好抓。恰好一個朋友手頭有麻醉槍，他便買了。可是接下來幾天那貓都不出來，他也找不到下手的機會，時間拖得太久了，不得不激進一些。

不知道那周圍有沒有監視器，要是有的話，接下來一段時間他最好在南方避避。

抓一隻貓居然還用上麻醉槍，年輕人自己之前都沒想到會這樣。

在這個中型貨車的車廂裡，擱在最上面的一個籠子裡面，鄭歎和幾隻貓擠在一起。籠子裡的很多貓都被餵了藥，昏昏沉沉，也不叫喚。就算是清醒著的貓，也只是偶爾叫兩聲，估計沒啥力氣叫了。

而昏迷著的鄭歎並不知道，因為他的消失，楚華市颳起了一陣「颶風」，一大批貓販子被抓，當晚幾個裝載著活貓和狗的貨車被扣查。

焦爸找關係看了附小那裡安裝的一個監視器，能隱約看到草坪那邊，雖然影像不清晰，但足夠確定自家貓被抓走了。

焦爸拜託了一些朋友，還有衛稜、何濤他們幫忙，到處找貓，扣押的貨車和幾個販貓的地方都找了，看到黑貓就送到一個地方，等焦爸他們辨認。

可惜的是，這些黑貓裡面並沒有鄭歎。

那天晚上，很多人都沒睡著覺。

同時因這件事情而引發了一些利益衝突，明裡暗裡各種鬥爭不斷。這些鄭歎都不知道。

那個年輕人用的麻醉劑藥量比較重，如果是一般貓的話，估計會挺不過去直接翹掉，就算挺過去也會昏迷好幾天，可是鄭歎比較特殊。

鄭歎在昏迷幾個小時之後就醒了過來。但是，就算他醒了，全身還是沒力氣。

周圍都是陌生的氣息，陌生的貓，鄭歎能夠感受到牠們的恐懼和茫然。餓了渴了也得忍耐著。有幾隻貓在低聲叫著，像在嗚咽。

鄭歎看了看漆黑的車廂，他所在的籠子離車廂門比較近，車廂門的門縫那裡有風透進來，讓鄭歎的意識清醒不少。

門縫外面一片暗色。

夜，還有多長？

鄭歎躺在籠子裡，琢磨著接下來的應對之法。但是，琢磨琢磨著，鄭歎又睡了過去。

夢裡，鄭歎看到了自己曾經生活二十年的那個城市，看到了曾經的自己……

第六章

把貓牌交出來

鄭歎是被一陣劇烈的震動、踩踏以及貓叫聲折騰醒的。

藥效還沒有完全消失，剛睜開眼的時候鄭歎還有一種恍惚的感覺，不知身在哪裡。身下不是焦家軟軟的沙發，周圍都是陌生的氣息，空氣中流竄著驚恐焦躁的因素。人的呵斥吼罵聲和貓叫聲摻雜在一起，攪得鄭歎頭痛。

「彭！」

一個個裝著貓的籠子被擱放在架子上。

鄭歎被裝在同一個籠子裡的其他貓踩了幾下。

這次真的醒了。

睜開眼睛看了看周圍，這是一個小房間，充滿了騷臭味，還有一些血腥氣。鄭歎能夠看到對面架子上擺放的一些鐵籠子，還有幾個木板、竹子釘成的簡易貓籠。

耳朵動了動，鄭歎還聽到了隔壁的狗叫聲。狗比貓叫得狠。

嘆了嘆氣，鄭歎渾身還有些發軟，不過站起來動動，還行。

同籠子裡的其他幾隻貓都是很健壯的，有幾隻還是名貴品種，毛比較乾淨，還帶著光澤，好幾隻脖子上還套著項圈和寵物牌。都屬於賣相比較好的。

對於鄭歎的醒來，籠子裡的幾隻貓也沒將注意力放在他身上。家養的貓，特別是養過幾年已經養出點靈性的貓，這時候似乎都已經感覺到等待著自己的是什麼了。

這間房外面就是個餐館，整條街到處都是這種餐館。

但是，就算牠們有靈性，畢竟比不上人，知道有危險也不能想出法子自救，只能叫喚。或許牠們還抱著一種僥倖的心態，希望自己的主人能夠聽到。

鄭歎大略看了看，這些籠子裡面的貓絕大多數都不是流浪貓，即便身上的毛比較髒，脖子上也沒有項圈、貓牌等東西，但流浪貓和家養貓的眼神是不同的，鄭歎能夠看出來。

他再看看籠子，幸運的是，籠子的鎖不複雜，不是那種需要鑰匙的小銅鎖。畢竟籠子多，每個籠子一個大鐵鎖或者小銅鎖的話，那也太麻煩了。那些用竹子或者木頭做成的籠子，鎖也是插銷式。

有幾隻貓將爪子伸出去撥拉兩下籠子鎖住的地方，但畢竟智商不高，也不是每隻貓都像大胖那種受過專門的訓練，再撥拉也沒辦法將籠子撥開，這可不是撥自家窗戶門。而且要撥動這些插銷需要一點力氣，插銷卡得很緊，不是普通貓能撥動的。

對鄭歎來說，這種倒不費勁，但鄭歎摸不准外面那些販子們什麼時候會進來。按理說，剛清點過，暫時是不會進來看，但總得小心點，事關小命。

這裡面也沒有安裝監視器。想想也是，就這種破地方，那些人怎麼會捨得花錢裝監視器？

鄭歎支著耳朵，凝神聽了聽，門口有來來去去的腳步聲，還有人聲。鄭歎聽著有些耳熟，昏迷中迷迷糊糊的時候也聽到過這聲音。

等腳步聲漸遠的時候，鄭歎才擠開正湊在籠子門口揮爪子的一隻貓。那隻貓脾氣不太好，對著鄭歎齜牙，挨了鄭歎一巴掌之後，那貓就算不太願意，但也乖乖讓開。

鄭歎來到籠子門口，看了看成人小拇指粗的鐵插銷那裡，得轉一個角度才能抽出來。

將胳膊伸出籠子外，鄭歎碰到那根鐵插銷的時候，手掌一彎，爪子勾住鐵插銷的活動桿把，將桿把往上轉了九十度，往左一拉。

由於剛才鄭歎抽了那隻堵籠門口的貓一巴掌，籠子裡其他幾隻貓都與鄭歎保持了一點兒距離，所以鄭歎在將插銷撥開之後，推開籠子，一溜身出去，在其他幾隻貓擠過來之前又將籠子關住。不是鄭歎不想救牠們，鄭歎現在需要先觀察一下周圍的情況，若現在就將這些傢伙放出來，他怕打草驚蛇，壞掉自己逃生的機會。

見鄭歎出來，籠子裡的貓們又開始新一輪的叫喚了。有幾隻貓也伸爪子勾鐵插銷，但只是徒勞而已。

深呼吸，鄭歎看了看周圍，跑到門邊跳起來撥了撥門鎖，鎖著的。很顯然想透過門出去，不太可能。

除了門之外，這個小房間裡面還有一個平開式窗子，木質的窗框，有些裂開，嚴重掉漆，都已經看不出原本的顏色了。窗子緊閉，插銷插著，看來有段時間沒開過了，縫隙處都是灰塵，窗子的插銷也帶著鐵鏽，玻璃上糊著一層汙跡，只有中間部分還能看到一點兒外面的情況。

鄭歎從架子上走過去，靠著窗戶瞧了瞧。

窗戶外面是一條窄窄的水泥路，這邊的房子和水泥路那邊的房子是背對著的，只有房子後門通向這條路。水泥路上放著幾個大的垃圾桶，都已經堆滿了垃圾，雖然很多是用袋子裝著，但還是能看到一些從袋子裡面露出來被砍掉的、廢棄的殘骸內臟等等，上面有很多蒼蠅在飛。

就算有心理準備，但真正看到時，鄭歎還是忍不住發寒。

如果自己醒不過來，拖幾個小時，或者多挨個幾天，是不是也會變成這樣？屍首分離，或者被扒皮剔骨？

不過現在並不是感慨的時候，就算對自己被抓有很多疑惑，這時候也得壓下來，將全部精力放在逃跑上。

鄭歎撥動窗戶的插銷，太久沒開窗，再加上插銷上都是鐵鏽，阻力大，鄭歎的力氣也沒恢復，費了不少勁才將窗戶打開。

這時候好像是下午兩、三點，天陰陰的，像是要下雨的樣子，水泥路上也沒人。

鄭歎翻出窗子，出來的時候本來準備將窗戶推攏，以免有人發現異樣，但想了想，還是沒關，待會兒還得過來，省得麻煩。

關貓的屋子旁邊就是關狗的，幸運的是，這間屋子的窗戶開著，通風。畢竟狗不像貓那麼能跳躍，就算將牠們放出籠子，也翻不出窗戶。

裡面沒人，只有一籠籠狗在裡面叫喚，還有相互撕咬的聲音。

鄭歎剛撥開窗戶看了看裡面。正好一隻大狗抬頭看向窗戶，瞧見了鄭歎。

「汪汪汪汪汪！」

——叫屁啊叫！

鄭歎扯了扯耳朵。

狗和貓有些不同，有的籠子裡面擠著好幾隻狗，有的大一些、凶一些的狗，一個籠子裝一隻。從小型的博美犬、京巴犬等等，到大一些的土狗、狼犬，都有。

想將狗籠子打開，有些難辦。倒不是鎖的問題，這裡的籠子基本上也是那種插銷式，也有些是卡口式，但都不難開。

有幾個低矮的籠子裡面擠著幾隻土狗，狹窄的籠身讓牠們連站都站不起來，牠們也不怎麼叫喚，精神狀態不太好，但鄭歎也不敢貿然打開，誰知道這些狗出來之後會不會對自己咬上一口？還有那幾隻叫得歡騰的，看那眼神就恨不得衝上來咬。

怎麼辦？

鄭歎看了看周圍，最後視線停留在一根擱架子裡的細鐵棒上。

鐵棒前端磨尖，上面有些血跡。旁邊還有一些繩子和細鐵絲等物品。

鄭歎翻進屋裡，四周的狗讓他感到緊張。很多狗身上帶著煞氣，喉嚨裡發出低吼，估計就想著怎麼來咬鄭歎。

鄭歎將細鐵棒拖出來，將細鐵絲綁在鐵棒上，鐵絲圍成個圈，然後他用兩隻手抓著鐵棒，兩條腿直立走動。雖然有些困難，但慢慢走動就行了。

貨架上端放著一些棍棒等敲擊用的東西，都是血，鄭歎一步步走在上面，刺鼻的血腥味讓他差點吐出來。

鄭歎站在貨架上，就算打開籠子，那些狗也奈何不了他，牠們跳不了這麼高。鄭歎將細鐵棒往下伸，直到籠子的插銷那裡，捆在頂端的鐵絲圈往插銷把上一套，他提起鐵棒，帶動插銷轉動，然後往旁邊一拉。

喀的一聲，籠子門打開，裡面幾隻小狗跑了出來，到處竄動找出口。

鄭歎也不管牠們，接著開籠子。卡口的那種比較好辦，戳上去撥兩下就開了。除了提鐵棒有些費力之外，開了幾個籠子之後，鄭歎也熟練了，越開越快。

不過，如果這時候有人開門進來的話，鄭歎自己就扔傢伙走人，萬事逃為先。

將籠子全部打開後，鄭歎也不多留。狗叫聲太大，幾隻比較凶的大狗有些發狂的徵兆，而這邊的動靜顯然也很容易引起外面人的注意。

翻出窗，鄭歎又來到關貓的屋子，將貓籠一個個打開，窗戶開著，貓都從窗戶那裡逃出去。

開完最後一個籠子的時候，鄭歎聽到外面有人在大喊，顯然這邊貓往外逃被發現了。

鄭歎衝出窗戶，周圍沒有什麼捷徑能夠直接逃開，周圍的住戶就算不是開餐館的，也不會對貓手下留情，鄭歎不敢在這裡躲著，盡量往遠處逃，心裡只有一個聲音：逃出這條街道，逃出這片到處掛著「ＸＸ火鍋」、「ＸＸ貓肉狗肉兔肉館」等牌子的區域！

在鄭歎忙著逃跑的時候，抓鄭歎的那個年輕人正和一個五十來歲的人說著話。

「桿叔，您這次收穫挺大的啊。」年輕人遞給對方一根菸，說道。

被稱為「桿叔」的那個人接過菸點著，吸了兩口，道：「小打小鬧，沒意思。」

桿叔在這一帶比較有名，屬於比較早一批打狗抓貓的人，也靠這個發財，一些年輕人手頭的技巧也是從桿叔這裡學來的。當然，教肯定不是白教，得孝敬。

這個穿運動服的年輕人也是跟著桿叔學的，包括麻醉槍的使用。他跟著桿叔打過幾次狗，技術比較熟，他本來學這東西就快，這幾年幹這個也多，賺了不少。去年ＳＡＲＳ期間他曾一度陷入低谷，但現在漸漸緩過來了，忙著撈金。

「你現在一年也能撈個十來萬了吧？」桿叔說道。雖然是疑問句，但很肯定。他對這方面可是相當清楚的。

年輕人笑笑，不直接回答，而是掏出個東西遞給桿叔看。

「麻醉槍？」桿叔漫不經心地看了看，「還行，不過太小了，沒意思，拿著沒手感。這種針管也不好搞……按照這針的劑量，你打狗還是打人？」

年輕人笑了笑，「打貓。」

桿叔挑眉，「你行啊，用這個打貓！」

語氣充滿不屑。桿叔一直覺得，貓這種生物笨得要死，好奇、狩獵的天性也能害死牠們自己，所以貓好抓。

年輕人也沒在意桿叔的諷刺，「那貓不好抓，不上當，要不是急著回來，我也不會用這個。這次跟著我叔去中部幾個城市，搞了這把麻醉槍，還搞了一把匕首麻醉槍玩玩。」

年輕人真真假假說了幾句，至於最後一票撈了多少錢，他一個字都沒說，說了就少不得要孝敬一些。

桿叔哼哼兩聲，也不將年輕人的話當真。頓了會兒，他說道：「我明天要出去一趟，幹一票，有興趣嗎？」

「去哪兒？」年輕人問。

桿叔指了指西邊。

年輕人不語。他雖然打狗抓貓，有時候透過中間人介紹接幾個工作，打人也幹過，但……偷獵這種事，還真沒做過。

一根菸抽完，年輕人將菸蒂往地上一扔，腳尖碾了碾。

「好！這次就跟桿叔去長長見識！」

剛說完話，就聽到店家那邊一個夥計衝出來，胳膊上還帶著血。

「狗跑了！貓也跑完了！」

他們店裡開館子的同時也做批發生意，剛才有人要買狗，夥計就帶人過去看狗，還沒靠近庫房那邊就聽人說誰家的貓跑了，他心裡還偷樂，但走到門口，聽到狗叫得有些不對勁，一開門就看到撲面衝來的一隻大狗，要不是他反應快，這條胳膊估計得廢掉。

年輕人聽到夥計的話，心裡咯登一下，趕緊過去看看情況。他走了兩步，又回過頭看向桿叔，還沒說話，就看桿叔從他老人家的貨車上拖出打狗的工具。

「走吧，剛好手癢，也幫你們一把。這幫畜生就是不安生。」桿叔話說得隨意，但卻透著一股瘋狂而殘酷的殺意。

鄭歎不知道館子那邊是什麼情況，只顧著跑。但之前開籠子費勁太多，藥效又沒完全散掉，這時候突然一陣疲憊和昏厥感襲來。

禍不單行。

身後那些人騎著摩托車、開著車，沿途收拾逃出來的貓狗，不止那間館子，街上其他人也加入了行動。

狗的慘叫聲，棍棒的敲擊聲，刺激著鄭歎的鼓膜。

鄭歎現在只想快點離開這條街，離開這個「魔窟」一般的地方，但是腿腳不聽使喚了，心律也不齊，在趴下之前，鄭歎幾乎是爬著來到一個角落處。

這裡已經算是出了街，可是聽著跑過來的那些腳步聲，鄭歎心裡罵老天爺也沒用，喘了幾口氣，恢復點力氣後打算鑽進轉彎處的垃圾堆躲一躲，雖然很不情願，但保命要緊。

他正準備爬起來鑽垃圾堆，這時轉彎處出現了一個白色的身影。

幾個年輕人手上拿著編織網、麻袋、鐵棍等，一路抓捕那些逃脫的貓狗，這條街沒有誰家裡專門去養寵物貓狗，所以只要看著貓和狗就上去抓，或者直接一棍子，活的死的都無所謂。

路過轉彎的時候，幾個年輕人看到蹲在垃圾堆不遠處的一隻大白熊。雖說見狗就抓，但這隻他們可不敢，熟面孔，一個大老闆家裡的孩子養的，就住這附近，並不是他們那街上的。

看了看蹲在那裡對他們齜牙的大白熊，大傢伙對這條街上的人態度一向不怎麼好，幾個年輕人也就趕緊離開了。

在他們離開後不久，一個十七、八歲的女孩子騎著折疊自行車路過，並朝這邊招手，「郁見，走啦！」

「汪！」

大白熊應了一聲，看了看被擋在裡面的鄭歎，小跑著追上去。

麻痺感只是那一陣出現，休息一會兒之後，鄭歎的腿腳又開始恢復知覺。可能是藥效影響，也可能是用藥後的副作用，不過現在確實感覺好了很多。

想了想，鄭歎看著跑遠的那隻大白熊，也跟了上去。他現在很累，需要找個地方歇腳。養狗的人家裡應該不會吃狗肉吧？應該也不會吃貓肉？反正肯定比這附近的人安全很多，盡量不被主人家發現就行了。

晚上，楚華大學東教職員社區裡，焦爸在站在家門口，抬手搓了搓臉，將臉上疲憊的表情隱去，掏鑰匙打開家門。

客廳裡的沙發上依舊還是空空的，不再有一隻黑貓橫趴在那兒怡然自得地看電視。

聽到開門聲後，兩個孩子的房門幾乎同時打開，但是他們在看到焦爸的臉色之後，眼神又黯淡了下去。

已經一週了，還是什麼消息都沒有。

楚華市打掉的幾個非法販賣貓狗的窩點，也沒有他們想要的消息。

「啪！」

兩個孩子的房門重新關上，做作業去了。

剛知道自家貓丟了的時候，兩個孩子眼睛都哭腫了，就算一週過去，眼睛還是紅紅的，心情一直低落。

「還是沒消息？」焦媽低聲問道。她的情緒也很不好。

焦爸搖搖頭，不語。過了一會兒他才說道：「衛稜和何局長都幫忙在找，趙董他們也拜託朋友注意這方面的消息，應該很快會有的。」

剛說完，電話就響了，焦爸趕緊起身去接。而房裡兩個孩子都將耳朵貼在門上，希望聽到一些好消息。可是，焦爸接電話後沒有多說，僅有的兩句話聲音也很低，不像是很高興的樣子。

掛掉電話，焦爸掏出一根菸，站在陽臺上抽。

平日裡焦爸是不抽菸的，除非心情很差。

剛才打來電話的是衛稜，將查到的結果跟焦爸說了，沒有他家黑碳的消息，那個賣麻醉槍的人卻查到了，又根據這條線往深處挖了挖，但買槍的人不是本地的，也比較狡猾，查不到太多。

雖然沒有太多有用的消息，但焦爸心裡一直有懷疑的對象，又想了想最近在生科院碰到任教授的情形，任教授最近看上去有些得意啊……

◆◇◆◇◆◇◆◇◆

就在楚華市的人忙著查找鄭歎的消息時，鄭歎正趴在一棟別墅的閣樓裡睡覺。

那天他跟著大白熊和那個女孩來到附近的一個社區，社區的層級比較高，有電梯大樓，也有別墅樓，而大白熊牠家就是其中一棟別墅。

由於那女孩子騎車的速度並不快，看著像是散心而已，騎騎停停，偶爾還下車買點東西，所以鄭歎也能躲躲藏藏地追上去，只是太疲勞有些吃力罷了。那天他的狀態實在很差。

女孩和大白熊從社區的正門進入，鄭歎卻從旁邊的圍牆柵欄那裡鑽了進去，尋著那一人一狗的方向到達一棟別墅，並在別墅裡找了個還不錯的地方——閣樓。

對於一隻貓來說，爬這種美式別墅的閣樓並不難。

這家的閣樓堆著一些雜物，平時也沒人上來，很多地方布滿了蜘蛛網和灰塵。原來還有幾隻老鼠，鄭歎到來後，牠們估計就捲鋪蓋跑了，反正鄭歎沒再見到過。

好不容易找到個臨時落腳的地方，鄭歎一直緊繃的神經也緩了些。翻了翻閣樓的東西，從其中一個紙盒子裡找出個抱枕，也不管上面是不是帶著霉味，趴在上面就開始休息。

鄭歎是被劈里啪啦的雨聲吵醒的。

雨水打在閣樓的窗戶上，發出劈里啪啦的聲響，在閣樓這個幽靜的環境下格外清晰。

外面的天色已經暗下來，又是一天過去。

在這裡，鄭歎能夠透過閣樓的窗戶看到這個住宅區的路燈，還有周圍住戶家裡的燈光，人影幢幢。

這個時候應該是吃晚飯的時間，鄭歎動了動鼻子，只有閣樓裡帶著霉味的氣息。

鄭歎知道這片地區是哪裡，也知道這裡離楚華市有多遠——一個中部城市，一個南部沿海地區。

正因為清楚，才茫然。

下河市，離自己生活二十年的南城，其實相隔也不太遠。

鄭歎看著窗戶上的雨滴，不知道在想什麼，確切點說，他在發呆。

不過，發呆也沒發多長時間。

——唉，肚子餓了。

鄭歎琢磨著，等晚些時候，這家的人都睡了，再下去找找吃的吧。

鄭歎也不準備暴露自己，這家人養狗，可能不吃狗肉，但誰知道會不會吃貓？這家人又是個什麼品性？

他不想冒險。

伸了個懶腰，鄭歎活動了一下手腳，想想以後怎麼辦。

——如果是人的話就好了，可惜現在只是一隻貓。

乾等著也是無聊，鄭歎翻找了一下那些雜物，撥出來一個小皮球，兒童玩具那種。看上去放在這裡很久沒動過了。

仰躺在那個抱枕上，鄭歎四隻爪子玩著球，手掌將球輕輕朝後推，再用腳碰回來。看著球在空中跳動，鄭歎感覺自己現在還真像馬戲團的那些動物。

說起來，自己不在的話，焦家人不知道會怎麼樣？還有小郭那邊的廣告……

鄭歎就這樣一邊玩球，一邊想著事情。

閣樓下傳來那家人的說笑聲，還有電視機裡的廣告聲，和許久未曾聽到的熟悉的方言。

終於等到半夜，外面的雨好像停了。

閣樓的一個斜面上有扇窗戶可以推動，估計這家人也不知道自家閣樓這裡有扇窗戶壞掉了。

不過，就算知道他們也不會放在心上，因為這扇窗戶很小，七、八歲的小孩都不容易爬進來，也不怕有小偷從這裡進入閣樓。

從斜面的窗戶出來，鄭歎看了看周圍。由於剛下過雨，周圍一片潮濕。

看了看腳掌上黏著的水漬，鄭歎從房頂找地方下去，來到廚房所在。

原本鄭歎看門上有個供寵物進出的門洞，準備從這裡進去，但試了試，鎖著的，估計是因為那隻大白熊太大，牠小時候用還行，現在用不上，所以主人家就直接將這個門洞鎖住了。

不能從門進去，鄭歎就只能爬窗戶了，好在上面有扇窗戶沒關，鄭歎從那扇窗戶翻進去。翻之前，鄭歎還專門在後門那裡放著的門墊上踩了幾腳，將腳上的水漬弄乾，到時候別在廚房裡踩出幾個貓腳掌印。

廚房有個大冰箱，鄭歎打開冰箱看了看，菜倒是沒有多少，看這家的家庭條件，就算晚餐沒吃完的估計也會直接倒掉。不過好的是，還有一些超市裡買的那種做好的肉丸子，鄭歎吃了幾個，半生不熟的，只能將就一下了。

其他的大多數都是孩子吃的東西，有一些餅乾、果糕等，鄭歎都吃了些。那種帶獨立小包裝的零食，鄭歎拿了點出來，待會兒拿去閣樓。

吃了點東西，鄭歎感覺好多了，雖然都是涼的，但總比挨餓要好得多。

輕輕關上冰箱門，鄭歎抱著一些小零食悄聲離開，他現在用兩條腿走路越來越熟練了。

翻窗戶的時候麻煩了點，兩條腿可不好翻，所以鄭歎又將這些小零食一袋一袋往外叼出去。

離開廚房之前，鄭歎看了看關著的廚房門下面的門縫，從縫隙可以看到一些白色的狗毛——

門那邊趴著那隻大白熊。鄭歎相信牠應該是發現自己了，但卻沒出聲。

——真是條好狗。對著那些打狗的人能齜牙，還會幫自己打掩護，挺聰明的。

覓完食，將幾袋小零食搬到閣樓，鄭歎再次趴在那個散發著霉味的抱枕上。他從沒想過自己也會像老鼠一樣在夜裡偷東西吃。

——淪落至此啊……

晚上睡覺還睡得好好的，不知道是不是藥物的緣故，鄭歎最近總是犯睏，有時候睡得很沉，就算有人在旁邊嘿咻估計他也聽不到。

次日，鄭歎聽到了幾個消息。對鄭歎來說，這些消息確實不錯。

第一，聽說賣貓肉狗肉的那條街上發生命案了。

出事的是桿叔，這位整條街的名人。死因是狂犬病發作。

很奇怪這位經驗老道的人物為什麼沒有打疫苗，或者說沒有及時打疫苗。按理說，他應該比別人更懂如何防護，可是最後還是沒逃過。

鄭歎聽這周圍的人談論的時候說了很多可能性，可能是疫苗出問題，可能是這位老手疏忽了，也可能是早就感染了卻沒打疫苗，或者是吃狗肉吃的，畢竟這條街的衛生狀況並不太好，做菜的時候偷工減料，沒能完全殺死狂犬病毒。這些都有可能。

總之眾說紛紜，但事實確實是那位有名的桿叔死於狂犬病。

除了這位有名的桿叔之外，還有一個人也倒楣，這人便是抓鄭歎的那個年輕人。

院裡。

聽說在桿叔發病的時候，年輕人去找他，結果被不太清醒的桿叔掄了一酒瓶，現在還躺在醫院裡。

聽到這兩個消息，鄭歎心裡很暢快，雖然他不瞭解那位桿叔，但聽周圍人討論，這老傢伙手上的狗命不計其數，還教出了一大批打狗抓貓的人，甚至還偷獵，死了也活該。

而且，由於桿叔的事情，現在整條街人人自危，就算自家餐館沒殺狗的都跑去醫院打疫苗，畢竟很多動物都可能帶有狂犬病毒。

至於那個年輕人，鄭歎心想：就算你能活著從醫院出來，別讓老子撞見，不然整死你！這仇，鄭歎是記住了。

除了這兩個消息之外，鄭歎還聽到這家人說這個週末要出去遊玩。到時候家裡沒人，方便鄭歎行事。

鄭歎想用這家人的電話打給焦爸，就算不能明確說出自己要表達的意思，至少能讓他們知道自己還活著。

鄭歎想得很好，電話通知焦家那邊，然後焦爸打電話過來聯絡這家的人，最後過來接自己。反正這家人週日晚上就回來，等也等不了幾天，總比自己一直流浪在外強。

兩天後的週五下午，這家人果然收拾好東西，等孩子放學回來就開著一輛越野車，帶著家人和狗出去了。

鄭歎等他們一走就迫不及待翻窗戶進屋，找電話。

客廳的沙發旁邊有個市內電話，鄭歎跳上去，手臂一彎將聽筒撈起來，然後抬著貓爪一個個按數字鍵，焦家的電話號碼鄭歎記得，在焦遠和小柚子房裡都貼著三個號碼，家裡電話、焦爸和焦媽的手機號碼。所以鄭歎對於這三個號碼熟記於心。不過到現在為止，鄭歎只在焦媽生病的那次打過電話給焦爸。

按下按鍵的時候，鄭歎還有些緊張，可是等按完號碼，聽筒裡那個聲音以萬年不變的語調說著「您撥的號碼是空號」時，鄭歎愣住了。

再撥，還是一樣。

焦家的市內電話換號了？

鄭歎又撥了焦爸的電話號碼，打不通；換焦媽的，還是不通。

——天殺的！這市內電話有問題嗎？！不能撥長途？

——也不對，昨天還聽到這家戶主打電話給國外的人呢，怎麼可能鎖長途？！

鄭歎不死心，又試了試，還是一樣的結果，氣得鄭歎恨不得摔掉電話機。

可惜他不記得楚華市那邊其他人的電話了，鄭歎蹲在沙發上抬爪子抓頭，早知道這樣就多記一些號碼，一個個試！

衛稜的、易辛宿舍的、趙樂的、小卓的、阿黃牠家的、大胖家、蘭老頭家、屈向陽家……這些人的號碼鄭歎一個都沒記！

那次衛稜還說過他新換的手機號碼，可惜那時候鄭歎轉身就忘了。

——他媽的！

——悔不當初啊！

布匹裂開的聲音響起，鄭歎回過神，看了看身下的沙發，他一不小心將這個布藝沙發撓破了。

——希望這家的主人不會聯想到貓身上……

鄭歎扯了扯耳朵，從沙發上跳下來，在廚房找了些東西填肚子，還翻出一罐牛奶喝了。

雖然吃飽喝足，但鄭歎還是感覺心裡不太安寧。

夜色降臨，偌大一棟別墅，安安靜靜。

鄭歎不喜歡這種冷冷清清的安靜，大幅度甩著尾巴一下一下地拍打地面。

周圍住戶的車輛駛過，光線變化，窗框的影子也在客廳的牆壁上移動著。

「嘀嘀——」

那家人回家之後還按了兩下喇叭，隱約能聽到他們站在屋外的說笑聲。

——吵個屁！

鄭歎煩躁地坐起身，翻窗出去，在夜色掩護下，也能避免被人捉走。

桿叔的事情讓那條街的人收斂了一些，再說這裡已經不在那條街的範圍內，沒有什麼人在外面抓貓。

鄭歎漫無目的地走著，來到社區邊沿，從柵欄空隙鑽出去。

還沒走多遠，路過一間速食店的時候，鄭歎的注意力被那邊兩個人的談話吸引了。

「行了，我有事先走了，等我從南城回來再找你。」穿皮背心的人對另一人道。

「你晚上開車小心點，到南城了打個電話給我。」

「知道。」

背心男揮揮手，向那人告別，然後甩著鑰匙往停車場那邊走，上了一輛貨車。

南城？

鄭歎趕緊跑上去，跳上那輛貨車的貨箱。

貨箱裡面除了那個背心男扔上來的一個行李箱和幾個袋子，就沒啥了，裡面的空間還很大。

鄭歎立起身，扒在貨車的貨箱邊上往外看了看，然後找了個擋風的地方閉眼休息。

快要睡著的時候，鄭歎突然想到一件事情，按照時間來算，如果這個時候還在南城上學的自己真實存在的話，好像和焦遠小屁孩一樣大？！

◆◇◆◇◆◇◆◇◆

說起南城，人們總會想到它那極具傳奇色彩的發展速度。

這個國際化的大都市總是吸引著無數身懷夢想的人們奔赴而來。

這一年，地鐵通車、中小企業開市、民間力量崛起等等，都在推動著南城的發展。

街上穿著西裝提著公事包的人們來去匆匆，打扮新潮的年輕人也越發顯得張揚。

坐在貨車貨箱裡面的鄭歎，抬頭看著外面那些高聳的大樓。倒退的地標似的建築開啟了鄭歎記憶中的一扇扇大門，猛地見到這些，鄭歎有種不知今夕是何年的恍惚。

陽光有些刺眼，但是氣溫很暖和，如果是身在一個比較安寧的環境，鄭歎不介意睡上一覺。

可惜，這裡並不是。

鄭歎對這座城市很熟悉，除了那些曾經經常出入的玩樂點之外，其他一些地方也開車去過，當年沒事就喜歡帶個妞出去兜風，所以很多地方都知道。

不過，畢竟這其中有著時間差，這座城市每年都在發生著變化，與幾年後相比，還是顯得稚嫩了，但卻不失活力。

公車站牌和街道路牌時刻在告訴鄭歎行車方向和路線。

貨車往市中心開，鄭歎也樂得如此。不過，他沒高興多久，這輛貨車就駛進了一個住宅區。這個住宅區在南城來說算不上多高級，規模也不算大。

在貨車停車之後，鄭歎立刻從上面跳了下來，沒讓那個司機發現。

跳下車之後，鄭歎首先找了個地方藏住。他不知道這個時候的南城對流浪貓是個什麼態度，街上如果見到流浪貓會不會被直接抓走？如果真當流浪貓抓起來，鄭歎可不確定自己每次都能順利逃掉。

此刻已經接近中午，感覺氣溫有二十來度，相比起楚華市那邊要稍微暖和一些。

鄭歎藏在一個角落裡，動動鼻子，嗅到身上一股臭味，身上還有點癢，不知道是不是惹跳蚤了，和其他貓關在同一個籠子裡，那麼多隻貓放同一間屋，惹上跳蚤的可能性很大。

——真是件麻煩事！

從被抓到現在鄭歎還沒洗過澡，身上都是灰，估計還黏著一些血跡。開狗籠的那時候架子周圍很多乾的或半乾的血漬，鄭歎不免沾上了一些，到現在還有味道。不過，好的是，身上的毛色讓這些汙漬並不明顯，看上去也不算太狼狽。如果是白色的毛那就不好辦了，沒用沐浴乳洗也很難洗乾淨，所以鄭歎很慶幸自己身上的毛是全黑的。

鄭歎從不自己舔毛，此刻在沒人幫忙燒熱水、幫忙梳毛的時候，他得自己想辦法解決。要讓自己看起來不像流浪貓，就得保持身上乾淨，毛也得順。

鄭歎在社區裡找了一圈，最後選擇了那個人工的水池，裡面還養著一些錦鯉等小魚。水池應該經常有人清理，水還算乾淨，假山也整理得很好。

趁著大中午沒多少人在外晃悠，鄭歎跳進水池裡面游了一圈，靠著假山蹭了蹭，洗掉身上那些黏著的髒塊，也將身上打結的毛順了一下，蹭了會兒之後鄭歎玩了會兒魚，將那些魚趕得到處游；不過鄭歎對於生魚沒什麼興趣，不會吃牠們。

覺得差不多後，鄭歎從水池裡出來，抖抖毛將身上的水甩掉。有時候鄭歎覺得很奇怪，為什麼貓身上有水的時候都是自己舔，而狗身上有水的時候則會使勁甩毛，或者在地上蹭，尤其是那些長毛狗，東區的撒哈拉就是，洗完澡就到處蹭，所以牠主人每次幫牠洗澡都得拴著牠。

鄭歎身上的毛不長，甩也甩不了多少水下來，風吹過來還感覺有些冷。現在可不能生病，生病估計就會被當瘟疫一般扔掉或者以其他方式處理掉。瞧了瞧周圍，鄭歎看到有個一樓的住戶晾曬在陽臺上的毛巾，他跑過去勾爪子撈過來一條，將身上的毛擦了擦，這種事鄭歎做起來已經熟練了。

沒沐浴乳，水池的水也就那樣，洗得不算乾淨，但也湊合，總比不洗好，洗了之後鄭歎也感覺清爽很多。

為了讓毛快點乾，鄭歎跳到一棵樹上，找個有陽光的地方曬曬毛。

社區還算寧靜，偶爾能聽到一些狗叫聲，綠化也不錯，不過沒有楚華大學的社區舒服。

鄭歎現在已經形成了一種習慣，到哪裡都喜歡拿來和教職員社區比較。

打了個哈欠，鄭歎換了個姿勢，背上的毛差不多乾了，但肚子上的毛還沒乾，所以側躺著，換個角度繼續曬毛。

——真懷念焦家那個兒童吹風機。

鄭歎閉著眼休息，但耳朵仍一直支起，警惕心這東西必須隨時帶著，不然就得被坑。有了這次被抓的經歷，鄭歎任何時候都不敢大意，更何況是在陌生環境下。

周圍偶爾有人走過，只要他們不是往這邊走，鄭歎就不會起身跑掉，盡量節省體力，畢竟現在不是那個什麼時候想吃什麼時候就能回家開冰箱的日子了。

細小的腳步聲傳來，或者說只是走過時摩擦草叢的聲音，鄭歎耳朵動了動，這不像是人的，也不是狗，狗爪子在地上走動的聲音鄭歎知道，所以——是同類。

鄭歎睜開眼瞧過去，一隻白色的波斯貓邁著優雅的步子朝這邊過來。

很多人說，波斯貓天生就是一副嬌生慣養的樣子，也給人一種華麗高貴的感覺，像是一個貴族，不是土貓能比的。

鄭歎不管牠貴不貴族，此刻他正盯著那隻波斯貓脖子上的貓牌，尾巴尖動了動。好像，還有個不錯的法子……

就算身上的毛比較乾淨，但也沒有什麼保障，並不是大都市的人們區分流浪貓和寵物貓最直接的辦法。而貓牌就像是人的身分證一樣，在這樣的大都市有重要的作用，有時候能改變路人對你的態度。

有貓牌，證明主人家對貓比較重視，也告訴人們這貓有靠山。

要擺脫流浪貓的印象，鄭歎還得從貓牌下手，畢竟自己又沒長著一副名貓樣，只要出去打兩個滾沾上灰塵，估計就會被人認為是流浪貓。

那隻波斯貓並不知道鄭歎的想法，也沒察覺到鄭歎的存在，肯定也不知道有誰在打牠貓牌的主意，依然邁著優雅的步子往幾棵大樹這邊走，走過來蹭了蹭樹身，磨磨爪子，再尿個尿、圈個地盤什麼的。再優雅的貓，也不會擺脫掉某些天性。

鄭歎已經不再躺著了，他從樹枝上悄然挪過去，等在那裡。

那隻優雅的波斯貓依然陶醉在自己的世界中，圈完地之後估計還準備過去旁邊的池塘看魚。

當牠翹著尾巴路過鄭歎所待的那棵樹時，鄭歎瞧準時機往那邊撲過去！

在東區的時候，鄭歎看阿黃和警長牠們玩耍打架，知道貓一般就那幾個技能用得最多，要麼撓，以打陀螺似的氣勢打巴掌，要麼抱著咬，雙腿再來個連環踹。

所以，為了避免那些情況發生，鄭歎撲過去之後騎在牠背上，壓根沒讓這隻波斯貓翻身起來。

波斯貓使勁掙扎著，發出憤怒的「喵嗚」一聲，但畢竟比不上鄭歎的力氣。

鄭歎將牠摁在地面上，一邊空出爪子解牠脖子上的貓圈。

貓圈還是皮質，像皮帶那種扣式，而不是鄭歎以前戴著的那種彈力扣；這塊貓牌還是土豪金的顏色，金屬刻字。

要摁住一隻貓，還要保證別將牠壓成內傷或骨折，確實不太好控制力道，而且這貓身上的毛又厚又長，壓上去的胳膊容易打滑，鄭歎費了好些氣力。果然還是人的手摁起來比較容易，貓爪子還是沒人手靈活，解貓圈的時候好幾次差點被這貓翻身過來撓一爪子。

這貓看上去挺溫和的，但被壓著的時候實在暴躁。

「喵嗚——」被壓地上的波斯貓低吼，像是要立刻過來撓鄭歎，充滿了憤怒。

——喵個屁！只是借個貓牌用用！乖乖將貓牌交出來就行了！

這種長著一張高貴外表的貓，就算不用貓牌也沒誰會認為是一隻流浪貓，再說丟了貓牌之後，牠主人肯定會再給牠一個的。

為了讓自己的安全有保障些，鄭歎只能打劫這位兄弟了。

「咦，那兩隻貓在幹什麼？打架嗎？」一個小女孩的聲音從不遠處傳過來。

鄭歎朝那邊看了看，是兩個小孩子，還沒焦遠大，剛才出聲的小女孩年紀和小柚子差不多。他們與鄭歎所在的地方之間還隔著一座水池，所以鄭歎並不擔心他們立刻跑過來。

小女孩旁邊還有個十歲左右的男孩子，看到鄭歎這邊的情形後立刻捂住小女孩的眼睛，「哎呀，光天化日之下，羞羞！」

鄭歎：「……」

——羞你個屁啊！

——這小屁孩想哪兒去了？！

看著那兩個孩子跑遠，鄭歎繼續和貓圈奮鬥。

好不容易將這隻波斯貓脖子上的貓圈解下來，鄭歎叼著貓圈就往後退，不過這隻波斯貓翻身起來之後並沒有朝鄭歎攻擊過來，弓著背警惕地看了看鄭歎之後就跑了，估計回家找安慰去。

叼著貓圈爬上樹，鄭歎調整了一下鬆緊度，讓自己隨時能夠直接將貓圈取下來，這樣戴著看上去稍微鬆了些，金晃晃的貓牌在黑色毛的襯托下太惹眼，但總比沒有好。

彎爪子將貓牌勾起來看了看，上面刻著那隻波斯貓的名字。

「凱蒂」？

這名字真洋氣，問題是幫一隻公貓取這名字不彆扭嗎？鄭歎還是覺得「凱撒」更霸氣些。

算了，將就著用用。

調整好貓圈之後，鄭歎沒有立刻戴上，而是先將貓圈藏好，然後圍著社區走了一圈，找了個住戶翻進去「拿」了點東西吃。

那家只住著一個人，正在午睡。鄭歎沒驚動那人，吃飽之後就出來了，戴好項圈，出了社區。

從社區出來，鄭歎準備搭便車。

決定來這個城市的時候，鄭歎就已經有了計畫。

鄭歎以前極少坐公車，年紀太小還不能開車的時候，出門就搭計程車，不去和人擠公車，正因為這樣，才能給很多人留下闊少的印象。當然，「闊少」的後面還有個「冤大頭」的尾巴。

順著人行道往前走，鄭歎來到一個站牌前。

有幾個等車的年輕女孩看到鄭歎，還蹲下來逗一逗他，周圍人看到也只是笑笑，沒有太多其他的話。

這就是戴著貓牌的好處了，在很多人看來，戴著貓牌、皮毛乾淨就意味著眼前這隻貓是打過疫苗的，被照顧得很好的家養貓，而不是那些身上可能帶著病菌的流浪貓，所以他們就算不怎麼喜歡貓也不會太過嫌棄。如果是沒戴貓牌的、看上去又很普通的貓，即便這貓表現得很親近人，他們也會很排斥。

鄭歎面對那幾個年輕女孩也沒有立刻甩臉走人，很配合地上去蹭蹭，被妹子摸兩把也樂意，如果她們拿出一些鑰匙串上的小玩意，鄭歎還假裝很感興趣地抬爪子撥兩下，賺取她們的好感。

在假裝配合的同時，鄭歎也留意了站牌上的公車線路和各個站牌，很多站他不熟悉，但一些標誌性的建築名和地名還是知道的。

大白天他不好行動，只能等晚上去蹭車。

摸清大致路線之後，鄭歎找了個地方待著，等待夜晚的降臨。

不可能每次都能找到那種貨車蹭車，也不是每輛貨車和小貨車都走鄭歎計畫的路線，所以鄭歎決定蹭的車是公車。

遊覽車那種大巴就算了，電車也別想了，以免意外，鄭歎選擇的是現在比較普通的市區公車。好不容易等到天黑，鄭歎看著那些擠得滿滿的公車就胸悶，還好自己不用上去擠。

待自己要的那路公車往站牌開過來，沒等公車司機開門，鄭歎就加速往那邊衝，然後縱身跳上公車的車頂。車內比較吵，也沒誰聽到頂上發出的響聲。

「剛才怎麼回事？！」一個靠窗的乘客感覺餘光掃到黑色的影子一晃而過。

「什麼怎麼回事？」

「算了，估計是我眼花，我先睡會兒，到站了叫我。」那人說完便靠著窗戶開始打起盹來。

而此刻跳上車頂的鄭歎還有些詫異，原本他還以為自己在跳躍的時候會踩一下車窗或者其他什麼來輔助的，沒想到往車那邊加速的時候，突然就有一種強烈的自信能夠直接跳上去的感覺，再然後就已經到了車頂。

他動了動腿，也沒有什麼不適感。

「嗤——」

乘客們下車上車已經完畢，公車門關攏，開動起來。

鄭歎趕緊跑過去勾住公車天窗那裡的凸起。車頂比較光滑，公車速度快起來之後再一個急轉或者急停的話，鄭歎很可能會被甩出去，所以得牢牢勾住固定物來穩住自己。

估計誰也不會想到這輛很普通的公車頂上竟然還趴著一隻貓。

鄭歎分辨不出車到了哪裡，也只能留意每次到站之後公車裡的報站聲。

這輛車的行車路線只有一段是鄭歎期望的，所以在到達某個站之後，鄭歎得下車，再換其他路線的公車繼續蹭車。

有些公車是晚上九點多就停班，有些是整夜都通車。每次換車的時候，鄭歎還得看一下即將要乘的這路車幾點停班，最好是那種整夜通車的，這樣就不用怕等不來車了。

乘公車很麻煩，但為了達到目的地，鄭歎不得不一次次重複這種麻煩。這樣轉轉換換，鄭歎也離心中那個目的地越來越近。

在中間一個站停車的時候，鄭歎突然聽到有人在叫自己。

「喂，鄭歎，等會兒！」

是個孩子的聲音，鄭歎想不起來是誰。

鄭歎朝聲音傳來的地方看了看，只看到幾個小孩坐進一輛計程車的背影，夜間的光影交錯，看得並不真切。

這個站牌周圍有電玩城，鄭歎回想起來，小時候經常來這裡，興致來了就蹺課過來，一玩就是一整天。雖說很多地方未成年人不准進入，但那也只是明面上說說而已，只要甩錢，自然有玩的地方。

那輛計程車走遠了，路線和鄭歎計畫的是同一個方向。但是鄭歎看不清楚那輛車裡乘客的模樣，只能隱約看到裡面坐著的是幾個孩子。

莫名有些緊張，以至於公車突然啟動的時候鄭歎差點沒抓住而滑出去。

到站下車，鄭歎蹲在離月臺不遠的地方看著站牌處的各路公車線路顯示。這是轉的最後一趟車，等那路車過來之後，再開個七、八站就很接近了。最後那一站的名字就是鄭歎以前住的社區名字，很好認。

正想著，鄭歎突然心生警覺，側身一躲，剛才蹲的地方一顆橡皮軟彈打在那裡，然後彈起來不見了。

經歷過被抓一事，鄭歎的警覺性提高很多，對周圍危險的感應力也敏銳了些，所以才能那麼迅速地避開射過來的橡皮軟彈。

這種橡皮軟彈鄭歎以前也玩過，孩子們都喜歡的玩具槍，焦遠也有一把。側頭看過去，鄭歎見到有幾個年輕人坐在橫欄那裡，看著像是喝多了，估計是一時興起看到路邊有一隻貓，就抬起玩具槍打了過去。

他們平時喜歡玩射擊遊戲，橡皮彈、彩彈野戰都玩過，現在手上的玩具槍就是剛才在俱樂部玩射擊遊戲贏的。雖然對這種小孩玩具看不上眼，但閒著無聊也能用貓打發一下時間，而且就算是喝過酒，他們對自己的射擊技術也很有信心，本以為會聽到貓的慘叫，沒想到那隻貓竟然能夠躲過去。

於是，他們來勁了，幾個人起身往鄭歎這邊過來。

——操！

鄭歎心裡暗罵一聲，運氣真他媽不好！

那邊幾個年輕人拿著玩具槍，跟瘋子似的叫喊著，追趕鄭歎，一顆顆橡皮軟彈射出來。

鄭歎不想跑太遠，他還想等最後那趟公車，可是後面那幾個瘋子一直緊追著他。鄭歎一邊跑，一邊觀察著周圍有沒有躲避的好地方。

轉彎處有一輛廂型車，尾部後車箱的門開著，鄭歎直接衝了進去，找個地方躲起來。

廂型車的司機一隻手夾著菸搭在車窗上，跟站在車外面的人說話，壓根沒注意到自己車上多了一隻貓。

廂型車裡面除了司機之外沒有其他人，車座上都放著一些貨物，像是電視機之類的家電，後車箱那裡也堆著一些，後面都是日用品，牙膏、沐浴乳、洗髮精等等。鄭歎就躲在這些貨物後面，從縫隙裡看著外面那幾個瘋子一樣的年輕人跑過來。

「那隻貓去哪兒了？」其中一個年輕人撥弄了下頭髮，說道。

這周圍都是一些商場，轉過彎之後，除了道路兩旁的樹之外，沒有其他矮灌木和花壇了。

「難道爬樹上去了？」另一個年輕人說著，還看了看周圍的幾棵樹。

之前最開始朝鄭歎射擊的那個人掃了周圍一圈後，朝這輛廂型車走過來。

鄭歎往後縮了縮，壓低身體，盡量將自己隱藏起來。

而就在那個年輕人越走越近的時候，又一個人來到小廂型車後，這人就是剛才跟廂型車司機說話的人，他抬起手，將後車箱的車門使勁往下拉。

「啪！」

廂型車的後車門關住。

鄭歎：「……」

轉頭看看，司機已經抽完菸，將車窗關住，鄭歎想從車窗跑出去的打算也泡湯了。

——天殺的！

——時運不濟，命途多舛！

再多的美妞也不足以平復此刻鄭歎內心撒蹄子奔騰的羊駝駝。

鄭歎現在突然很想大吼一聲：放老子出去！

但是，回應鄭歎的是引擎發動的響聲。

就像有一雙無形的手，在你接近目標的時候又將你強制隔開。

無法反抗。

兩次都明明那麼接近了，卻還是這樣一個結果。

天意嗎？

鄭歎不知道。

車內，司機放著一些懷舊金曲，好幾首鄭歎以前經常聽將軍那隻賤鳥唱過，再配合此刻鄭歎的複雜心情，讓他有種撞牆的衝動。

這裡沒有牆，鄭歎撞了後車座。

車內音樂聲太大，司機也沒聽到車後面的異常聲音，還在自我陶醉中，跟著哼唱。

過了會兒，司機的手機響了，他將音樂調小，接了通電話。

鄭歎很想說開車打電話很危險，不過這種事他自己以前也是經常做，甚至連酒駕也是常事。鄭歎真心覺得，自己能平平安安長那麼大真是幸運。

「……行……到時候我打電話給他……嗯，我知道打市內電話……對了，京城那邊區碼多少來著……010……好……我知道了……」

司機歡喜地講著電話，而鄭歎卻有種陷進淤泥之後又遭雷擊的感覺。

——區碼？

——靠！上次打電話沒加區碼！

——至於手機，撥打外省長途大概似乎好像還要加個0？

——鄭歎，你就是頭豬！

太久沒接觸手機，連這個基本上常識都不記得了！

鄭歎恨不得狠狠搧自己幾巴掌，關鍵時候腦子欠打！偏偏那時候還打得厲害，他是真沒想到。觸手可及的機會就這麼過去了，還白受了這麼多苦，現在的處境更是無法預測。

如果焦爸知道，肯定會深深自責沒有教自家貓撥打長途的技巧。

鄭歎趴在一個紙箱上，回想當時打電話時的自己，腦子確實有些不太清醒、不太理智，一定是藥物的副作用，嗯，通信公司也有錯！就算不能識別外地號碼也要做出某些提示啊！

不管怎麼樣，機會錯過便是錯過了。

——現在怎麼辦？

鄭歎懊惱。

——不然把司機揍暈跳車？

鄭歎瞧著車窗外閃過的路燈，推測一下車速，再看看外面來來往往的車輛，危險也不小，一個不小心就得釀車禍。

——算了，等到達司機家時再找機會打電話吧。既然已經找到關鍵所在，就不怕無法解決。

鄭歎依然抱著樂觀的心態，計畫著後面的行動。

可是，當車停了下來，趁司機搬貨離開、鄭歎竄出廂型車的時候，他被滿視野的樹林和田地驚呆了。

——這……天殺的這又是哪裡啊！

第七章

貓用幾條腿走路？

鄭歎從車上下來的時候，天已經有些濛濛亮。

由於想事情想得太投入，鄭歎並沒有去注意這輛廂型車到底跑了多久，他甚至壓根沒料到會倒楣成這樣。

只是碰巧坐了輛車，這車就出城了。他連這地方到底還在不在南城都不清楚，不過，依照時間來看，恐怕是早就離開南城老遠了。

入眼的都是一片片樹林，和一直蔓延到天邊的田地。

鄉野之地，卻並不算貧窮，居民的房舍都偏現代化設計，只有少數幾處還保留著那種老式的瓦房。

鄭歎不知道這個地方究竟是地圖上的哪處，不過，看那些居民的房子很多都是兩、三層的平房，知道這些人的生活條件不錯就好，這樣找電話也簡單一些，如果是太過貧困的地方，估計很難找到電話。

鄭歎先記下了廂型車司機他家的地址，如果司機再出車的話，他還可以繼續蹭車。之後，鄭歎準備先在周圍遛一圈，熟悉一下地形和這個陌生的環境。要等待機會，就必須安然地度過等待的這段日子。

看看哪些住戶比較好下手，容易找得到食物，還要看看哪些村民家裡有電話機，以及容不容易找到機會去打電話。還有一點比較重要的就是，為自己找個比較安全的地方。

要安全的話，鄭歎還是偏向比較高的樹枝。或許由於這個時節這邊的氣溫比中部地區稍微高一些，暖和點，很多落葉喬木都枝繁葉茂，這利於鄭歎藏身。

在村落周圍轉了下，鄭歎碰到幾隻土狗，還有在外抓蟲子玩的貓，都是放養的。看到牠們悠哉地到處閒逛，鄭歎也安心了些，能看到這些貓狗在外閒逛，就說明這裡沒有什麼人打狗抓貓。

找了棵枝葉繁茂、綠蔭如蓋的大槐樹作為天晴時的臨時落腳點，鄭歎跳上去試了試，總體來說還算滿意，他選了根樹枝趴下來，看看周圍。

在這裡能夠看到村落那邊的景況，同時離得又不算很近，不會被那些村民騷擾。

這棵槐樹附近有一片柑橘園，裡面拴著兩隻土狗。鄭歎剛才就看到有一隻貓進了柑橘園，從那兩隻狗眼前走過，那兩隻狗卻只是看了牠一眼，然後什麼反應都沒有了，估計是彼此之間已經熟悉，懶得叫喚。

一隻黑色的蝴蝶從大槐樹旁邊飛過去，飛進柑橘園，在柑橘樹之間飛舞。

鄭歎記得這好像是一種鳳蝶，以前在蘭老頭的小花圃裡也見到過類似的，最後那隻飛進小花圃的鳳蝶被蘭老頭做成了標本。當時還有幾個學生在場，鄭歎聽到他們談論，說在有些地方，這種鳳蝶就是傳說中的梁祝蝶。

這梁祝蝶也有講究，能作為梁祝蝶，這種蝴蝶就必須是性二型。所謂性二型就是說，雌性個體和雄性個體有著固有的明顯的差別，能夠讓人們透過這些差別來判斷牠的性別。

梁山伯和祝英臺一個男一個女，再聯繫到傳說故事，人們就覺得他們化成蝴蝶的時候也應該有區分。反之，比如蝴蝶種類中的達摩鳳蝶等，由於雌雄鳳蝶的顏色都差不多，不容易分清楚，也就不被提倡作為梁祝蝶。

鄭歎看這隻鳳蝶翅膀上的花紋，像是雌蝶，也就是「祝英臺」？

鄭歎正欣賞著「祝英臺」，突然，之前走進柑橘園的那隻貓從一株柑橘樹後跳起來，一爪子將那隻蝴蝶拍下來，連著拍了幾下，爪子撥動著玩玩，然後，就吃了。

鄭歎：「……」

不知道那些聲情並茂地講述傳說故事的人見到這一幕會是什麼感想。梁山伯與祝英臺化成蝴蝶雙雙飛之後，被貓吃了？估計聽到這個殘酷版故事的人表情一定如便秘一般。

打了個哈欠，鄭歎瞇著眼睛開始睡覺。沒辦法，要有所行動的話就必須得等晚上。

鄭歎睡覺的時候做了個夢，夢到過年那段時間在焦家的日子，記得那天鄭歎和兩個孩子坐沙發上看電視，節目是《看狗在說話》，那時候焦遠還說：「黑碳吶，一定要記得回家的路，要是你走丟了我們又找不到你，你能自己回來嗎？」

留南城還是想辦法回楚華市，對於這個問題，鄭歎心裡一直矛盾著。不過，他最後還是決定回楚華市，貓與人的生活畢竟是不一樣的，能夠找到一個不錯的家庭，真的很不容易，更何況他已經開始想念那裡了。

一直等到夜幕降臨，鄭歎從槐樹上跳下來，朝村民的房子那邊走。

這地方的人吃晚飯吃得早，睡覺也睡得早，也省得鄭歎等太久。

先找了幾戶人家，翻出點食物來吃，不太美味，也只能將就一下。吃完就去找電話，找電話這件事情有些難度。

這地方的人喜歡將電話機放在臥房裡，還放在床頭，也就是說，這電話晚上一直有人守著。

鄭歎換了好幾家都是這種情況。就算這些村民晚上睡著，鄭歎也不敢立刻過去打電話，電話機就在他們床頭，很容易驚醒他們。

鄭歎可不想被人當作怪物，所以也只能繼續尋找，看有沒有好下手的住戶。

那些家裡養狗的，鄭歎不會選擇，這些狗並不認識鄭歎，見到就叫喚。對於這個，鄭歎也沒辦法，但偏偏大多數村民家裡都養狗，讓鄭歎的選擇面又窄了很多。

好的是，鄭歎最後還真找到個不錯的住戶，而更巧的是，這戶就是開廂型車的司機他家。

躲在暗處聽著那些村民們談論了一些事情，鄭歎才知道，原來那個廂型車司機的弟弟準備結婚，前幾天他去南城那邊有事，順便買一些相關的用品，也幫忙帶一些家電。

婚期就是後天，這戶人家有個院子，由於他們擺露天酒席，但廚房不夠大，就在院子裡開伙。現在他家的人基本上都在院子忙活著，晚上天黑了就點燈繼續忙活。

這樣一來，房間裡就沒人了；更好的是，這家還沒養狗，這讓鄭歎很滿意。

一樓是老人們住的，電話機不在這裡，客廳也沒什麼東西，鄭歎不多瞧。

這戶人家二層小樓旁邊還搭著一個簡易的棚子，放車用，鄭歎就是從這個簡易的車棚上翻進二樓的。

二樓的臥房裡面有電話機，和其他住戶一樣，電話機就放在床頭櫃上。鄭歎觀察了下，二樓這時候確實沒大人在，都去院子裡幫忙了。隔壁小房間裡有個不大點的小女孩，看著像是上幼稚園的年紀，她自己趴在地墊上看書。

只要沒大人就行，就算被這種數數都不會的小孩子看到，鄭歎也覺得無所謂。小孩子的話，大人們都不當真的。

鄭歎從窗子跳進去，激動地朝電話機跑，跳上床頭櫃，撈起聽筒就撥了熟記在心的號碼。當然，這次肯定沒忘記在手機號碼前面加0，至於市內電話，鄭歎不太記得楚華市的區碼是多少了，所以撥打的是焦爸的手機。

這時候，焦家的人應該都在家吧？焦爸應該也在家。

鄭歎撥完電話後興沖沖等著。可是，聽著話機裡的提示聲，鄭歎的心情一下子又陰沉了。

——混蛋！這家的電話居然沒開長途鎖！

——開鎖還得找鑰匙！

——去哪兒找鑰匙啊？！

鄭歎翻了翻抽屜，壓根沒看到那種開話機長途鎖的小鑰匙。他就納悶了，有必要將電話的長途鎖鎖起來嗎？像這種地方，不是應該經常使用長途電話的嗎？

喪氣地將話筒重新放回去，鄭歎蹲在那裡想了想，這些村民家裡的話機不會每個都鎖長途，一個個試？不過最好能夠偷到那個司機的手機，其他人的手機也行，至少手機不會像市內電話這麼麻煩。

看了看這間臥室，因為家裡要辦喜事，桌子上很多糖果之類的，還有其他零食，估計是專門用來招待客人的。

鄭歎從一個大包裡面翻了一袋牛肉乾出來，還有魷魚絲，拿出來後又將大包的拉鍊重新拉攏，然後跳上窗戶，抱著兩袋零食準備離開。

站在窗戶那裡的時候，鄭歎是用手抱著零食、兩條腿站著的姿勢，準備跳下去。跳之前，鄭歎察覺到有人看著這邊，側頭望過去。

剛才還在隔壁房間看圖畫書的小女孩，此時正躲在這間臥房的門外看著這邊，沒大聲叫，眼裡帶著好奇。

鄭歎頓了頓，然後沒理會她了，直接跳下窗臺。兩條腿跳躍不那麼方便，但找電話的時候跳了幾次也還行。能空出手來抱東西，鄭歎也願意這樣，反正這時候除了那個小女孩之外沒誰看到，怕個啥？再說自己也不會一直留在這個地方，被發現大不了直接跑路。

鄭歎是走得瀟灑，但對孩子卻造成了不小的影響。

晚上，媽媽過來拿著圖畫書教小女孩數數，從一數到十。為了配合記憶，媽媽還特意結合現實中的一些事物來教導。

「小鳥用幾條腿走路？」媽媽問。

「兩條。」小女孩伸出兩根手指頭。

「大黃狗用幾條腿走路？」

「四條！」小女孩數了數圖畫書中畫的那條大黃狗的腿，說道。

「對，真聰明。小貓咪用幾條腿走路？」媽媽面帶笑意地問。

小女孩想了想今天見到的那隻貓，掰著手指頭數了數，然後伸出兩根手指，「兩條！」

媽媽：「……」

鄭歎對於自己造成的影響一點也不知道，此刻他正抱著兩袋零食往大槐樹那邊走。這個時候田地裡也沒人，果園那邊只有幾隻狗守著，沒誰會看到這裡有一隻用兩條腿走路、還走得特別自然的貓。

鄭歎一邊走，一邊琢磨著「借」手機的法子，突然聽到一陣微弱的哼唧聲。又支著耳朵聽了聽分辨了下，鄭歎感覺這有些像狗發出的聲音。

將手上的零食放下，鄭歎往聲音傳來的那邊走過去，如果有什麼危險的話，這副樣子，四條腿還是跑得快些。

那邊有個凹坑，估計是以前誰蓄水養過什麼東西，現在凹坑裡全是雜草。而此刻在這個凹坑裡面有一個鐵籠子，籠子裡有三隻小狗，兩隻趴在那兒沒動靜，只有一隻個頭稍微大點兒的在裡面爬動，不斷發出哼唧哼唧的聲音。

狗崽？

還是關在狗籠裡的。

這種狗籠並不像鄭歎在狗肉貓肉館見到的那種，眼前這個狗籠顯然更高級一些，看著像是給寵物狗用的。

鄭歎記得今天從大槐樹那裡往村民房跑的時候，還沒聽到有什麼動靜，這應該是在他找電話的那段時間發生的事情。不過，找電話的時候避開了一些養狗的住戶，這狗籠和狗到底是誰家的就不得而知了。

動了動耳朵，周圍沒有其他人的聲響，也沒有陌生人的氣息。

鄭歎湊到籠子前看了看，由於狗崽太小，鄭歎也看不出個所以然來，不知道是什麼品種，他對這個也沒研究。

狗籠的籠門沒有鎖，但有個小卡口卡在那裡，狗崽也不會開，被困在裡面不知道多久了。

山野的夜間氣溫比較低，雖不至於深秋嚴冬的那種，但也並不是這樣大小的狗崽能夠承受得住的。狗和貓一樣，比人類的體溫略高一些，周圍環境的氣溫十來度，這樣的溫差不知道狗崽能不能抗得了。

察覺到站在籠子外面的鄭歎，那隻叫喚著的狗崽朝鄭歎這邊過來，隔著籠子看著鄭歎。見鄭歎不動，牠繼續哼哼，還用沒長出來多少的小牙咬籠子。

鄭歎爪子一勾將籠子門打開，那隻狗崽頓了頓，試探兩下，然後跑出來。

雖然還是狗崽，但這種狗的體型應該比較大，相對於現在的鄭歎來說，這三隻狗崽單論體型的話，比自己小不了太多。

沒管那隻跑出來的小狗崽，鄭歎看著籠子裡沒動靜的另外兩隻，抬爪撥了撥，還是軟的。本以為這兩隻狗崽已經死了，沒想到這兩隻還蹬了蹬腿，嘴巴張了兩下。

——睡太熟了？

鄭歎看看周圍，這個凹坑太大，根本擋不住風，夜間的風比較大，如果這三隻繼續扔在這裡，估計活不了太久。

但是鄭歎不想惹上這個麻煩，自己都生活困難了，哪有心思顧上這三隻狗崽？還是早日偷一部手機琢磨回楚華市的辦法比較實在。

但是，鄭歎轉身走了兩步，跑出籠子的那隻在周圍閒晃的狗崽立刻湊過來，在鄭歎身邊蹭了蹭。鄭歎將牠推到一邊，牠又歡騰地跑過來，估計還以為鄭歎在跟牠玩耍。

鄭歎索性直接將這隻狗崽扔進籠子裡了，關上籠子門也沒管牠又開始哼哼唧唧叫喚，再次轉身離開。

只不過，他走了十來公尺，步子又慢了下來。

鄭歎回頭看了看蹲籠子邊上直直瞧著這邊的狗，夜空繁星點點，藉著星光，鄭歎能夠看到那狗崽身上基本上是白色，一隻眼睛那裡有大片黑色，像帶著獨眼眼罩似的，這讓鄭歎想起來社區裡的牛壯壯。只不過這兩者的長相不同，牛壯壯那個大頭太特別，這隻狗仔的身體比例不至於像那樣，也不像是村裡常見的那種土狗，估計是隻串串狗（注：混種狗），不然不會被主人家棄掉。

鄭歎以前在社區裡閒晃的時候也經常聽那些養狗的人談話，知道很多養狗的人的態度，如果他家狗生的狗崽讓他們不滿意就會直接扔了。

撒哈拉牠家主人這麼說過：「狼行千里吃肉，狗行千里吃屎。明知道牠吃屎還養著牠，不在意血統、不在意品種，每天費心思照顧，容忍牠在家裡刨坑挖洞埋骨頭、咬桌椅甩口水拆遷造反的，那一定是真愛。」

就算是土狗，也有人愛的，那可是經歷了數千甚至上萬年的自然和人工篩選得出的犬種，其中不乏通曉人性、悟性好、忠實聽話、捕獵能力強的個體。

至於串串狗，很多名種也都是混種出來的。

所以，扔狗的那家人，那絕對不是真愛。

等鄭歎回過神來的時候，他已經再次走到籠子旁邊了，裡面那隻狗崽哼唧得更厲害，還發出嗚嗚的聲音。

——嘖，煩死了！

鄭歎想，反正現在也沒事，順手搬走找個地方扔下就行了。

記得那棵大槐樹旁邊有一些矮灌木叢，那裡應該能擋風，而且那邊也沒人經常過去。

舉起籠子，鄭歎往大槐樹那邊走去。至於那兩袋零食，待會兒再去撿回來，反正這時候也沒人會去撿。

矮灌木那邊由於村民往走的比較少，草木比較密集，擋風正好。

放下籠子調整了一下位置之後，鄭歎又折了一些樹枝放籠子上方做個遮掩，扯了點藤蔓之類的繞在周圍，這樣應該不會太容易被發現吧？

布置好之後，鄭歎回去撿那兩袋零食，但是撿零食的時候突然想到：那狗崽餓一晚上會不會餓死？應該不會吧？就一晚上而已……

雖然這麼想著，但鄭歎覺得，如果那狗崽真的餓死了，自己這一番忙活就白費了，於是扔下兩袋零食，跑去村民那邊。

廂型車司機他家的人已經睡下，院子裡搭起了一些大鍋和蒸籠，鄭歎看了看，在其中一個蒸鍋裡面找到些粥，還是熱呼呼的，放這裡沒太久，估計是這家人沒吃完就放著了。

看了看周圍，鄭歎找到主人家待客用的免洗碗，裝了一些粥。另一個大鍋裡面還有一些已經煮熟的雞蛋，鄭歎找了個裝菜的袋子裝了幾顆。

粥端到大槐樹那邊的時候已經不熱了，鄭歎也找不到東西加熱，反正他就抱著試一試的心態將粥端過來的，還放了個雞蛋進去，蛋白鄭歎自己吃了，將蛋黃放裡面碾散和粥拌一起。

這要是以前的鄭歎，肯定不會做這些，至於現在的行為，姑且將之歸為在外流浪的衍生情緒。看著碗裡攪成糊狀的粥，鄭歎覺得真沒胃口，不知道狗崽能不能吃這些，如果狗崽不吃，他也不管了。

他打開籠子將碗放進籠子的一角，關好籠子，再去撿回那兩袋零食，爬上樹休息。

半夜，鄭歎聽到籠子裡有嗒吧嗒吧的聲音，應該是狗崽在吃，而且好像還不止一隻。

快天亮的時候鄭歎跳下樹看了看，碗裡已經沒有粥了，之前那兩隻鄭歎還以為牠們活不了，現在看牠們兩個肚子鼓著，呼吸也有力了，估計是半夜爬起來吃過。

生命力強就是好啊！

第二天鄭歎繼續往外跑，瞭解村民們在哪個時間段會做哪些事情，如果村民們去田裡或者果園裡忙活，就算是白天，鄭歎也要去試試偷電話。不過這天也沒什麼收穫，最後又跑到司機他家去覓食，跳到二樓去看了看，再次拿走一袋小孩子吃的那種拇指餅。

離開之前，鄭歎又看到了那個小女孩。和之前一樣，小女孩躲在門後看著鄭歎這邊，看得很認真，還掰了掰手指，像是在確定什麼。

鄭歎不知道她在幹什麼，這時候也聽到了腳步聲，忙活著的司機和他老婆終於上樓，鄭歎趕緊抱著餅乾跳下窗臺，跑了。

洗完澡閒下來，小女孩的媽媽又拿著圖畫書教導她。

前面幾個問題小女孩回答得都很好，司機夫婦很滿意。但是，最後媽媽想了想，問起「小貓咪用幾條腿走路」的時候，小女孩回答得不那麼乾脆了。

「二……四……」本來準備說「二」的小女孩，看到媽媽驟然變色的臉，改了口，但是覺得很委屈，於是「哇」的一聲哭出來。

這個問題實在是太難了！到底是兩條腿還是四條腿呢？

鄭歎根本不知道自己帶來的麻煩，連續找了兩天，也沒找到一個合適的機會，那幫村民就算有手機也貼身帶著，藏得很好，生怕被誰摸走了。

也是，在這個年代，手機還是很貴重的東西，不像幾年後那麼氾濫。只是這樣一來，就苦了鄭歎。

三隻狗崽現在精神好了很多，鄭歎白天會把牠們放出來玩一會兒，三隻狗崽也不亂跑，就在周圍玩，鄭歎趴在離籠子不遠的樹上看著。

其實，要是能一直放在籠子裡當然會好很多，但這三隻狗崽還得尿尿或者拉屎。拉籠子裡太麻煩，鄭歎清理了一次就不想清第二次了，便直接將三隻狗崽放出來，拉完屎再扔進籠子裡去。

白天看著三隻狗，晚上去找機會偷手機，也找點食物回來餵狗崽，就這樣持續了一週。

這天，三隻狗崽在外頭玩，那隻吃蝴蝶的貓跑了過來，三隻狗崽就蹦躂著追過去，鄭歎也沒阻止，依照這一週的情況來看，三隻狗崽追不上就會乖乖回來，不跑遠。

但鄭歎沒想到，那隻貓並沒有直接跑掉，而是走走停停，還跟三隻狗崽玩一會兒。估計那貓平時和狗相處多了，也不排斥，玩得倒挺開心，時不時跑過去撩撥幾下，讓三隻狗崽追著咬。屁大點狗崽，就算長牙了，咬起來力道也不大。

鄭歎沒去管牠們，相處融洽是好事，還有貓陪玩，就更不用鄭歎操心了。

正準備瞇一會兒，鄭歎聽到有人聲傳來。

從葉縫間往外瞧去，鄭歎看到一個三十來歲、揹著大包的男人正往這邊走，走的同時還拿著一部手機，跟人講電話。

那個男人講電話的口音並不像是本地人，看身上的穿著有些落魄感。

落不落魄鄭歎沒心思多想，他現在就盯著那人手裡的手機了。

鄭歎看手機看得太專注，沒注意三隻狗崽和貓都往那人跑了過去。

那人打完電話，蹲身為蹭過來的貓撓了撓下巴，然後有些詫異地看著三隻狗崽。

見到陌生人，狗崽沒有立刻湊上去，先是往前走走，又很快退後兩步，最大的那隻還很神氣地「汪汪」叫了兩聲，只是由於還太小，跑起來步子不穩，腳上一絆在地上打了個滾。

「嘿，這誰家的小狗，跑這裡來了！」那人扯了根草，準備逗逗小狗，結果被旁邊的貓截了。

拍拍褲子，那人將手機裝進口袋裡，起身朝三隻小狗崽走過去。

見陌生人走近，三隻小狗「汪汪」叫了幾聲，然後扭頭往回跑，沒有直接進籠子，而是跑到大槐樹旁邊，朝藏在槐樹上的鄭歎叫喚。

鄭歎恨不得一頭撞樹幹上。

——你們朝老子叫有個屁用！老子的計畫全被你們攪渾了！

原本鄭歎準備了兩個計畫，一個是跟蹤這人，找機會下手；另一個是就在此地，趁他不注意，撿根棍子敲暈了搶手機，反正明搶這種事情鄭歎已經幹過了，不介意再幹幾次。

可是，這兩個計畫全被三隻狗崽破壞了！

鄭歎覺得將自己暴露之後，下手的成功率會降低很多。現在他心裡很不爽，看著大槐樹下叫喚著的三隻狗崽，恨不得挨個搧上一巴掌。

——真他媽背！

方邵康只是出來打個電話，沒想到會看到三隻小狗崽。只不過，這裡離村子房舍那邊也太遠了點，誰家將狗崽放這麼遠？守果園嗎？這麼大點的狗崽能守果園？

而且就他這幾天所知道的，在這邊守果園的是兩條公狗，哪來的狗崽？誰家新抓來的嗎？

方邵康疑惑地跟了過去，這片果園是他借宿的那家人的，他沒聽房東說新抓小狗了。

看到三隻小狗崽都朝樹上叫，方邵康更詫異了，跟著抬頭朝眼前這棵大槐樹上看去。雖然在遠處看不明顯，但走近了，仔細瞧瞧，也能從葉縫間看到黑色的皮毛。

貓？

狗肯定爬不了這麼高，更不可能是黑豹子，要那樣三隻狗崽還能活？所以只能是貓。

但問題是，三隻狗崽朝樹上的貓叫喚什麼？奇哉！

鄭歎知道自己被發現了，也沒打算就這樣跳下去，防人之心不可無，還是躲樹上比較安全。

三隻狗崽叫了半天沒見鄭歎有所表示，又開始哼唧哼唧了。

方邵康看了看周圍，發現了那個遮掩著的狗籠，心裡疑惑更甚。

疑惑歸疑惑，方邵康還是離開了，那隻貓跟著走遠。

等那人走遠之後，鄭歎才從樹上跳下來，三隻狗崽也不哼唧了，立刻湊過來，結果被鄭歎挨個搧了一巴掌，沒用勁，這麼小的狗崽，大點勁鄭歎都懷疑會將牠們打傻了。

可是三隻狗崽以為鄭歎在跟牠們玩耍，咧著嘴又湊過來。

鄭歎嫌煩了，再次跳上樹，思索著什麼時候看到某個有手機的村民落單，就武力解決問題。

不到半小時，鄭歎見到方才那人又走過來，這次手上還端著一碗粥，粥裡面可不是蛋黃，而是肉。

方邵康端著碗過來後，將碗放在三隻狗崽眼前。

三隻狗崽早就聞到氣味了，趕緊跑過來嗒吧嗒吧開始吃。

鄭歎撇撇嘴，雖然對於三隻狗崽這麼輕易就相信人並且開吃，有點不滿意，但這也省得自己晚上跑出去為牠們偷口糧。

三隻狗崽吃得很快，不一會兒那碗粥就見底了，還將碗舔得乾乾淨淨。

「咦，還真有狗呢！」一個二十來歲的年輕人提著一把鐵鍬過來，見三隻狗崽往後退，他想了想，便笑著將鐵鍬放在一旁，徒手走過來。

「種完樹了？」方邵康道。

「種完了，不知道那幾棵所謂新品種的柑橘會長成什麼樣。」那年輕人擦了擦汗，靠著樹幹說道。

「這狗看著不像是土狗。」方邵康指了指三隻正相互打鬧的狗崽。

「嗯，串串狗，就是雜種狗，這估計就是村長他兒子家那隻杜高生的，昨天還聽說他們將狗崽扔了呢，沒想到會在這裡看到。」那年輕人說起這個又來興致了，剛才種樹的疲憊一掃而空。

「杜高？我記得有人說過，村長他兒子家有兩隻杜高，一公一母。」

「是啊！哈哈，我們村裡人都知道，他們家那隻母杜高沒看上那隻公杜高，卻便宜了一隻土狗，就是不知道是誰家的土狗，太厲害了。剛生下狗崽那段時間，他們還能用狗崽太小，沒長開來糊弄人，這越長越大，越來越像土狗，還能到處跑了，他們也瞞不住了。誰都不是傻子，大家明面上不說，但私下裡都當笑話講呢，他們家估計覺得丟人，就把狗崽扔了。剛開始他家養杜高的時候多得意啊，還高價買回來的呢，結果還不是淪為笑柄？」那年輕人笑得很歡樂。

「那這幾隻怎麼辦？」方邵康問。

那年輕人走過來撈起那隻最大的狗崽。

「喲，還挺烈性的！」要不是有防備，他差點被狗崽咬了。

被抱起來的狗崽見咬不到人，喉嚨裡發出嗚嗚的低吼。

「這狗崽還不錯啊！不過放村裡估計不太好，村長他家肯定有意見。我待會兒打個電話問問

我朋友，他們家有個牧場，前幾天還說要買狗，這三隻我瞧著就不錯。」

「你朋友喜歡這種狗？」

「倒不是說喜歡這種，他最喜歡的還是土狗，經常去山裡尋找那種純性的土狗帶回去訓練，那種純土狗比較強壯，有靈氣也夠聰明，養久了也夠忠心，而且膽子大，捕獵不在話下，平時也能當工作犬用。他之前養的一隻狗就是，那狗看著不怎麼樣，但那實力真是強，經常逮兔子回去加菜，絕對不會輸給那些所謂的世界名獵狗。可惜，過年那段時間被人用槍打了，那狗帶著背上的一支麻醉針強撐著回去的，回到家就死了，沒能撐過去。為這事他傷心好久呢，都好幾個月了，一直沒再養，前幾天才聽說他要買狗。」

年輕人一邊說著，一邊捏了捏手上狗崽的骨骼，看看狗腳掌。

鄭歎瞧著這人應該是對狗崽很滿意？而且聽他們的談話，鄭歎覺得自己能夠從麻醉槍下活下來還真是難得。

那年輕人繼續說道：「真正的獵犬，不是看出來的，而是在不斷訓練中才體現出來的。當然，先天的條件也得有一定的水準。這幾隻不錯，他如果要的話，我到時候直接送過去給他，反正留這裡也礙了村長他家的眼。」

被放下來的狗崽抖抖毛，然後快步跑到大槐樹下，仰頭就朝鄭歎叫，估計是在表示委屈。

「這狗崽怎麼了？幹嘛朝樹上叫？」年輕人道。

「上面有隻黑貓。」方邵康伸出手指，指了指上方。

那年輕人搖搖頭，「我們村裡沒人養黑貓，有人說黑貓不吉利，都沒養，就算有黑貓也送走或者扔掉。」

「三隻狗崽估計就是樹上那隻黑貓撿回來的。」方邵康說道。

「……黑貓這玩意兒就是邪乎，還撿狗崽？」年輕人對於黑貓沒太在意這話真假，他看那三隻狗崽越看越滿意，「方哥，我回去打個電話。」

「用我手機就行。」說著方邵康準備掏口袋裡的手機。

「不用不用，我先走了，方哥你幫忙看著點狗崽，別讓人搶了！」說完，那年輕人就轉身提著鐵鍬往家裡快步走去。

等那個年輕人走了之後，方邵康將背包放下，從裡面拿出相機。他覺得太熱，便脫下外套放在旁邊的灌木叢上，原本放在外套口袋裡的手機也拿出來放上面，起身拿著相機開始拍一些周圍的景物。

鄭歎瞧著樹下那人手上的相機，還是數位單眼的，在這年頭應該算是高檔產品。玩攝影的？聽說一些玩攝影的就喜歡到處跑，把自己弄得像個落魄逃難者。

不管這人是不是玩攝影的，鄭歎的注意力主要還是放在那個手機上。

——好機會啊！

——要不要搶了手機就跑呢？

鄭歎看了看拍照的人，動身往樹下滑，可惜那人很快就轉身回來了，走到大背包旁邊從裡面拿了水壺出來喝水，還給狗崽的碗裡倒了一些。

鄭歎估量了一下此刻與手機的距離，想趁那人不注意的時候將手機撈走，可那人也一直注意著這邊，不好下手啊！

方邵康喝完水，將水壺扭緊放進包裡，拿過手機看時間。

而在方邵康拿手機看時間的這個過程中，鄭歎的視線也隨著那個手機移動。

「想玩電話？喏，給你，玩吧。」說著，方邵康便將手機放在眼前的地上。

顯然剛才鄭歎的小動作沒躲過對方的觀察。

鄭歎瞧瞧眼前這人，再看看地上的手機。

——莫非有詐？

——手機捨得拿出來給貓玩？不過，能玩數位單眼相機，應該也不缺錢。

——管他呢，聯絡上人再說！

鄭歎手一勾將手機撈過來，在撈手機的同時也注意著眼前這人的動靜，見他只是坐在那裡沒有要動的意思，鄭歎便將手機又放在地面上。

這手機螢幕不是彩色的，放在幾年後，這就屬於「賊不理」手機之列了。但是，按理說能夠買得起單眼的人，應該也能買得起新出的彩色螢幕手機，為啥還用這個邊角都已經有磨損的？

不過鄭歎現在也懶得去琢磨太多，就這麼個機子，都能讓鄭歎激動不已。他折騰了這麼久，又是翻窗，又是找電話的，原本還打算什麼時候直接暴力搶一個，結果現在手機就在眼前了！他如何能不激動？！

——不過，這手機應該能打長途吧？也沒有欠費吧？

鄭歎看了看坐在那裡一臉好奇之色的人，抬爪子開始按按鍵。

方邵康只是看那隻黑貓一直盯著自己手機，便抱著好玩的心思將手機遞過去，誰知道這貓還真的按按鍵了，而且按的還是個長途電話號碼，應該不是瞎按的。有意思！

鄭歎激動又忐忑地按完電話號碼，支著耳朵等待著，尾巴啪啪拍打著地面以降低緊張感。

終於，電話在響了幾聲之後，那邊接通了。

「喂？」

——是焦爸的聲音！

在被抓這麼久之後，他終於又聽到熟悉的聲音了！突然有種見到真正親人的感動！

鄭歎將心中各種複雜心情彙聚成一聲叫喊：「嗷嗚——」

方邵康：「……」

◆◇◆◇◆◇◆◇◆

楚華大學，生科大樓——

焦副教授上完課，回生科大樓正準備掏鑰匙開辦公室的門，這時手機突然響了。顧不上掏鑰匙，焦副教授趕緊將手機拿出來，看了看上面的來電顯示。是個陌生的號碼。

「喂？」

「嗷嗚——」

聽到電話那頭跟鬼嚎似的貓叫聲，焦副教授愣了會兒，然後，最近一直表情淡淡的臉上頓時笑得燦爛無比。

幾個走過來的年輕女教師看到焦副教授那閃瞎人眼的笑容，心想：其實焦副教授論外表也不一定輸給任教授呀！

焦副教授看了看周圍，這邊都是老師辦公室，走廊上總有人進進出出的，不方便講話，於是趕緊掏鑰匙打開辦公室的門，結果由於太高興，對著鑰匙孔插了好幾次才插進去。

進門之後將辦公室的門關上，焦副教授隨手將手上一份重要的會議記錄往桌子上一扔。

「黑碳？」焦爸試探著道。

對於自家貓會打電話給自己這事，焦副教授只是幻想了一下而已。或許由於理科出身，焦副教授看問題太過理性，分析了各種情況下的機率，最後總結出來的結果很讓他失望。

楚華市裡有那麼多人幫忙，那麼多管道和人力尋找，一直都沒有消息，何局長他們都說，肯定是運到外省去了。出省之後很難尋找，就算他們在南邊也請人幫忙尋找過、貼過告示，但一直沒有消息傳來。而且出省的話，就算自家貓沒事，有機會打電話，但肯定不知道電話前面還要加區碼的吧？

可現在，他真的接到自家貓的電話了。焦副教授覺得，這比知道專案申請成功更開心。

不知不覺之中，他們早已將黑碳當作家庭的一員，在黑碳消失之後，生活就像突然缺了一塊，每次回家看著那塊缺口就覺得心酸。兩個孩子也是，情緒一直很低落。周圍鄰居說幫忙再找一隻黑貓過來安慰一下孩子，但兩個孩子都拒絕了。他們家的人都知道，黑碳是不可替代的。

另一邊的鄭歎也很激動，再次嚎了一聲，比剛才那聲嚎得更大、更響亮，完全沒注意方邵康一臉見到ET的表情，還有那三隻聽到嚎叫聲而驚呆了的小狗崽。

就算那叫聲嚎得驚悚，焦副教授也覺得親切十足。

辦公室外面那些正談論著焦副教授的人絕對不會想到，她們口中的話題人物，正跟他家的貓在講電話。

「黑碳，你周圍有人嗎？」焦副教授說道。

鄭歎的激動心情漸漸平復下來，看看周圍，然後將視線落在方邵康身上，對著電話應了一聲之後，將電話往方邵康那邊推。

在鄭歎推電話的時候，電話那頭，焦副教授的辦公室有人敲門。

「進來。」焦副教授並沒有將電話從耳邊拿開，直接說道。

進門的是趙樂，她在知道救過自己的黑貓被人抓走之後，就一直在尋找，也發動了很多朋友幫忙，可是那個抓貓的人太滑溜，沒留下什麼有用的線索。雖然她和焦副教授都懷疑任崇有問題，但苦於沒找到證據，還是衛稜跑去任崇家裡潛伏了一段時間才找到一些蛛絲馬跡。今天她過來就是為了跟焦副教授商量怎麼對付任崇並從他口中找到線索的事情。

趙樂沒想到，一進門就見到焦副教授臉上掛著止不住的笑意，心中一動：難道找到了？！

鄭歎那邊，方邵康對於眼前這隻貓的行為很是疑惑，看了看手機螢幕，還在通話中，便拿起手機。

「喂？」

焦副教授聽到人聲，也顧不上跟趙樂多說，介紹了一下自己並說明了那邊那隻黑貓的身分後，一連串的問題就問出來了。

方邵康在回答問題的過程中也瞭解到事情的大致情況，真意外居然會碰到這樣的事情，還真有貓打電話給家裡的。

辦公室裡，焦爸在聽到方邵康自我介紹的時候，用筆在紙上寫下了他的名字，「方圓的方，雙耳召的邵，健康的康……」

「方邵康？！方三叔嗎？！」趙樂問道。

雖然趙樂的聲音不算大，但由於柑橘園旁邊這塊地方太安靜，能聽到電話另一端的說話聲，趙樂的話方邵康當然也聽到了。

方邵康在他家排行老三，上頭還有兩個哥哥，能夠稱呼他為方三叔的，肯定是熟人。

「那邊的是？」方邵康問。

焦副教授看了看趙樂，將手機遞過去。

「真是方三叔？我是樂樂，趙樂啊！」

趙樂在那頭說了一下鄭歎的事情，然後又說明這隻黑貓對自己有恩，希望方邵康能幫忙之類的話。

方邵康看了看蹲在旁邊勾著尾巴還有心情逗狗的黑貓，很詫異，沒想到在這種山野鄉村碰到的一隻貓居然還認識老朋友，這貓厲害啊！也是，就像這村裡老人們說的，黑貓嘛，總有那麼點邪乎。

鄭歎現在心情很不錯，感覺好久好久沒這麼好的心情了，從被抓之後，一直擔驚受怕，見到個人都得懷疑半天，每走一步都得琢磨這樣行不行得通，每天餐風露宿，還要冒著被抓的危險去偷食，畢竟他自己忍受不了生食。總的來說哦，這就是一個相當悲慘經歷。

但是！這樣的悲慘史就要結束了！

即將回到那個熟悉的地盤，見到那些熟悉的人，晚上有暖和的被窩，能泡澡還有人幫忙刷毛吹毛，早上有準備好的早餐……現在想起來，真的很是懷念啊……

在趙樂跟方邵康商量著如何將這隻貓帶回楚華市的時候，焦爸對趙樂打了個手勢，然後輕聲道：「任崇！」

趙樂也很快反應過來，就算將貓帶回來，任崇這個人不解決掉，恐怕抓貓之類的事情還會再次上演。

「您的意思是……」

「知道牠安然無恙我就放心了。既然方先生是趙小姐的熟人，能夠信任，那就先不急著讓黑碳回來，拜託方先生先照顧一下黑碳，我們將這邊的事情解決好了再說。」

趙樂點點頭，將情況簡單的向方邵康說了一下，方邵康也表示理解。

「行，我帶著貓慢慢往那邊走，大概最快也要十天半個月……」

——帶著貓？十天半個月？

——意思是說，最快也要十天半個月才能回楚華市嗎？！

鄭歎沸騰的心情被澆了一盆冰渣。

——為毛啊！

——就算不能坐火車，開車回去也花不了太久的時間，怎麼會需要十天半個月的？

焦爸在電話裡讓鄭歎乖乖跟著方邵康，方三叔會帶著他往楚華市走。現階段楚華市這邊暫時不能派人過去接鄭歎，他們還有事情需要處理。

雖然焦爸沒過多解釋，鄭歎還是從隻字片語中分析出了原因。對此，鄭歎表示理解，這也是為了自己好嘛，他自己也不想一回去再接著面對某些心懷不軌的人。

方邵康看著眼前這隻很認真聽電話的貓，就算方三叔自詡見過大世面、見過很多怪事的人，也不禁嘖嘖稱奇。那位貓爹也特別，居然還跟一隻貓解釋這麼多。要是換作這個村的人，在這種情況下估計就想著怎麼驅魔辟邪了。

通完電話，鄭歎對方邵康的戒心也小了很多，既然是趙樂他們認識的人，還得到了趙樂的保證，鄭歎也就犯不著花那麼多心思來防備了。

而這時候，之前那個年輕人也在家打完電話跑過來，說明天開車出去，順便能將三隻狗崽帶過去給那朋友。

知道三隻狗崽有著落，鄭歎是完全放心了，從他聽到方邵康和那年輕人的對話可以知道，那位準備領養三隻狗崽的人還不錯。

當天晚上，鄭歎跟著方邵康來到那年輕人家裡。當然，鄭歎躲在背包裡面，這村的人不喜歡黑貓，就怕那房東知道後有意見。

至於三隻狗崽，那年輕人也將牠們裝進籠子裡抱了回去。

吃飽喝足，睡了個安穩覺，一大早鄭歎就起來，跟著方邵康登上了那個年輕人的小三輪車。狗崽裝在籠子裡，昨晚和今天早晨牠們都好好吃了一頓，現在繼續睡覺。

鄉野間的路通常不太好走，有很長一段路程都不平坦，這顛簸的行車狀況讓鄭歎感覺腦袋都暈了。

三個多小時的車程，其實如果路面平坦的話，估計都不用一個小時。

那年輕人的朋友養羊，也飼養一些牛，還建了專門的地方養殖家禽，規模挺大的，也難怪他們想養狗。

看了看三隻狗崽，那位朋友很滿意。狗窩他昨天就已經整理好了，看了三隻狗崽之後就拎了過去。

鄭歎跟著方邵康在這裡吃中飯，下午那年輕人會載著他們去市中心。

去市中心的路要好很多，不那麼顛簸，雖然路程長了一倍，但花的時間都差不多。

鄭歎手上那個凱蒂的貓牌沒帶著，在村裡的時候為了行動方便，他將貓牌摘下來藏著了，跟著方邵康走的時候也沒過去拿，現在是真的無證無牌的流浪貓。不過有方邵康在旁邊頂著，鄭歎也不那麼草木皆兵。

可是，好心情持續的時間不長，在方邵康買了一輛自行車之後，鄭歎不淡定了。

他覺得，方邵康這個人，腦子一定被驢踢了！

第八章

街頭賣藝的喵星人

鄭歎覺得方邵康這個人挺不可靠的。

這傢伙進了市中心之後，偶然間路過一間自行車行，突然冒出了買自行車的想法。這傢伙其實好久沒騎過自行車了，就算是自駕旅遊（注：有計畫的自己開車旅遊模式）也是開著四輪轎車。

車行老闆推銷了老半天，方邵康也沒去買那輛嶄新的、據說是最先進設計的登山車，最後卻買了一輛二手的。

就算是二手車，好歹也是輛登山車。老闆原本因為方邵康沒買新車，臉上不太高興，但畢竟也做成了一筆生意，便為這車再次做了一遍檢查。

方邵康看了看蹲在不遠處的黑貓，再看看正在被檢查的自行車，對那老闆道：「老闆，你再幫我加個前車籃。」

車行老闆有些怪異地看了看方邵康，估計沒想到會有人提出這樣的要求，一般買這種車的主要是用於運動類，誰會加裝車籃子？去買菜嗎？但是，既然顧客提出來了，他也不會拒絕，一個車籃還可以賺幾塊錢呢。

秉著職業操守，老闆還是問了句：「您裝車籃是為了放貨物嗎？」

方邵康想了想，點頭，「是的。」

「多重？」

「不太重吧。」

然後老闆就不再說話了，既然只是裝貨物，還不是重物，就沒必要改裝多少，隨便安個籃子上去就行。

檢修完，裝完車籃，一手交錢，一手交貨。

跨上自行車，方邵康自我感覺不錯，好像回到了當初年輕的時候，突然很是期待後面的行程。

鄭歎蹲在一旁冷眼看著那個自我感覺良好的方大叔，他搞不懂為什麼姓方的會選擇這樣的生活方式。跟焦爸那邊打電話的時候，鄭歎從趙樂的語氣中聽出來了一些尊敬的意味，不是那種虛情假意的客套，是真正的尊敬，也就是說這個姓方的應該是有點背景的，至少手頭肯定不會拮据，但到底是什麼原因讓這個三十多奔四十的人選擇這樣的生活經歷？把自己搞得像落魄戶似的。

鄭歎正想著，方邵康已經騎著車過來了，在鄭歎眼前停下，拍了拍車籃，很神氣的說：「貨物，上車吧！」

鄭歎：「……」貨你大爺！

他們接下來要從這個鄉下地方前往另一個城市，下一站是個大城市，周邊的道路情況應該還算比較好的。

跳上自行車的車籃，鄭歎感覺有點不對勁，但又說不出來是為什麼，反正比不上小柚子那個兒童車的車籃裡蹲著舒服。

方邵康揹著旅行包，騎著車往出城的方向走。在城內的時候路還很平坦，但是出城之後就不同了。從這裡到下一站的大城市，這其中確實修過路，但修的都是高速公路，開車走那裡還行，若騎輛自行車的話就算了。

不能走高速公路，就走省道，但這整段路程也不全是在省道上，為了體驗一下騎山地車旅行的感覺，方邵康出城之後選擇了一段鄉村小路，走完這段鄉村小路再上省道。

而鄭歎的悲慘體驗就從這段鄉村小路開始。

登山車的前面有避震設計，和一般的自行車不同。那車行老闆裝車籃的時候並沒有進行太多改裝，於是受苦的就是鄭歎了。

自行車行駛在鄉間小路上，路是坑坑窪窪的石子路和泥土路，而顛簸時，鄭歎就感覺這車籃子上下動得厲害，比以前坐衛稜的自行車時要難受得多，晃得頭都暈了。方邵康倒是沒太多難受感，現在還在新奇階段，興致頗好，哼著小曲，直到感覺車籃上的動靜。

鄭歎使勁在車籃裡面跳了兩下，才引起方邵康的注意，等方邵康停下車，他就直接跳出車籃，落地的時候還有些暈，差點站不穩。

「怎麼了？」

方邵康看了看蹲在路邊扯著耳朵擺著一副很不情願樣子的鄭歎，再看看車籃，抬手撥了兩下車籃，又看看車前剎，突然想起車行老闆的問話，看來這主要問題是在這啊！

「坐這車籃難受？」方邵康想了想，「要不你蹲我背包裡算了？」

鄭歎最後還是沒蹲進那個大旅行包，而是站在旅行包上，有爪子可以勾住旅行包不至於讓他摔下去，也不會像在車籃裡那樣搖晃，還能踩兩下方邵康的腦袋。

被踩了兩下頭的方邵康覺得這貓一定是故意的，難怪別人說貓的報復心重。下次進市中心還是買頂帽子，不然這貓真要造反了，他方三少還沒被這樣踩過頭呢！

出了這條鄉村小路，騎上了省道，這感覺就好多了，不用顛簸著，鄭歎還能窩在背包上小睡一覺。

鄭歎是舒服了，方邵康卻漸漸感覺到吃力，新鮮勁過去，就開始感覺到疲憊了，背包有些重量，再加上一隻貓，更重了。

一連騎了幾個小時的車，中途找了個地方停下來休息，再次啟程的時候，在方邵康的抱怨下，鄭歎重新蹲回車籃上，就是為了替方三叔減壓。

省道的路相比起鄉村小路肯定好太多，鄭歎也沒太大意見。

就這樣騎騎停停，一直到傍晚時分他們才進到城市裡。方邵康就近找了間小旅館住下來，因為不知道貓能不能進旅館，鄭歎便躲在背包裡。

房間不大，單人房，設備倒是挺齊全。

方邵康騎了半天的車，這時候累得快趴下。不過，在趴下之前，他先拿出數位單眼相機看了看今天拍的照片，又拿了個小本子出來做一些記錄。

在方邵康整理照片和記錄的時候，鄭歎跑到浴室裡面，將浴缸放滿、調水溫，然後開始泡澡。好久都沒泡澡了，再加上今天坐車籃太累，鄭歎決定好好泡一下，主要目的還是想淹死身上的跳蚤。跳蚤這玩意兒，鄭歎也很無奈，這不是能根除的，就算不接觸其他動物，在草叢裡也能惹上一些。

鄭歎擠了點沐浴乳，隨意搓了搓，然後開始游泳。按照現在的體型，這個浴缸對鄭歎來說，確實可以當作一個小型的泳池。

還是當人的時候好，不會這麼招跳蚤。鄭歎心裡感慨。

方邵康整理完東西進到浴室的時候，就看到那隻黑貓在浴缸裡游泳，看上去很是愜意。

——臥槽，還擠了沐浴乳呢！

方邵康有朋友也養貓，所以聽說過大多數的貓都不喜歡洗澡。果然和趙樂說的一樣，這貓很特別。

黑貓就是邪乎。方邵康暗忖。

鄭歎洗完之後，找了吹風機為自己吹毛。吹風機就擱在桌子上，按鈕打開，調成熱風的檔，然後鄭歎自己不停地調換角度來吹毛。是麻煩了些，但能解決問題就行。

方邵康從浴室出來的時候，看著那唯一的一張床，和躺在床正中間的黑貓，半天無語。

——貓占地盤的習慣真他媽討厭！

第二天，一人一貓睡到快中午才醒。

鄭歎還好，洗了個澡、除了跳蚤，還睡了個好覺，精神十足。

方邵康則相反，他覺得頸背都有些激烈的抽痛，腰椎那裡也痛——騎車的後遺症。騎山地車跑長途也有講究的，從車到人的姿勢都有技巧，方邵康什麼都不懂，自然會這樣。

吃完午飯，方邵康和鄭歎便出了門。

方邵康想好好地看看，瞭解一下這個城市。鄭歎沒特別感興趣的東西，就當一次免費旅遊了。

相機被方邵康掛在脖子上，鄭歎待在包裡面，和以前一樣，從包的拉鍊口那裡往外瞧。

這年頭內陸的很多大城市都沒有建地鐵，城市建設肯定比不上幾年後的樣子。

鄭歎對於現在的很多東西都看不上眼，只是閒著無聊就跟著瞧瞧罷了，消磨時間。也不知道方邵康到底在看什麼，看得還挺認真。

傍晚的時候，方邵康來到一座廣場，這裡人比較多，周圍不遠處是商業街，廣場上有一些人在跳舞，有年輕人的群體，也有中年大媽。

這一帶比較吵鬧，方邵康可能也不想在這裡待了，準備離開。

在離開之前，鄭歎被一陣吉他和絃聲吸引了注意力。方邵康顯然也注意到了，往那邊走過去。

在廣場的一角，有幾個年輕人在那裡唱歌，周圍也有人在看，但並不多。還有人往他們眼前扔錢幣。

方邵康看了一會兒，在他們休息的時候，過去聊了聊。

這五個年輕人並不是這個城市的，也不是同一個地方的人，都是走到這裡碰到了，大家也談得來，就打算組個樂團。本是上高中的年紀，還是未成年的孩子，卻沒有去上學，他們說因為太喜歡音樂，也想出來闖闖，見識一下世面。

在很多人的青春年代，都會有一個關於流浪的夢想，一個流浪情結。這種流浪算是一種對自由的嚮往、對夢想的追求，似乎沒有什麼能夠阻擋那顆年輕的、躁動的、不知天高地厚的心。

鄭歎模糊想起以前見過的一個流浪歌手，二十多歲的年紀，每天揹著一把吉他，在城市的各個角落都唱過，有時候還會被一些小酒吧請過去唱唱。人們說起流浪歌手，都是「居無定所，四處漂泊」之類的印象。對於流浪歌手，鄭歎也只停留在一個落魄的背影上，沒有太多的記憶了。

那時候的鄭歎經常出沒俱樂部、ＫＴＶ等地方，沒那個閒心去聽街頭賣藝的嚎叫，對於流浪歌手也抱著一種輕視的態度；偶爾他會在一些漂亮妹子眼前充個善人，撒點錢，而不是去當成一種精神享受。說到底，不過是偶爾消遣一下罷了。

「我需要的是大家的欣賞，而不是可憐我。我們也不像別人想像的那樣蓬頭垢面，不是頭髮裡面甩出幾隻蝨子就是所謂的街頭藝術……」跟方邵康聊著的那個年輕人說著，將自己的想法分享出來。

「那你們這樣唱，每天能賺多少錢？」方邵康問。

那年輕人撓撓頭，有些不好意思，「不一定，以前自己一個人的時候賺得少，幾天才能湊一張車票錢。現在好了些，我們也就在這裡唱一會兒，前天聯繫了一間小酒吧，再晚些時候會過去唱唱。現在還早，來這裡唱就只是練練。」

方邵康看著被扔在地上的那些硬幣，若有所思。離開之前他找了家店租了把吉他，不是什麼太好的吉他，還比不上那幾個孩子手上的。

晚上回到小旅館，方邵康試了試吉他，起初還有些生澀，但漸漸地就熟練了，顯然以前是練過的。

鄭歎正準備睡覺，被方邵康叫了過去。

「黑碳，我們明天去賣藝吧！」

鄭歎：「……」為什麼這傢伙會突然有這樣的想法？

「聽說很多人帶寵物賣藝的，那種方式很好賺。喏，我專門為你準備了這個玩意兒！」說著，方邵康拿出一個空玻璃瓶，另一隻手拿著不知道從哪裡撿來的白鐵湯匙，用白鐵湯匙敲了一下玻璃瓶，發出「叮」的一聲脆響。

看著玻璃瓶和白鐵湯匙，鄭歎大概知道方邵康想讓自己做什麼了。但是，這時候他權當自己聽不懂。

見眼前這隻貓沒反應，方邵康心想：不對啊，趙樂說了這隻貓聽得懂人話，很有本事的，想要表達什麼意思直接跟牠說就行，不用拿食物誘導。

沉默一下之後，方邵康道：「不是說你挺聰明的嗎？難道連這個都不會做？也沒趙樂說得那麼神奇嘛。」

激將法沒用。鄭歎繼續低著頭裝作不知道。

「這樣吧！你看，我手上沒多少錢了，你再看看我們現在住的小旅館，條件太差，明天去街頭賣藝，賺得多的話，我們就去住好一點兒的旅館，雙人房的那種，各自一張床，空間大，又不擠，也不用搶枕頭和被子，多舒服。怎麼樣？」

鄭歎這次還真思考了一下。

方邵康說他手上沒錢，並不表示他沒有信用卡可刷，所以這句話鄭歎就當他在放屁，但若真的能換一間較高級的旅館，鄭歎當然願意，這地方有蒼蠅和蚊子，吵得煩。

「還有，如果賺錢的話，我們就直接坐車去下一個城市，不騎車了。」

鄭歎看了看方邵康，不騎車這話他相信，方邵康自己騎車也受苦了，不想再騎，卻拿出來當條件。不過，若真是這樣，鄭歎也願意一試，他怕方邵康腦子哪根筋不對準備徒步行走那就慘了，今天他還看到方邵康去賣帳篷的店逛過，估計確實有那個想法。

方邵康拿著白鐵湯匙敲了兩下玻璃瓶，然後將白鐵湯匙放在鄭歎眼前，等著鄭歎做決定。

鄭歎撥了撥白鐵湯匙，就算他願意一試，但這白鐵湯匙也不好拿啊。

「哦，還有這個！」

方邵康拿出一個捲好的紙筒，用透明膠帶將紙筒貼在白鐵湯匙上，紙筒恰好可以讓鄭歎將一隻手臂伸進去。

鄭歎看了看方邵康，這傢伙還真是有備而來。他將手臂伸進紙筒裡面，抬起手臂的時候也將白鐵湯匙抬起了，朝玻璃瓶敲過去。

「叮！」

一聲脆響。

「對對，就是這樣！吶，我唱一句，你敲一下。」方邵康撥動吉他的金屬弦，開始唱：「一閃一閃亮晶晶～」

鄭歎：「……」好弱智。

見方邵康看著自己，鄭歎深呼吸，將湯匙敲過去。

「叮！」

「很好！接著來！滿天都是小星星～」

「叮！」

「掛在天空放光明～」

「叮！」

……

練習配合，一直到晚上十一點多的時候，隔壁房客實在忍不住了，過來敲門開罵，這一人一貓才停下來。

次日，鄭歎被方邵康拉著繼續配合練習，中午吃完飯，睡一覺休息，四點多的時候帶著傢伙出門。

天還沒黑，廣場那裡的人就開始多了起來。

那個角落處，昨天見過的五個年輕人又在那裡，調音一下之後，開始唱歌，唱的歌曲包括時下流行的音樂和以前的經典歌曲，都是年輕人們喜歡的，充滿活力。

方邵康看了看那邊，然後找了個沒人的地方，將準備好的紙盒子往前面一放。紙盒上面開了個口，鄭歎覺得這就像個募捐箱，而自己就是那個需要大家來行善的可憐貓。

周圍有人看到這邊的情形後，走過來。

方邵康這廝戴著帽子，鬍子這幾天都沒刮，有點看不出本來面貌，鄭歎覺得他一定是故意的。

放好紙箱，方邵康又將玻璃瓶放到旁邊，然後拿出吉他，靠著一根燈柱，開始撥弄。

周圍人好奇的目光讓鄭歎感覺臉熱，無論是以前做人還是現在當貓，他都沒有在眾目睽睽之下賣過藝，這讓他很是尷尬，在旅館的時候還好，畢竟沒人看，但現在……在這麼多人的注視下，鄭歎都感覺那白鐵湯匙有千斤重。

真不想碰那玩意兒！

不遠處那五個年輕人唱完一首《光輝歲月》，也注意到這邊。

「嘿！要開始了！」方邵康提醒鄭歎。

鄭歎扯了扯耳朵，這時候退場好像也不太好，感覺像是逃避似的。做了一下心理建設之後，鄭歎將手臂伸進白鐵湯匙的紙筒裡。

周圍好奇而湊過來的人越來越多，方邵康也開始撥吉他，這彈奏技術在那幾個年輕人看來實在不怎麼樣。

一段前奏之後，方邵康那豪邁的聲音響起。

「走四方——路迢迢水長長～」

鄭歎硬著頭皮，抬起白鐵湯匙往玻璃罐敲過去。

「叮！」

「迷迷茫茫一村又莊～」

「叮！」

「看斜陽落下去又回來～」

「叮～」

「地不老天不荒歲月長又長……」

在方邵康唱第一句的時候，那邊幾個年輕人中正在喝水的一個就直接噴了。誰都沒想到這位大叔居然會在用吉他演奏的情況下唱這首歌。

這人演奏很爛，歌唱得也爛，但是偏偏圍觀的人越來越多，而且很多人都開始朝那個紙箱裡扔錢了。

鄭歎覺得自己現在就像一個蠢貨……不對，自己和方邵康都是蠢貨！

愚蠢的人，愚蠢的貓，以及這愚蠢的街頭賣藝體驗！

在大都市，夜間的城市廣場總是熱鬧非凡。商店的音樂，各種流動廣告，街舞的動感曲調，還有老太太們的民族風……

但是今晚，卻有越來越多的人朝平時大家不怎麼注意的角落那邊聚集過去。

「哎，快過去看，那邊有一隻貓在敲瓶子！」

「敲瓶子？」

「是啊，聽說是個流浪歌手養的，那兩個正在賣藝呢！」

「好像挺有意思的，走，看看去！」

「媽媽我也要看敲瓶子的貓～」

「好，我們去看敲瓶子的貓。」

城市裡人們對於黑貓倒沒有那麼多的顧忌，過來看也就圖個新鮮，找個樂子。人們生活水準提高了，不用擔心溫飽了，就會試著來給自己找樂子打發時間。這麼久了，他們還是第一次在廣場這兒看到帶貓賣藝的人，而且這配合還真不錯！

鄭歎看著越來越多的圍觀人群，腦袋垂得更低，認真看著眼前的玻璃瓶，就是不去瞧觀眾。對鄭歎來說，就算曾經作為人的時候品行不怎麼好，但和現在一樣，都挺好面子的，從來沒想過會有這麼一天，淪落到街頭賣藝被人圍觀的地步。

鄭歎只能慶幸這並不是幾年後那個通訊發達的年代，要不然，前一刻自己敲了下瓶子，下一刻就被傳到網路上，甚至可能被轉發N次……那樣就更難為情了。

一下下配合著方邵康那破嗓門唱出來的調子敲玻璃瓶，鄭歎心裡感慨，時間怎麼過得這麼慢吶！都感覺過了幾個小時，但實際上卻只有兩首歌，不到十分鐘的時間。

鄭歎突然想起了焦爸曾經對焦遠說過的一句話：「人要學會自我調節，當你不想面對卻又必須面對的時候，可以試一試轉換思維來進行自我安慰，這樣能夠讓你有一個更好的心態來面對接下來的挑戰。」

轉換思維，調節心態嗎？

鄭歎微微抬頭，看了看那個已經不知道被塞了多少錢的紙盒。換個角度來想，這也是靠自己敲瓶子賺來的，而不是去翻窗戶鑽門縫偷的。

話說回來，為什麼翻窗戶鑽門縫偷東西的時候並沒有什麼負罪感，現在當個街頭賣藝的賺自己的錢反而又難為情了呢？

說白了，不過是面子問題罷了。

這也是一種非常荒謬而無恥的態度，但卻是很多人都具有的。

不過，在眾目睽睽之下，確實很不自然。他再瞧瞧旁邊唱得興起的方邵康，人家都走調忘詞好幾次了，還不是唱得歡快？看來自己的臉皮還是得多磨磨。闖江湖走南北，還是得靠一張厚臉皮啊！

鄭歎第一次體會到「血汗錢」所包含的意味。

敲瓶子敲得有些手瘮，在方邵康考慮換歌的時候，鄭歎換了隻手，圍觀的人又是一陣驚嘆。

「哎呀，那隻貓竟然還會換手呢！」

「這招我家的貓也會。」

「估計是累了吧，真可憐。」

一個大嬸在錢包裡掏了掏，走到紙箱那裡將手上的錢塞進去。

有了一個帶頭，就有第二個、第三個……

方邵康心裡也在感慨：這人的面子果然還沒一隻貓好使，老子都唱這麼半天了，嗓子都啞了也沒人關心一下，反而旁邊那隻貓換條手臂就得了同情心。剛才那位大姐一下子掏了一百元呢！看來這個城市的人民生活水準確實不錯。

又唱了兩首老歌，方邵康來了個中場休息。

這時候就有人過來跟方邵康搭話，比如詢問他是哪裡人，這貓是怎麼來的，為什麼想到要來這裡唱歌等等。

鄭歎懶得聽方邵康在那裡胡扯，這傢伙沒一句真話，還糊弄得別人同情心氾濫。至於周圍那些熱情洋溢的大媽，鄭歎實在受不了，爬到旁邊的一棵樹上，不管下面人怎麼叫就是不下來。

有時候鄭歎很不能理解，為什麼人們見到貓都喜歡喊「咪咪」，無論那隻貓是公是母，無論那隻貓有沒有名字。第一個這樣叫貓的人真是有才！

以前，這個詞在鄭歎的字典裡只與大波妹子聯繫在一起，可是自打變成貓，他就不知道被人喊了多少次。每次聽到這個詞，管你是誰，鄭歎扭頭就走。

所以，在下面圍觀的那些大媽們朝鄭歎喊了一聲「咪」之後，鄭歎耳朵一扯，果斷爬樹。

在鄭歎蹲樹上躲避熱情的大媽、方邵康跟人胡扯的時候，在另一邊角落唱歌的五個年輕人也在談論。

「是昨天那人吧？」

「那位大叔昨天還來問過我們問題呢，沒想到今天就抱了把吉他過來。」

「那個大叔……我昨天好像還看到他脖子上掛著一臺相機？」

「還是單眼的呢！」

「嗯，數位單眼相機，那東西挺貴的，我之所以記得就是因為他那臺相機。」

說完，五人沉默了一會兒，然後其中一人道：「靠！這麼說，這位大叔他老人家其實是吃飽了撐著沒事幹，跑來跟我們搶生意？！」

年輕人偶爾這麼來一下，那叫叛逆或者好奇。但你一個快四十歲的人做這種事，人家就覺得你腦子有病。

「其實……有作用的是那隻黑貓吧？」

「突然感覺受打擊了。」一人說道。

年紀最大的那個叫阿金，作為這個新成立的樂團主唱，也作為這個新樂團的老大，招呼了各懷心思的人，準備繼續開唱。

這時，一個畫著濃妝的女人走過來，招呼了一下他們。

這女人他們認識，是那個請他們唱歌的小酒吧老闆的親戚。她只是過來逛街，接到酒吧老闆的電話，就順便帶個話過來。她話說完，就一甩頭髮，踩著細高跟鞋走了。她對於這些街頭賣藝的實在看不上眼。

女人帶過來的話主要是告訴他們今晚不必去了，在他們前面演唱的另一個樂團裡面有人過生日，準備包場，估計得唱到凌晨。

五個年輕人臉色都很不好。不過，從離開家到現在碰到的事情也不少了，類似的情況也遇到過，他們現在沒錢沒名聲，說白了什麼都不是，也不怪別人看不起他們。

作為這個新樂團貝斯手的那個年輕人站在一邊，沒說話，他原本就不怎麼喜歡說話。他撥動著手上的貝斯，樂聲中帶著些許疲憊和掙扎。

「嘿，你們幾個小子！」

就在五個年輕人思考著今晚後面的時間該怎麼安排時，方邵康找了他們，說了個打算。

「合奏？」作為樂團主唱兼團長的阿金有些詫異。

「是啊，合奏！當然，我水準有限，這點認知還是有的，所以，跟你們合作的可不是我。」

說著，方邵康指了指蹲在樹上仰頭看星星的鄭歎，「牠過來跟你們一起，怎麼樣？」

阿金想了想，看剛才那邊的情形就能知道那隻貓能拉人氣，大家一起合作的話當然可以。而且他們剛才討論的時候就準備離開這個城市去下一站了，反正也不趕時間。

決定之後，阿金點了點頭，「我是沒問題，大家呢？」

另外四人都不反對，在走之前有這麼一次特別的經歷，大家也挺高興的。他們還沒跟貓合作過呢！

鄭歎原本蹲在樹上無聊地數星星，卻被告知要跟那幾個人合奏。

「黑碳吶，你看，大叔我是唱不動了，嗓子都啞了，錢還不夠呢！跟那幾個小傢伙們合作還能多撈點錢，你蹲在旁邊意思意思就行，不用太費力。」方邵康抬頭對鄭歎說道，「而且那幾個小傢伙挺可憐的，今天估計是他們最後一次在這個城市演唱了，明天就離開，我是想幫幫忙，奈何面子沒你大。」

鄭歎看看還站在周圍沒有離開的一些人，再看看那邊五個十七、八歲的年輕人，考慮了一下，這種厚臉皮的表演他已經有些抵抗力了，再幫個小忙撈點小錢也可以，舉爪之勞罷了，反正自己只需要裝模作樣敲兩下瓶子就行。

商量好之後，鄭歎來到五個年輕人眼前。

對著一隻黑貓，五個年輕人有些不知道如何相處。

方邵康在後面幫忙拎瓶子和湯匙過來，和阿金商量後，借了個高凳子放到旁邊，放好瓶子和白鐵湯匙。

鄭歎跳上高凳，這次比最開始的時候感覺好一些了，臉皮磨厚了一些，心態也調整過。不就是敲兩下白鐵湯匙嘛，有什麼大不了的？

見這邊又準備開始演奏，人群再次慢慢集中過來。

現在才八點多，城市的夜生活很豐富，更何況這座的商業廣場相比起前幾個小時，這時間點的人潮其實更多。

對於能不能跟一隻貓合作，五個人心裡沒底，還是方邵康過來說了幾句才安撫幾人。

鄭歎在旁邊還有些小意見：這幾個毛頭小子難道還嫌棄我？

一看鄭歎將耳朵扯成那樣，方邵康就知道這貓肯定又生氣了。

「行了，趕緊開始吧！」

方邵康擺擺手，將紙盒子放在顯眼的地方，然後退到一旁，坐下觀看。

看到那個紙盒子，五個年輕人的表情都很不自然，這也太直白了。他們的道行還是沒有方邵康高。

「嘿，這幾個小子，還害羞呢！」方邵康對旁邊坐著的人說道。

在那裡還坐著一個中年人，他是方邵康租吉他的那間樂器店的老闆。阿金他們幾個除了吉他和貝斯之外，鼓和鍵盤都是從這人店裡租的，多數時候老闆都會過來這裡聽這幾個年輕人演唱。

聽到方邵康的話，那人笑了笑，「畢竟還年輕。」

五人合作過一段時間了，幾個音節就能明白對方的意思。阿金撥了下手上的吉他，示意大家做好準備，頓了頓，又看看旁邊凳子上的貓。

鄭歎已經不耐煩地開始甩尾巴了。

——不就唱個歌嗎？難道還要前戲不成？拖拖拉拉的。

保險起見，他們第一首歌並不快，節奏和方邵康唱過的差不多。當然，肯定不是像方邵康那種風格的。

鄭歎一下下敲著玻璃瓶，把握節奏對他來說並不難，而且圍觀的群眾對於貓的容忍度肯定大於人，就算出點差錯大家也能體諒。

畢竟是貓嘛！

一曲唱完，阿金幾人挺高興，本以為那敲擊玻璃的聲音會顯得突兀，但沒想到卡好節奏之後，效果異常的好，以後也可以試試加入類似的元素。

朝鄭歎比了個拇指，阿金準備換一首稍微快一點的歌。

鄭歎暗自得意，尾巴尖都不自覺地勾了勾，心想：果然還是我有面子，瞧那些群眾，還有那個大眼睛的少女，拍得手都紅了。

相比起跟方邵康配合的時候，鄭歎現在的感覺要好很多，無關那些圍觀群眾，而是對於音樂的接受度。他體會不出方邵康對《走四方》之類老歌的感情，但對於這種搖滾風格的流行歌曲卻能很輕易的投入其中。

說到底，鄭歎這具身體裡也是個年輕人的靈魂，是個年輕人的思想。

廣場的一角，迷離的燈光中，充滿節奏感的樂聲傳出。

當音樂響起，就算是平日裡略顯沉悶的貝斯手，雖然依然看著沉默淡定，但撥動的音節卻充滿著動感和韻律。

演奏得投入的時候，阿金他們已經忘了旁邊還蹲著一隻貓，忘了自己幾人這時候是在跟一隻貓配合表演，而是按照以前的習慣唱著那些充滿節奏感的歌曲。

一連串急促的音節過後，進入副歌部分時，就像是掙脫束縛破土而出的新綠，恣肆搖擺，將所有的靦腆和拘束一掃而光。

感染人的不僅僅是那些節奏和旋律，還有融入在其中的肆意和激情，熱血青春。

讓人沸騰的不單單是歌曲，還有這個氣氛，它為人提供了一種釋放的方式和途徑，只為此刻肆意宣洩，只這一刻就好。

他們還年輕，或許還唱不出原唱者那種成熟的情感，但是他們已經邁出了很大的一步，誰又能斷言，他們將來不會星光閃耀？

如果說剛開始是抱著一種玩的心態，那麼，此刻的鄭歎已經深入其中了。他敲瓶子都敲得激情澎湃，與起初跟方邵康配合時懶散的心態截然不同。

年輕人嘛，總是容易被氣氛影響而不知道自己幹了些啥，就算現在只是隻貓也一樣。

坐在不遠處觀看的樂器店老闆嘖嘖稱讚：「你家這貓敲瓶子敲得不錯啊！我還是第一次看到有貓能將瓶子敲成這樣，跟打蛋似的。」

方邵康：「……呵呵。」本人也是第一次看到。

周圍聚集的人越來越多，一開始大多數都是來看貓敲瓶子的人，比如那些帶小孩的父母、跳完舞的大媽們；漸漸地，一批年輕人也往這邊聚集過來了。人們都喜歡看熱鬧、湊熱鬧，見這邊人多，大家就都往這邊過來，再然後，就被氣氛影響了，有的跟著一起唱，有的打節拍、喝采。對年輕人們來說，都是耳熟能詳的歌，上口容易。

方邵康從背包裡拿出相機，開始拍照。

「嘿，這不是單眼相機嗎？有錢買單眼還跑來這裡賣藝？！現在賣藝的都這麼有錢了？」一個看過方邵康唱歌的人問道。

「哪呢！」方邵康很鎮定地抬手指了指一個方向，「找那邊一個攝影社團的學生借的，待會兒得還給人家。」

那人朝方邵康指的方向看了看，全是人，也看不出到底指的哪一個，不過攝影社團之類的在這裡確實有，隔段時間還有人來這裡辦一場學生的攝影展。搖搖頭，那人沒再說話了。

鄭歎右手敲累了就換左手，敲一會兒再換回來，玩得挺高興。而且在敲瓶子的時候，他還時不時往紙盒子那邊看看，見到不停地有人往紙盒子裡塞錢，鄭歎更高興了。

一直到晚上十點多，廣場上的人少了，他們才散場。

鄭歎將白鐵湯匙一扔，衝到紙盒子那裡看了看，光線不好，看不清裡面到底有多少錢，不過應該夠車費和旅館住宿費了。

阿金在散場後收拾東西的時候，心情還沒平復下來，「剛才有那麼一刻，我感覺自己就像一個明星，那麼多人捧場，那麼多人喝采，就和當初做的夢一樣。」

「是啊是啊，那種感覺真好！」

其他幾人也附和。

樂器店的老闆走過去跟他們聊聊，明天這幾個小子就要北上，他趁現在鼓勵並敲打一下這幾個年輕小子，省得以後遇到更低潮的時候難以走出來。路還長，他們還有得磨。

方邵康並沒有立刻清算盒子裡的錢，散場後他將盒子封好，幫幾個小子收拾一下裝備，抬到樂器店裡去，並在店裡清算了錢。

「三千六？！」

阿金五人都驚呆了。他們平時在廣場上唱歌，基本上一小時就幾十塊錢，以前一個人的時候更少，所以他們一般只是將廣場唱歌當作一種經歷，一種對自己的磨礪而已，沒指望從這裡面賺多少錢。可是，現在算出來的數字卻讓他們都不敢相信。

既不是正經科班出身，也沒有任何名氣，大家都還只是個初出茅廬的小菜鳥而已，經歷過街頭演奏之後，這些錢對他們來說真的很多。

方邵康拿了一千八，剩下的遞給阿金，「喏，說好的對半分。」

「這個……方先生，您之前的錢也放在裡面的，應該再多拿點。」阿金說道。

就算知道這次賺的錢比較多，但幾人也明白，沒有那隻黑貓，他們不可能順利聚集廣場上那麼多人的注意力。

「就這樣吧，走了！」不多解釋，將錢往包裡一塞，方邵康揹著包往外走。

鄭歎也趕緊跟上，他對於方邵康的分配沒有異議，反正方邵康不是窮人，而且一千八足夠坐車住飯店了，不需要五星級飯店，比之前的小旅館好就行。

「謝了，貓兄！」阿金抬抬手，喊道。

鄭歎甩甩尾巴，頭也不回。

他們還有東西放在小旅館那裡，原本想退房，結果旅館老闆說退房得中午十二點之前退才行，過了時間點就得加算一天。

為了早點離開這間小旅館，鄭歎在背包裡戳了戳方邵康，希望這傢伙能夠乾脆退房，反正今晚上賣唱賺錢了。

最後，方邵康沒有支付一毛錢，只不過將那輛二手山地車抵出去了，反正這車也不準備再騎，就讓它發揮最後的餘熱。

◆◇◆◇◆◇◆◇◆

出了小旅館，一人一貓往周圍最近的一間四星級飯店過去。今天太累，為了快點到那裡，方邵康準備走捷徑，那裡有一條小路，不用繞彎。

路旁有路燈，但是時間太晚，這時候沒什麼人。走著走著，鄭歎耳朵動了動，從背包拉鍊縫往外看，後面有兩個鬼鬼祟祟的人影。

難道是打劫的？

不管是不是，看那行徑就不像是好人。鄭歎戳了戳方邵康。

「知道。」方邵康低聲道。

既然方邵康說知道，鄭歎也不再多提醒，而是將主要注意力放在後面那兩個人身上。確定只有兩個人，鄭歎鬆了一口氣，只有兩個人的話還好，多了還真搞不定。

那兩人越走越近，而且手上還拿著一根鋼管。

一看就不是好東西！

在其中一人湊上來的時候，鄭歎就從背包裡跳出去，直接給了那人臉上一爪，並且憑藉自身的靈活性，躲開那人揮過來的棍子，跳起來朝那人身上狠狠踹了兩腳，這次用的是真實力道，而且兩腳都踢在那人下盤！

——王八蛋，居然想打劫老子厚著臉皮賣藝得來的血汗錢？！

——這是想死呢還是不想活！

——再踹一腳！

鄭歎想著反正自己在這裡也留不了多長時間，沒必要藏著掖著，明天就離開了，即便這幫人想找自己報仇也找不到。

方邵康一棍子將另一人敲暈的時候，回過頭來就看到那隻貓在踹人家褲襠，而且被踹的那人叫得像被閹割了似的，手上的鋼管早掉地上了。

被踹之後，那人躺在地上哀號，鄭歎也不再理會他。鄭歎看了看方邵康，這傢伙手上拿著根甩棍，看來早有防備。

「走吧，別管他們了，小混混而已。」方邵康將甩棍收起來，說道。

鄭歎扯扯耳朵，跳進方邵康的背包，快到飯店了，估計那邊也不准帶貓進去，還是藏著的好。

還沒走出小路，方邵康的電話就響了。

「喲，二哥，你這時候打什麼電話給我……我還沒睡，正找飯店呢……剛遇到點事，有人打劫……哎呀我這次真的沒下重手，就只敲了一棍子而已。還有，你不知道，那人出來的時候可跩了，說『人滾吧，貓留下，錢箱放旁邊』，哎我就開打了，你說這是不是欠揍？這地方治安不行啊，讓你小舅子到時候過來得注意一下，小朋友都不敢往這兒走……」

鄭歎：「……」真他媽胡扯。

打完電話，方邵康拍了拍背包，「黑碳吶，明天車費省了。」

第九章

回家的途中

第二天，鄭歎藏在方邵康的背包裡，準備離開飯店。

前檯服務生多看了兩眼方邵康的大背包，估計沒想到一個看起來挺落魄的人會來四星級飯店住宿，還猜想著這個大背包裡面究竟放著什麼東西。

「先生，您背包的拉鍊沒拉……」本是好意提醒一句的服務生，最後一個「攏」字沒能說出口，因為她已經從拉開的拉鍊口那裡看到貓鬍子了。

張了張嘴，那服務生看看方邵康，這傢伙回了個很燦爛的笑容，然後大搖大擺走了。

出了飯店大門，鄭歎就沒太多束縛了，跳出來跟在方邵康旁邊走動，背包裡面實在太難受。

「喲，車來了！」方邵康說道。

鄭歎伸長脖子，看了看，沒認出方邵康說的究竟是哪一輛，飯店停車場停的車太多。

方邵康朝一輛看起來很普通的私家車走過去，抬手向坐在駕駛座的人打了個招呼。

這就是方邵康所說的「車費省了」的意思。

方邵康拉開車門的時候，鄭歎看到後排還坐了一個人，和方邵康的年紀差不多，不過這人看起來比較嚴肅，帶著些許威嚴。

嚴不嚴肅無所謂，鄭歎只希望這人可靠就行了，別跟方邵康一個樣。

「袁大市長，恭喜上任！」方邵康抬腳上車，一屁股坐下來，也不管旁邊人會怎麼想，直接將帶著泥巴的大背包往旁邊的車座空位上一放，然後拍了拍後座上最後那點空地，對還在車外觀望的鄭歎道：「上來吧！」

鄭歎看了看後座上的另外一人，又看看後座上那麼一點空間，再看看前面空著的副駕駛座，跳上車後直接鑽到前面坐去了。

「嘿，這貓真是的！」方邵康笑了笑，也不去管鄭歎，跟旁邊的人聊起來。

鄭歎蹲在副駕駛座上，感覺還是這種寬敞的地方舒服些，總比跟方邵康的大背包擠那麼一點兒空間要好。

雖然這車從外面看不怎麼樣，但內部還不錯，應該改裝過；再看看旁邊的司機，鄭歎突然感覺有點熟悉感。

並不是說鄭歎以前見過這人，而是這人給鄭歎的感覺和衛稜有些像。這人估計就是個保鏢兼司機，再想想方邵康剛才說的「袁大市長」，倒也能理解。

旁邊的司機先生察覺到鄭歎的視線，側頭看了看。這貓跑到副駕駛座上蹲著有些不妥，但既然老闆都不發表意見，他也就不多說了，只要到時候這貓不干擾開車就行。而現在，見這貓一直盯著自己，而且那眼神感覺不太像一隻貓所能有的，讓他感覺心裡發毛。

——這貓真他媽邪乎！

司機感覺自己身上的雞皮疙瘩都起來了，以至於老闆發話開車的時候反應遲鈍了那麼幾秒。

將視線從司機身上轉移到窗戶，鄭歎趴在車座上，透過車窗看著外面的高樓。雖然眼睛是盯著窗外，但他耳朵支著，聽後面方邵康和那人的對話，因為鄭歎剛才注意到後面兩人的話題扯到昨晚的打劫事件了。

方邵康拿著袁市長遞過來的一份文件，罵了聲，道：「這兩人還有臉告我？！還有，他們明顯串供了嘛，我就拿棍子敲了其中一個，而且只敲了一棍，其他的都不關我的事，早知道就將他們打得連話都說不出來，不就兩個混混嘛？還這麼猖狂！」

原來昨晚被鄭歎和方邵康教訓的那兩人，跑去告方邵康惡意傷人，甚至還提到了殺人未遂。

「那你說說那個人身上的傷是怎麼回事？」

「貓踹的。」

「……」

袁市長捏了捏眉心，他沒想到剛調任過來就碰上這種事。

「反正那不關我的事。」方邵康將手上的文件甩到一旁，攤攤手，「就算那人真成了太監也只能說他倒楣，自找的！昨晚幹什麼不好，學人家打劫，還帶鋼管！再說，這人有案底的，就算他認識那麼點人，有那麼點關係在，也不能否認他就是個無賴，他就是要訛錢！」

方邵康劈里啪啦說了一通，總結起來一句話：「反正踹蛋蛋的事情不是我幹的。」

見袁市長沉思，方邵康「嗤」了一聲，「你也別擺著一副愁眉苦臉的樣子，這事恰好給你個藉口開刀，新官上任三把火，有給你燒的地方，怎麼也得好好的燒吧？」

說完，方邵康踹了副駕駛座一腳。意思就是：你找的麻煩居然要老子來背？！

鄭歎扯了扯耳朵，就當自己啥都不知道，反正現在就是一隻貓嘛，誰會相信一隻貓能將人差點踹成太監？

就連那個被揍的劫匪也不敢說實話，說實話誰信啊！或者，他們覺得這事說出來丟臉，不想讓人知道將自己差點踹成太監的其實是一隻貓？

不管是哪種情況，鄭歎相信後座的人能夠解決，這事輪不到自己操心。

後面兩人也沒再討論關於那兩個被揍得很慘的劫匪，轉而開始聊家務事。那些鄭歎沒興趣聽，看著窗外估算著什麼時候能出城。

一個多小時後，車停了下來。鄭歎跳出車，根據方邵康所說的，他們在這裡會換乘另一輛車，這輛車會一直將他們送到楚華市。

所以鄭歎很興奮，不用徒步走路，不用蹲自行車籃，不用坐小三輪車，也不用街頭賣藝了！最最重要的是，這意味著很快就能回到楚華市，回到那個寧靜的教職員社區！

只要想想，鄭歎就有些興奮得睡不著覺。

仔細算算日子，從被抓到現在，一個多月了。這一個多月給鄭歎的感覺就像是過了幾年似的，用「煎熬」一詞也不足以形容鄭歎對於此次經歷的看法。

送鄭歎和方邵康去楚華市的是一輛越野車，還挺豪華。車裡放著一些乾淨的衣服和日用品等等，都是給方邵康的。

用袁市長的話來說：「要注意形象，別到了那裡讓人笑話。」

袁市長口中這個「讓人笑話」的「人」是指誰，鄭歎並不確定，他也懶得去猜測，只要知道自己能夠回楚華市就行了。

越野車的司機和方邵康認識，是方邵康的二哥派過來的。

看著走遠的那輛越野車，袁市長嘆道：「都快四十歲的人了，還比不上一隻貓讓人省心。」

如果焦爸知道袁市長此刻的感慨，一定會說：這隻貓其實更不讓人省心！

越野車裡的鄭歎在車駛上高速公路之後，就會時不時去關注高速公路上的標示牌。方邵康拿著一份地圖，鄭歎也會湊上去看看，然後結合標示牌來估算離楚華市還有多遠。

原本鄭歎以為會很快到達楚華市的，結果方邵康指揮司機繞道，本來可以走直線，偏偏要中途拐個彎，去某個歷史悠久的城市看一看風景，拍個照，吃些民間小吃，再逛上幾天。

頭兩天鄭歎雖然有些不太樂意，但跟著吃喝玩樂也頗有興致，然而後面總是重複這樣的事情，鄭歎就不高興了，他現在壓根就沒有多少看風景的心情，就算那些城市歷史悠久又如何？就算那些民間小吃再好吃又如何？跟方邵康一起，鄭歎實在沒什麼逛的心思。

不過，司機只聽方邵康的話，鄭歎也沒辦法，不可能讓司機只帶著自己走吧？

既然不能改變方邵康的想法，鄭歎就換個方式來。

跟著方邵康去中途某個城市閒逛的時候，鄭歎就會去讓方邵康買一些小紀念品，看中了就直接跳過去抱住紀念品，然後等著方邵康付錢。

想著焦家每個人喜歡的顏色與風格，鄭歎各種小東西都挑選了一些。

跟在方邵康身邊的司機從剛開始的詫異到平靜、再到麻木，最後對於鄭歎挑紀念品的事情已經見怪不怪了，而且若是方邵康忙著拍照沒空，幫忙付錢的就是他了。這位司機也是第一次感覺到，貓這種動物真麻煩！

這樣走走停停，中途再繞個遠道，一週後才正式進入荊漢省，也就是楚華市所在的省分。就在鄭歎感覺光明已經在眼前的時候，方邵康這傢伙又讓司機停車了，在一個離楚華市不遠的縣市玩了幾天，說是要去那邊釣魚。

鄭歎恨不得一巴掌搧過去，以後千萬別跟這種人一起坐車，太能找事了！

「說好的十天半個月，這麼早回去幹嘛？」

方邵康坐在湖邊，拿著魚竿悠閒地釣魚。

鄭歎蹲在一旁的樹上，扯著耳朵沒理他。從聯絡到焦爸起，這都過去十天了，還真準備等足半個月？而且昨天用方邵康的手機打電話給焦爸，焦爸都說那邊的事情快解決完了，讓鄭歎隨時可以回去。

「汪汪！汪汪汪！」

旁邊一隻黑毛土狗歡騰地在原地蹦踏。這狗是周圍一戶農家養的，總喜歡看人釣魚，一有動靜就特別激動地叫。

「上鉤了？！」方邵康趕緊提桿，「晚上有魚吃了！」

鄭歎打了個哈欠，沒理會他們，閒著無聊，又跑到方邵康的大背包那裡，拿開拉鍊，從包裡掏手機。

坐在一旁幫忙提著魚桶的司機瞧到這一幕也沒什麼反應，反正這已經不是第一次了。現在每天都能看到這隻貓從背包裡面掏手機，然後撥號、聽電話，聽完電話這貓的心情就特別好。而每次見到這情形，司機就會再次確定，黑貓就是邪乎！

每天打電話是鄭歎在覺得短時間內回不到楚華市後才決定的。

而且每次打電話的時候，鄭歎都算準時間點，這時候兩個孩子應該放學回到家了，然後聽小柚子和焦遠會抱怨一下這一天學校的事情。

雖然沒有太多什麼實質的內容，但打完電話鄭歎心情就莫名的好，聽電話的時候就算他自己說不出話，可聽著那邊的聲音就心裡舒坦，勾著尾巴尖慢悠悠甩動。

聽完電話，鄭歎將快沒電的手機扔進大背包裡。

這時候方邵康也收桿了，讓司機幫忙將魚提給農戶幫忙處理。

閒著無聊，鄭歎看到旁邊的一株小植物，抬爪子撥著玩。這種植物鄭歎經常看到，到處都有，幾乎沒有地域限制。

「在玩車前草？」方邵康手裡拿著包子一邊啃，一邊往這邊走過來。釣魚釣得餓了，晚飯一時半會也不會好，索性先找今天借宿的農家要了幾個包子先填填肚子。

將手上咬了一口的包子往鄭歎眼前遞了遞，方邵康問：「吃嗎？」

鄭歎看了看包子上的缺口，扭頭，很是嫌棄。

「哦，記起焦副教授說你不吃別人咬過的東西，那好吧，我把我咬過的地方咬掉。」說著，方邵康又在缺口那裡咬了幾口，再往鄭歎眼前遞，「吃嗎？」

鄭歎：「……」你是在侮辱我的智商嗎？！

「不吃算了。這包子挺好吃的，用上好豬肉呢，我吃得出來。」方邵康幾口便將手上的包子解決，然後蹲身看著鄭歎眼前的那棵草。

「你知道這草為什麼叫車前草嗎？」方邵康問。

鄭歎撥草葉的爪子一頓，這還真不知道，或許因為太普通、太普遍，也就不關注了。

「在古代，無論路上行走的是官車、私車、牛車、馬車、人力車、婚車、刑車、戰車，車行走的路旁總有這種草。只是，為什麼一定要叫『車前草』，而不是『車後草』或者『車旁草』呢？這就不得不提到一個故事。」

「漢朝有一位名將，叫馬武。他打了敗仗，恰逢乾旱，莊稼都死了，部隊潰退到不見人煙的荒野，人和馬都渴死了很多，沒死的大多也得了病，尿血。後來一位馬夫發現有幾匹馬不尿血了，而且很有精神，不再是那種病懨懨的樣子，觀察後發現這幾匹馬都在吃一種野草，馬夫自己也試了試，病情果然好了很多。」

「馬武問他，這草在哪裡找到的？馬夫說，就在馬車前面。馬武哈哈大笑道：『好個車前草！』……」

鄭歎聽著方邵康說車前草的故事，又抬爪子撥了撥這種長著皺巴巴葉片的草，真沒想到這草能有這麼個故事，還有藥用價值。不過，聽方邵康的講述，這人對於車前草也挺有感情。

說完馬武和車前草的故事，方邵康看著遠方池塘那頭，長著草附著藤蔓的土磚院牆後面，飄著幾縷炊煙，溢出屬於農家的油香。

「我外公說，他就像這種草，平賤得隨處可尋，隨遇而安，但在適當的時候，卻又能發揮自己的光彩，讓人再也無法忘記他。嘿，說起來，我小時候得腮腺炎就是用這種草治好的，在那之前我也沒想過，每天被我踩來踩去的草，會成為自己的治病良藥。」

從農戶家裡出來的司機看著方三少蹲在那隻貓的旁邊自說自話的樣子，突然體會到了方家其他人提起方三少時為什麼都是一臉無奈的表情了。

有時候方三少看著像個神經病、不可靠，但卻在適當的時候足夠犀利，不然也不可能擔任韶光集團的董事長了。

方家人都知道，方邵康每次事業上遇到低谷，或者在某些關於集團的重要發展規劃難以抉擇時，都會消失一段時間，對外宣稱出差，其實是一個人跑出去旅遊或者單純到處閒逛，而每一次方邵康回歸後，韶光集團就會出現一次巨大飛躍。

司機搖搖頭，這是常人無法理解的思維方式。

說完話，方邵康起身活動了下腿腳，然後朝農戶那邊走去，嘴裡還唱著小調：「走在鄉間的小路上～暮歸的老牛是我同伴～～」

鄭歎伸了個懶腰，看著漸漸暗下來的天色，往回走去。

兩天後，方邵康終於決定離開，離開時還買了一些土產，特別是那戶農家做的包子，方邵康很喜歡，同時也能讓他們在中途吃。

終於要啟程出發，鄭歎前一天晚上都沒睡多久，白天也沒睡，主要是太興奮了。

從這裡到楚華市，走高速公路的話，三個多小時的車程。早上走，中午正好到達楚華市，可以在那裡吃個午飯。

楚華市畢竟是個大都市，就算中午到達了城區，但要到楚華大學還得花個四十多分鐘，這還是不堵車的情況，堵車的話就更久了。所以在中午到達之後，他們先找了個地方吃午飯。

吃飯的時候，方邵康離開了一會兒，再出現時穿著西裝、皮鞋，頭髮梳得一絲不苟，整個人的氣場都變了，有那麼點精英氣質，像是個當老闆的。夠耍帥的。

那個大背包也不知放哪裡去了，方邵康手裡換了個手機，新出的彩色螢幕手機，之前那個黑白手機也不知道藏哪裡去了。而司機知道，只要下次再出現類似的情況，方三少腦子一抽準備出門，那套收起來的「裝備」肯定會再次啟用。

在前往楚華大學的路上，鄭歎聽著方邵康用手機跟楚華市的幾位老闆胡侃，又想了想那個在廣場上彈吉他唱《走四方》的人，果然是人靠衣裝，不同凡響！

中間經過一個十字路口的時候，恰好遇到紅燈，車停在斑馬線前。鄭歎站起來伸頭看了看旁邊，一輛銀灰色的私家車慢慢駛過來。

鄭歎瞧著，感覺怎麼這麼眼熟呢？

等這輛銀灰色的車在鄭歎他們這輛越野車旁邊停住等紅燈的時候，鄭歎看到了駕駛座上的人。同時，駕駛座上的人像是感應到一般，扭頭看過來。

人眼對貓眼。

——臥槽！就說怎麼這麼眼熟，原來是這傢伙！

鄭歎爪子緊了緊，從後座竄到副駕駛座那裡。

副駕駛座上放著一盒土產，鄭歎站在上面，瞇著眼睛看向隔著兩層車窗那邊的人。

銀灰色車裡的正是任崇。只不過，現在任崇任教授已經不再是曾經那個裝得跟紳士一般的人了，他臉上顯得很疲憊，帶著苦悶和不甘，任誰被強制辭退都會這樣的，何況是任崇這樣一向自詡高人一等又是海歸精英的人？

先不說他有沒有自尊心這玩意兒，以任崇不服輸以及為達目的不擇手段的性子，被逼成這樣，他心裡怎麼可能平靜得下來？怎能不恨？咬牙切齒、強大恨意讓他面部都有些扭曲了，他正琢磨著怎麼反撲呢，扭頭就看到車窗外的黑貓。

這下子，任崇感覺自己就像被扔進液氮罐裡，敲一下就會碎裂似的。恨意被恐懼取代。

隔壁車裡的那隻貓，任崇確定就是焦副教授家的那隻，雖然看模樣這樣的黑貓很多，但看那瞇起眼的神態，就是那隻貓無疑！

只是，這隻貓不是被那個貓販子抓走了、處理掉了嗎？為什麼還會出現在這裡？為什麼會再次出現？

任崇不明白，也不願意相信。

鄭歎看著任崇，他已經知道自己被抓就是眼前這人搞的鬼，讓自己差點變成火鍋的罪魁禍首！就算焦爸他們都沒有明說，但是鄭歎還是自己分析出來了。

如果現在不是被關在車裡面，任崇那邊也關著車窗，彼此中間隔著兩層車窗的話，鄭歎一定會跳過去揍死那個王八蛋偽君子！

——他媽的老子一隻貓哪裡惹到你了！竟然找職業貓販子過來抓老子，而且還用了麻醉槍，如果不是老子體質特殊，估計就被直接麻醉死了！還有南邊那個滿是貓肉館的街道，簡直就是對老子身心的摧殘！

鄭歎殺氣騰騰地看著對面的任崇，抬起爪子在脖子處虛空劃了一下。

任崇的臉色立刻變得蒼白無比。

有哪隻貓能夠做出這樣一個殺氣騰騰帶著威脅的動作？

任崇以前沒見過，就算當初找人處理貓的時候也只是猜測而已，但現在，他真正察覺到了這隻貓的怪異，然後滿腦子想著剛才牠的動作，每一個動作細節都在腦子裡放大，帶著殺氣的眼神、鋒利的爪子、還有那虛空的一劃……就像是劃在自己脖子上一樣，感覺涼颼颼的！

任崇打了個哆嗦。

正好這時候，綠燈亮了，越野車啟動。

而任崇的車仍然停留在原地，後面的車都開始按喇叭催促他，任崇卻渾然不知。他現在背後都是冷汗，這幾天發生的事情讓他已經有些透支，而且晚上也經常做惡夢，全都是關於那隻黑貓的，每次醒來的時候他還能安慰自己說，那隻貓已經處理掉了，不用擔心。

但是，沒想到會在這裡遇到那隻貓……

「碰碰碰！」

敲擊車窗的聲音將任崇的思緒喚回。

「你他媽開車啊！愣在這裡幹嘛？沒帶腦子啊？！又紅燈了幹！」一個車主趁著紅燈時，從車裡走出來拍窗說道。

綠燈再次亮起的時候，任崇還是有些不在狀態中，本應該往左彎的，他卻一直開過去，等反應過來的時候倉促地一個急轉彎，沒控制好，直接撞上了路邊的路燈。

「碰！」

在十字路口的不遠處，還停著另一輛不顯眼的車。裡面的人正拿著手機打電話。

「真不是我們幹的，都還沒出手攔截呢，他就自己出岔子了，只能說是天意。你跟豹哥說一下，任崇已經被送往醫院，剩下的事情看豹哥怎麼說。我們這邊就收工了。」

楚華市高新技術開發區，天元生物公司——

衛稜對面坐著一個人，年紀和衛稜差不多，臉上沒什麼表情，接聽電話的時候也是，衛稜早已經習慣他這樣了，畢竟是從小一起長大的哥們。

「怎麼？有新情況？」衛稜問。

對面的人將手機放進口袋裡，道：「豹子說那個人自己開車出岔子了，他們根本沒動手。」

「哦？」衛稜一聽好奇了，就算任崇被整了，各種破事不斷，但也還不至於瘋狂到連車都開不穩的地步，「你的人真沒動？也沒恐嚇？」

「沒有。」對面的人肯定道，「現在他已經進醫院了，估計得在醫院待一段時間，你準備怎麼辦？」

衛稜想了想，手一擺，「算了，讓你的人撤了吧，剩下的事情我來解決。」

對面的人點點頭，打了通簡短的電話，再次坐下來。

「耗子，上次跟你說的事情考慮得怎麼樣了？」衛稜問。

「運輸的事情？我已經開始選人了。」葉昊道。

「那就好，這幾天袁之儀已經在催了，貨單量比較大，而且一些樣品比較特殊，所以準備擴大之後成立一個專門的物流部門。最好這週確定人選，他說要儘早開始培訓。」

兩人又商量了一下人選的事情，葉昊看看時間，起身準備離開。

離開之前，葉昊問了個問題：「你們做那些事，真的就只是為了一隻貓？」

葉昊指的是從前陣子到現在的一些事情，比如查出來一批貓販子，比如修理那個姓任的大學教授。葉昊無法理解這些人為什麼會為了一隻貓而做出這樣大的動作。再怎麼說，不就是隻貓？有必要嗎？

真的可以稱得上是「一隻貓引發的血案」了。

衛稜笑笑，「是啊，我師兄還欠那隻貓一個人情呢！總之，那是一隻很特別的貓，到時候你遇到牠就知道了。哦，那傢伙最近好像要回來了。」

對於衛稜的話，葉昊不置可否，拍了拍衣角，離開。

◆◇◆◇◆◇◆◇◆

此刻，坐在越野車裡的鄭歎對於自己不在的這段時間，楚華市內所發生的事情並不知道。

任崇那輛車撞上路燈的時候，鄭歎所在的那輛已經走遠，所以並不知曉任崇的事情。當時綠燈亮起兩輛車分開，鄭歎心裡還琢磨著什麼時候能夠報仇。

車輛等紅燈的時候發生的那一幕，方邵康都看在眼裡。至於任崇，方邵康早就透過一些手段得到了他的資料，所以也認得任崇，還打算有空了再為任崇加把火，燒一燒。

越野車快到達楚華大學的時候，鄭歎就拋卻了其他的雜亂心思，看著開始熟悉的路段和建築物。他早就坐不住了，站在椅子上，扒在車窗那裡往外望。

一個多月，很多樹上的樹葉都長得茂密了。不知道社區裡會是什麼樣？

越野車從楚華大學正大門開進去，但是方邵康和司機都不知道教職員社區在哪裡，只能一路走一路問。鄭歎實在不耐煩，刨了刨車窗，讓方邵康將車窗打開，然後跳了出去。

熟悉的環境讓鄭歎感覺全身都舒展了，他深呼吸，嗅著空氣中熟悉的味道，感覺整顆心都快飄了起來。也不管方邵康了，鄭歎撒開腿就開始跑。

就算只離開一個多月，但經歷了太多的事，恍如隔年之久。可是，當再次踏足這塊地方之後，熟悉的路線就自然而然地浮現在鄭歎腦中。

路旁的梧桐樹葉子已經長得能夠遮住路面上方的天空，校園裡那些聒噪的鳥似乎也不那麼讓人厭煩了。

他奔跑在路旁邊的花草叢中，原本奔波之後疲倦的身軀，卻在迎面而來的風中越發輕盈。

歸心似箭是個什麼感覺？

現在鄭歎終於體會到了。

越野車裡，司機看向方邵康，方邵康回了個無奈的眼神，「跟上吧。」

可是沒兩分鐘，他們就沒見到那隻貓的身影了。

「這貓跑那麼快幹嘛，真猴急！問問旁邊的人教職員社區在哪。」方邵康道。

方邵康他們找不到鄭歎的原因，一是鄭歎跑得快，並且還是跑在花草叢裡，還有一個原因就是——鄭歎抄近路。

在楚華大學待了那麼久，每天沒事就在外頭溜達，去哪裡能走近路他都知道。所以，為了儘快到達東區，鄭歎就直接走捷徑了。

看到熟悉的大門，鄭歎恨不得來幾個後空翻以發洩心中的興奮。

警衛大叔一隻胳膊肘擱在窗戶上，撐著下巴，正在看報紙。鄭歎現在的身型太小，從警衛大叔的角度根本看不到走過來的鄭歎。

在經過大門警衛室窗戶的時候，鄭歎跳起來在警衛大叔的腦袋上拍了一掌。

被突然拍了一下的警衛大叔一驚，抬頭看的時候就看到一個黑影晃過，探出頭往外瞧，只看到那個消失了一個多月的黑色身影。

「喲，黑碳回來了？！」警衛大叔笑呵呵道，也不管那隻貓能不能回應。雖然黑貓很多，但他就是能一眼看出是誰。再說了，眼力不好能夠當大門警衛？

見貓走遠，警衛大叔才重新坐回來，抖了抖手上的報紙，準備繼續看。只是，他突然又想到，焦家現在家裡沒人，這貓要怎麼進去？

鄭歎興沖沖地跑到焦家的那棟樓前，而且條件反射地跳起來往電子感應器那裡蹭了一下，結果……什麼反應都沒有。

這時候鄭歎才想起來，自己脖子上現在並沒有掛著感應卡。

——臥槽，沒卡怎麼進樓？！

還有，家裡沒人的話，進樓也開不了家門。

而且這時候已經兩點多了，進出樓的人少，或許要等到傍晚才會有人回來。

煩躁地甩甩尾巴，鄭歎側頭看向大胖家。

那胖子此刻正趴在陽臺那裡，睜大眼睛看著鄭歎，估計還在疑惑怎麼鄭歎消失一個多月，現在又突然出現了呢？

鄭歎跳上大胖家的陽臺，準備去找牠家老太太幫忙。

大胖起身跑過來，在鄭歎眼前又停下，嗅了嗅，似乎在確認身分，然後抬爪拍了拍鄭歎。

鄭歎對於大胖這種打招呼的方式並不在意，他注意到的是，一個多月不見，這傢伙似乎又胖了，「底座」也大了，估計是蹲泡麵蹲的。從後面看，牠跑起來的時候兩腿都能呈八字形。

看到現在的大胖，再想想去年第一次見到牠的情形，鄭歎只能感慨一句：猶記當年小清新。

屋裡還有食物的香味，不是老太太的午飯，而是大胖的口糧。大胖現在的貓食都是老太太自己做的，有如今這體型，某種程度上也是老太太慣出來的。

鄭歎進去的時候，發現老太太正在休息，估計剛睡下沒多久，擱在桌子上的那個大碗還熱呼呼的。

在老太太的房門前，鄭歎沒有立刻進去，站在鄭歎旁邊的大胖擺著一副想攔住鄭歎，卻又有些猶豫的樣子。

鄭歎扯扯耳朵：瞧你那慫樣！生怕吵到老太太似的。

老太太年紀大了，好不容易睡下，鄭歎也不想去麻煩老太太，再說自己也不是沒有其他辦法。從大胖家裡出來，鄭歎準備直接去生科大樓那邊找焦爸。

至於大胖，繼續蹲陽臺那裡守著牠家老太太呢。跟看家狗似的，不對，牠比狗還負責任。

一直注意著窗外的警衛大叔看到鄭歎走出來，招招手，「黑碳，來這裡等會兒吧，別到處跑了。喏，我這裡還有小黃魚……」

警衛大叔還沒說完，鄭歎就一陣風似的跑出去了。

從東教職員社區到生科大樓那邊，還有一條小道，從那裡過去比較近，所以鄭歎沒碰到方邵康他們。

再次來到生科大樓，鄭歎心裡有些忐忑，希望焦爸沒有換辦公室。

一樓的公共實驗室那裡沒有看到易辛和蘇趣的身影，鄭歎來到靠近焦爸辦公室的那棵樹上，看了看辦公室裡面。

辦公室裡有兩個人，都不是焦爸。

易辛正在教蘇趣如何分析那些實驗資料，兩人湊在電腦前一邊敲鍵盤，一邊用筆在記錄本上寫寫畫畫。突然聽到身後窗戶的動靜，兩人同時回頭，看到一隻黑貓拉開紗窗跳進來。

「黑碳？！」易辛驚道。

「老闆家的貓？不是說丟了嗎？」蘇趣問。

「昨天聽老闆說被人找著了，幫忙送回來。沒想到今天就到了。」

鄭歎沒理會他們的話，瞪著蘇趣，弄得蘇趣心裡毛毛的。

「學長，牠怎麼一直瞪我？」蘇趣摸了摸胳膊，感覺雞皮疙瘩都起來了，這貓的眼神有些嚇人啊！

「你換張椅子吧。」易辛道。

「哦。」蘇趣起身，到桌子對面拉了張凳子過來。

蘇趣起身後，鄭歎就跳上那張小椅子，看了看電腦右下角的時間顯示，焦爸下午好像有課，不知道什麼時候能夠回來。

正想著，辦公室的門就打開了，焦副教授拿著教材走進來，看到辦公桌那邊露出的貓頭，臉上顯出笑意。他剛才接到方邵康的電話，上完一節課就過來了，後面還有兩節課，他下午是三節課連上。

焦副教授將手上的教材遞給易辛，「還有兩節課，你去給你學弟學妹們講講吧，我跟他們說後兩節課會讓你過去傳授經驗，他們都等著呢。」

易辛：「……」這個月第二次了。

說完，焦爸又對鄭歎道：「走，回家。你把人家方先生用完就扔了是吧？」

方邵康讓司機將車開進教職員社區的停車場，然後站在B棟樓下等著。

他們沿路問人才過來的，結果過來後，警衛大叔不放人進來，方邵康才打電話給焦副教授，順便抱怨一下：「你家黑碳用完人就直接扔了，連個路都不帶。這是對待恩人的態度嘛？」

得到焦副教授的肯定之後，警衛大叔也不再說什麼了，還好奇地問了問方邵康怎麼認識焦副教授家的黑貓。方邵康胡扯了一通，畢竟他肯定也不會跟人說自己和一隻貓跑去賣藝的事情。

為什麼方邵康每次出去散心都只是自己一個人去？

因為做的蠢事太多了，那些都不好跟人說起，就算他自己不在意，方家的其他人可是在意得很，所以方家的人隔三差五就會打電話給方邵康，讓他在外頭多注意點，別亂丟人。

方邵康站在樓下，無聊地看了看周圍，不得不說，大學裡面的教職員社區確實比較寧靜，讓人有種突然就放鬆下來的感覺，也難怪那隻黑貓一直惦記著這裡。

正往周圍看著，方邵康突然感覺到自己好像被注意著，往旁邊瞧了瞧，視線下移，見到一隻胖胖的狸花貓正蹲在陽臺那裡看著自己兩人。

以前方邵康對貓這種動物沒有很特別的感覺，不就是寵物嘛，頂多只是覺得麻煩一些罷了。後來遇到鄭歎，方邵康才開始認識到，貓裡面也有比較特殊的。而今天，他又看到一隻比較特別的貓。

要說怎麼特別？還真說不清，但方邵康就是有這種感覺。所以他看了看周圍，走到花壇那邊扯了一根草，從一樓陽臺欄杆之間伸進去逗貓。

大胖頭一偏，避開甩過來的草，見對方依然鍥而不捨，便起身退後兩步，再蹲下。而退的這個距離剛好讓方邵康拿著手裡的草也碰不著牠。

方邵康伸著胳膊試了試，還是碰不著，準備換一根樹枝試試，結果還沒來得及收手，睡完午覺的老太太就出來了。

「你想對我家大胖幹啥？」老太太一臉不善。

「您好，我就看這貓挺特別的，想逗一逗。我第一次來這裡呢，幫焦老師帶貓回來的。」方邵康淡定地收回手，露出一臉無害的笑，然後還說了自己認識住五樓的焦老師。

「帶貓？帶什麼貓？」老太太問。之前她還聽說焦家不想養其他貓了。

「一隻黑貓，叫黑碳，您應該知道牠吧？」

「黑碳回來了？」

見方邵康點頭確定，老太太顯得很高興，在社區裡面，她真正瞧得上眼的也就自家大胖和焦副教授家的黑貓。聽說焦家的黑碳被人抓走，她還傷心了好長一段時間，讓自己兒子幫忙找過，沒想到現在竟然回來了！

正說著，焦爸騎著電動摩托車到了，電動摩托車前面的車籃裡蹲著鄭歎。

「哎，還真是黑碳！找回來就好！」老太太說道。

焦爸停好車，跟老太太說了幾句，打開大樓的電子感應門，帶著方邵康他們上樓。

至於鄭歎，電子感應門一開，他就竄上樓了。

爬到三樓的時候，鄭歎停了停，三樓蘭教授家門虛掩著，裡面還有人活動的聲音。

鄭歎推開點門，走進去。地板剛拖過，沒乾，屋裡還有一股泥腥味，估計蘭教授又從小花圃搬了幾盆花回來，順便再移栽個什麼植物之類，忙完之後屋裡就會有很多帶著泥的腳印，所以每次結束，蘭老頭就會徹底拖一下地。

鄭歎走進去，才在外面跑過，腳趾間的毛上還黏著一些泥土，所以鄭歎走的時候也在地板上留下一個個帶著些許泥跡的腳印。

蘭老頭手上提著一個花盆從陽臺那邊過來，見到客廳的鄭歎後一愣。

「黑碳？」蘭老頭試探問道。

鄭歎沒理他，看了看房間裡面，沒見到翟老太太。翟老太太不在的時候，蘭老頭的脾氣發作起來就很難收住，再看看腳下踩出來的泥印，鄭歎一轉身，跑出門了。

「嘿，小王八蛋，果然是你！你看你踩出來的！」一見這貓伸脖子瞧房間，蘭老頭就確定這是五樓的那隻貓了。

蘭老頭嘴裡雖然罵得很大聲，但已經跑出去的鄭歎卻沒看到老頭眼裡帶著笑意。

剛經過三樓的方邵康聽到蘭老頭的罵聲，對前面領路的焦爸說道：「你家這貓，很有名嘛，也挺受歡迎。」

「是啊，社區的人都認識牠。」焦爸笑道。

等焦爸打開門，鄭歎率先衝進去，先跑到沙發上滾了一圈，然後繞著這不大屋子走了一遍。屋裡很多擺設還是和離開時一樣的，沒有變化，也沒有其他貓的氣味，這讓鄭歎很是高興，說明焦家人還是很重視自己的嘛。

方邵康進去之後，先拉過一張椅子坐下來，看著鄭歎又是滾沙發、又是巡視地盤的，巡視完還到廁所撒了泡尿出來，再跑到陽臺上嚎了兩聲。然後，社區裡一陣狗叫貓叫。

鄭歎沒管方邵康他們，他現在正處於回家的興奮中，使勁嚎了幾聲之後，激動的心情才漸漸平靜。

——東區的各位，老子又回來了！

下午趙樂來了一趟，買了幾大袋吃的東西過來，一部分是給焦家兩個孩子的，大部分都是給鄭歎的，說是給鄭歎壓驚，也慶祝他回來。為此，趙樂還被方邵康笑了好久。

焦媽今天也回來得早了些，現在她已經回到國中那邊任教，今天接到焦爸的電話後就請了假先回來。

焦家夫婦都很感謝方邵康，讓他留下來吃晚飯，不過方邵康拒絕了，他在楚華市這邊還有很多事情要做。他悠閒了這麼久，必須得再次投入繁忙的事務以及各種飯局中了，沒有太多的時間留在這裡，這次來只是送貓過來，也先認個門，以後要是再外出的話，或許還會來找這隻黑貓。

走之前，方邵康留下了回來的路上鄭歎挑選的那些紀念品，以及一張韶光飯店的白金會員卡，和一張方邵康自己的私人名片。

早從趙樂口中瞭解到一點情況的焦爸見到方邵康那張名片之後，還是忍不住驚了一下，沒想到這位也是個大人物。自家貓這運氣還真是好。

焦家今晚洋溢著歡樂的氣氛。而鄭歎，在經歷過一個多月的流浪生活之後，終於又有人幫他刷毛吹毛了。然後，晚上他又能鑽進小柚子的被窩。

第二天，鄭歎睜眼的時候還有些恍惚，等了兩秒才反應過來，自己這次是真的已經回來了。跟兩個孩子一起起床，大家一起吃早餐，這也是一個很享受的過程。在經歷流浪之後，鄭歎覺得現在這種生活真的是太好了，不用自己想方設法去翻窗子偷東西，不用害怕被人發現後遭到追打。

因為有了鄭歎被抓的事情，焦家人對於鄭歎出門閒晃都抱著一種緊張的心態。不過，過了幾天，發現屁事沒有，一切還是和從前一樣，他們也安心了些。

現在學校很多地方都換了新的監視器，管理也稍微嚴了一些，教職員社區這邊有幾處也安裝了監視器。當然，這些監視器只安裝在一些公共場所的出入口，不會去侵犯住在這社區的教職員的隱私。

鄭歎回來的這段時間，就算出門也一直都在教職員社區裡面逛，跟大胖、阿黃、警長牠們在社區裡隨便走走。

一個多月沒見，除了大胖更加富態之外，阿黃和警長都沒有太明顯的變化，基本上還是老樣子，只是在見到鄭歎的時候，那兩隻稍微激動了點。

《回到過去變成貓02保母喵也要去流浪？》完

敬請期待更精采的《回到過去變成貓03》

羊角系列 012

回到過去變成貓 02

保母喵也要去流浪？

出版者■典藏閣
作　者■陳詞懶調　繪　者■PieroRabu　拉頁畫者■WelKin
授權方■上海玄霆娛樂信息科技有限公司（起點中文網 www.qidian.com）
總編輯■歐綾纖
製作團隊■不思議工作室
郵撥帳號■50017206 采舍國際有限公司（郵撥購買，請另付一成郵資）
台灣出版中心■新北市中和區中山路 2 段 366 巷 10 號 10 樓
電　話■(02) 2248-7896　傳　真■(02) 2248-7758
物流中心■新北市中和區中山路 2 段 366 巷 10 號 3 樓
電　話■(02) 8245-8786　傳　真■(02) 8245-8718
ISBN■978-986-271-659-5
出版日期■2016 年 1 月

全球華文國際市場總代理／采舍國際
地　址■新北市中和區中山路 2 段 366 巷 10 號 3 樓
電　話■(02) 8245-8786　傳　真■(02) 8245-8718

新絲路網路書店
地　址■新北市中和區中山路 2 段 366 巷 10 號 10 樓
網　址■www.silkbook.com
電　話■(02) 8245-9896
傳　真■(02) 8245-8819

☞**您在什麼地方購買本書？**☜

1. 便利商店（________市／縣）：☐7-11　☐全家　☐萊爾富　☐其他____________

2. 網路書店：☐新絲路　☐博客來　☐金石堂　☐其他__________

3. 書店（________市／縣）：☐金石堂　☐蛙蛙書店　☐安利美特animate　☐其他____

姓名：_________地址：____

聯絡電話：______________　電子郵箱：_________________________________

您的性別：☐男　☐女　　您的生日：西元_________年_________月_________日

（請務必填妥基本資料，以利贈品寄送）

您的職業：☐上班族　☐學生　☐服務業　☐軍警公教　☐資訊業　☐娛樂相關產業

☐自由業　☐其他__________

您的學歷：☐高中（含高中以下）　☐專科、大學　☐研究所以上

☞**購買前**☜

您從何處得知本書：☐逛書店　☐網路廣告（網站：____________）　☐親友介紹

（可複選）　☐出版書訊　☐銷售人員推薦　☐其他________________

本書吸引您的原因：☐書名很好　☐封面精美　☐書腰文字　☐封底文字　☐欣賞作家

（可複選）　☐喜歡畫家　☐價格合理　☐題材有趣　☐廣告印象深刻

☐其他________________

☞**購買後**☜

您滿意的部份：☐書名　☐封面　☐故事內容　☐版面編排　☐價格　☐贈品

（可複選）　☐其他

不滿意的部份：☐書名　☐封面　☐故事內容　☐版面編排　☐價格　☐贈品

（可複選）　☐其他

您對本書以及典藏閣的建議____

____

____

✌未來您是否願意收到相關書訊？☐是　☐否

✍**感謝您寶貴的意見**✍

印刷品

$3.5
請貼
3.5元
郵票
不思議信箱
FUSIGI POST

235 新北市中和區中山路二段366巷10號10樓

華文網出版集團　收

（典藏閣－不思議工作室）

陳詞懶調 × PieroRabu

回到過去

BACK TO THE PAST
TO BECOME A CAT NO.2

變成